澤村伊智

Ichi Sawamura



# 邪教之子

じゃきょうのこ

生命自大地降生，汙濁大地也
歸於大地終將再度自大地降生
委身於此輪迴環，乃常人宿命
來吧，是時候讓我等親手主宰

# 序章

「小茜。」

我出聲喚她。

「不要過來。」

她如此回我。女孩蜷縮在陰暗房間的角落裡。蜷曲的消瘦身體正微微發抖，睜開的雙目中閃現詭譎的光輝，牙齒上下打顫發出喀噠喀噠的聲響。這是生病造成的嗎？不對。

她——茜很害怕。對於同樣是十一歲的、同樣身為女孩子的我懷抱著恐懼。

「拜託妳……不要靠過來。」

她以細如蚊蚋的聲音懇求。

但明明就是茜自己向我尋求幫助的。我擬好計畫後反覆演練過無數遍，用盡了各種手段才終於付諸實行。何況不僅是我，也有為數眾多的人們絞盡腦汁，為此煞費苦心。

就在我快要陷入混亂之際，突然間注意到了。茜正被囚禁著、被束縛著。被邪教囚禁。

被她的雙親束縛。

沒錯，此處乃是邪教的巢穴。這個家似乎曾經被稱作光明丘分部。無論如何，不是什麼正派的地方就對了。一般的道理在這裡是說不通的。

我想起初次來到這個家的事。猙獰的塑像、掛在牆上的教主照片、形狀怪異的祭壇。每樣事物都令人發毛。是不祥，並且嚇人的。即便是現在，要說我不感到害怕就是在說謊。對於映入眼簾的那些東西，我盡可能地避開視線。

「為什麼……？」

茜邊吸鼻子邊問。

我則溫柔地、沉穩地回答她：「我是來幫妳的。一起逃走吧。」

「不可能的。一逃走就會被殺死。不管逃到哪去都會被殺死的。」

「逃走的話就不會被殺了喔。去到不會被殺掉的地方就是所謂的逃走啊。」

就算說明了理所當然的事，她也只是一味地搖頭。靠單純的道理同樣說不通。她已經扭曲到這種程度了。是被人扭曲的。不僅是肉體，連精神也一併受到了迫害。

「不可能有那種地方的。這個世界到處都充滿了汙穢，只剩下這裡是淨土。其他地方都已經髒掉了，泥濘不堪，變成了由說謊的惡魔扮成的人類所充斥的地獄——」

「沒有這回事。」

我平靜地、斬釘截鐵地否定。

除此之外的地方都很危險，只有這裡比較好，所以一旦離開這裡你就活不了——這是何等荒謬的論調。不過是誆騙人的謊言罷了。是愚蠢的人類為了圈囿弱小的人類，進而支配、操縱他們所使用的威脅語句。然而只要措辭技巧得當也能成為強力的咒文。事實上，茜一直以來都被束縛著。

「這裡才是地獄喔。妳也注意到了吧，所以小茜妳才會寫信給我對吧？」

淚珠自茜的眼眶崩落。

「不會有事的。我會保護妳的。」

「…………」

「不只是我，大家都會保護茜。」

我在無意識中直接喊了茜的名字。從結果而言那似乎發揮了效用，讓她因而判斷我是能夠依靠、可以信賴的人。

她出聲問我：「……就、就算是這種身體也沒關係？」

「當然了。」

「真的嗎？」

「是真的喔。」

「我可以相信妳嗎？」

「嗯，所以我們一起逃走吧——」

「喂，慧斗。」

被人從背後喊住，我嚇得跳起來。

從走廊的暗影中現出祐仁的身影，他用雙手抱著折疊收起的輪椅。

「妳還在磨蹭什麼啊？那些傢伙要回來了。」

「硬把人帶出去的話就是綁架了，不是嗎？」

「妳真是不知變通耶。」

他用竊竊私語的音量發牢騷。明知現在不是時候，我仍然差點忍俊不住。

祐仁總是這樣。身材比班上任何一個人都要高大，然而比誰都要膽小怕事，而且完全搞不清楚事情的優先順序。大概是從大人身上學了多餘知識的緣故吧。不過現在的他令人感到安心。只要和他待在一起，我的心底便有從容湧現。

「有什麼好笑的啦？」

「沒什麼。能和祐仁當同學真是太好了。」

「我說啊，慧斗，要沉浸在感慨裡也等事情結束再來吧。」

他踢開地板上的雜物，把輪椅攤開後放下來。

茜交互盯著我們看。浮現在那張臉上的已非恐懼之情，而是轉為疑惑。

「同學……？」

「沒錯，我們讀同間學校的同個班級。雖然學生不多，不過每天都很快樂喔。」

「學生？學校？」

正準備回答的我旋即打消念頭。茜不被允許上學。恐怕在來到光明丘前便是如此。她一直以來都被監禁在邪教的囚籠之中。

所以才要逃跑。要讓她逃離這裡。我要將她解放給大家看。

眼下就是第一步。可是也僅僅是踏出第一步而已。

我不自覺繃起神經，緊張的情緒流竄全身。

「妳很害怕吧？會害怕是當然的吧。」

如此一邊呢喃，祐仁一邊露出抱歉的神色接近茜。茜猶如壞掉的機械一般不停搖著頭。她怕得連聲音也發不出來，整個人縮成一團。

「我懂的。會害怕我是正常的。可是啊，我希望妳能相信慧斗。這傢伙是真心想要幫助小茜妳的。」

祐仁的口氣一反常態地認真。

茜抬頭望向我。於是我蹲下來與她平視，回看她。動作不快點，那些大人就要回來了。儘管焦躁的感覺正在內心裡咆哮，我還是努力佯裝鎮定。

屏息的沉默依舊持續著。

直到她的身體停止顫抖的那一刻，我出聲說：「逃走吧。」

茜微微地點了頭。

她被祐仁抱起來，放到輪椅上坐下。由我和祐仁兩人一起幫忙調整完姿勢後，準備折返回門口，然而輪椅到處被絆住，無法隨心所欲前進。事到如今才在最後的關頭掉以輕心，暴露出我們計畫安排不周。破綻逐漸被放大。

好不容易抵達走廊，此刻卻感覺接下來的整條路漫長得棘手。周圍在不知不覺中暗如深宵。原來耗掉這麼多時間了嗎？大人們可能已經要回來了。就在這個瞬間。

玄關門冷不防被人打開。

我們停下腳步，呼吸凝滯。狹窄的走廊上沒有可藏身的地方，唯有蹲下一途。

「太慢了，真是的。」

從門縫中露出的那張臉，是朋美。她的表情既像在哭又像在發怒。

「快點出來，出來啦！」

緊接著她毫不掩飾焦躁的情緒，並將玄關門完全敞開。

我安下一絲心情，從這個家飛奔而出。祐仁推著輪椅緊跟在後。

茜的神情緊繃，同時臉色發青。看得出她尚未完全放下警惕。即使如此，那副表情和我第一次見到她時比起來，也已更為明亮——

＊　＊　＊

雖然我嘗試模仿娛樂小說的調性來撰寫，但光是如此回憶、撰文，心臟就揪緊得厲害。手心汗涔涔的，胃袋翻攪不已。當時的我實在幼稚，而且無謀。應該有更穩當的手段才對。

不會傷害到任何人、不使任何人流血就營救出茜的手段。

然而還是孩子的我想不出那些方法。

我的所作所為絕非什麼豐功偉業，亦不值得受人讚許，毋寧說是愚昧之舉。希望讀到這篇文章的你，絕對不能搞錯這一點。不過無庸置疑地，正是這份經驗才造就了現今的我，以及我們。

所以我才想毫無保留地徹底記錄下來。將事實，與真實留下。

那些關於我與飯田茜相遇的來龍去脈，以及我是如何得知她的處境，進而決定援救她的經過。

甚至最終，我們各自的下場。

# 一

在睡醒之際便能雀躍地從床上一躍而起，可謂小孩子專屬的特權。這既非出於對早餐的迫不及待，也不限於休假日的早晨才如此，更不是因為當天有著快樂的安排之故。

自睡夢中清醒，再度回歸這個現實世界。

也就意味著還活著，仍然存在於世。

正是對於這點打從心底感到雀躍，孩子們才會從棉被裡蹦跳著起床。

至少我在這裡見到的孩子們是如此。更何況那個時候的我自己就是如此。在剛邁入十一歲不久，同時也是從我可以自己走路開始，過了三年後的那段時期。

廚房內媽媽正在準備早餐。

「早安，媽媽。」

「早安，慧斗。」

媽媽微笑著舀起大鍋子裡的湯。

餐桌那頭的爸爸正睡眼惺忪地咬著麵包，注意到我後便一面打呵欠一面打招呼。

「起得真早欸，有睡好嗎？」

「當然，爸爸也起得很早耶。要出差嗎？」

「是啊，今天會晚回來，大家就麻煩妳照顧了。」

「嗯。」

出差具體來說是指什麼樣的工作內容，當時的我並不了解。雖然比起在學到國字寫成「出差」以前，僅僅認識「ㄔㄨ ㄔㄞ」發音的六、七歲時候的我來說，已經要懂得多了。

用完早餐後，接下來是整裝打扮。當初剛搬來時對我而言還重得不行的玄關門，以我現在的力量用單手就能推開了。「我出門了。」我往起居室的方向說，爸爸與媽媽便齊聲回答：「好——」。

「慧斗，代我們向老師問好。」

「嗯。」

「慧斗，如果見到會長，要記得好好打招呼唷。」

大人們為什麼要等到時間迫近了才下指示呢？明明總是教導孩子，無論讀書或生活都要注重提前規劃的重要性。懷揣疑問的我同時應聲回答：「我知道啦。」隨後離開家門。

外頭鋪滿早晨的明光。從公寓大樓的走廊往下俯瞰，能望見汽車陸續從停車場駛出。是大人們出門前去工作。可能因為這裡位於半山腰的緣故，步入四月後仍有涼意殘存。儘管如此還是能感受到世界已經甦醒，開始運轉。我對著路上的行人出聲問好。

「早安。」

「早。」

「早安。」

「喔，早啊。」

有笑容可掬地回打招呼的人，另一方面，也有猶疑著含糊回話的人，甚或無視的人。還有一臉詫異地瞪過來的人。對當時的我來說只覺得不可思議，百思不得其解。

——向人們打招呼吧。

——發出聲音互相寒暄可是生存的基本。

——以朝氣蓬勃的聲音搭話的話，大家都會充滿元氣。

儘管老師與會長向來是這麼說的，現實卻有所不同。這是為什麼呢？我曾認真地抱持疑惑。如今的我能夠對此一笑置之，然而在當時還處於不諳世事的年紀。

教室內還未有其他人到。空蕩蕩的很是涼爽。等待了一段時間後最先現身的是久木田祐仁。他笨重地晃著龐大的身軀，緩慢進入教室，頭上還維持睡覺時壓亂的翹髮。

「早啊，祐仁。」

「喔，慧斗，妳在這啊。」他那雙掛著眼屎的眼睛睜開細小的縫，回看向我。

「不是叫妳不要先走嗎？這都第幾次不守約定了。」

「沒關係啦，這點小事。」

「最近這一帶有色狼出現，妳沒聽說嗎？爸媽都在說喔。」

「在這裡嗎？」

「對啊。」

在當時還被如此稱呼的那類人，同樣曾出沒在這個光明丘過。現在會被稱作性犯罪者的他們，在那時被我們喊作變態、色狼、怪叔叔之類的。即使隱約有認為那種人不對勁，我們卻沒有嚴肅以待。有時甚至會當作可笑滑稽的話題來談論。正在讀這篇文章的你多半也有類似的經驗吧。

不只是孩子，不只是這條街，大人與整個社會都抱持那樣的態度。對加害者而言，其實是很容易生存的環境吧。

「這麼新的鎮上也有呀？」

「那類人啊，不管在哪裡都會有啦。」

祐仁一臉不耐煩地直言，似乎稍微清醒點了。他逕自走到窗邊，一鼓作氣用力敞開窗簾，沐浴在晨光中伸了一個好大的懶腰。

「祐仁，你又沒吃早餐了嗎？」

「早上起不來。」

「那樣沒惹媽媽生氣嗎？」

「哈哈，說什麼傻話。」

祐仁不禁失笑。不管是爸爸還是媽媽都慣著他，對此，當時的我無法理解，並感覺到不公平。我受到門禁規範，有既定的就寢時間，就連要下山都得先獲得家長的許可。換作是佑仁則去哪裡都很自由。想幾點睡覺、幾點起床都不會挨罵。雖然沒有到上學遲到也會被縱容的程度就是了。

「總之，」祐仁背對陽光說：「不要自己一個人上下學。絕對不行喔。」

「明明我好不容易才能夠一個人外出也不行？」

我回問出刁難人的話語。

從兒時起便無法正常走路，亦無法獨自外出，為此有過許多艱辛的過往。當這樣的人一旦得以行動，謳歌不是天經地義的嗎？又有誰有權利去阻止呢？

我的質問中隱含了這種譴責的意思。

祐仁不高興地開口：「我說啊……」片刻後他卻呼了一口氣，垂下肩膀陷入沉默，隨後狀似疲憊地回到自己的座位上。看著他那張略顯悲傷的側臉後，這回我萌生了捉弄人的心思。

「祐仁，我可愛嗎？」

「啥？」

「是因為覺得我惹人疼愛所以才擔心我的對吧？」

光寫下這段話就足夠難為情了。真想打扁當時的自己。不過祐仁沒有生氣。他板著臉雙手交抱胸前，將目光從我身上挪開。

「欸，告訴我嘛——」

正當我離開座位想抓起他的手時，教室的門被打開了。百瀨朋美腳步蹣跚地走進來。她的身形高䠷纖瘦，皮膚白皙。栗色的妹妹頭沐浴在晨光之下熠熠生輝。臉頰與鼻子上散滿無數的雀斑。

朋美比起剛進到這裡時的祐仁顯得更睏倦，不高興到了極點的模樣甚至散發出殺氣。隨意向她搭話的話肯定會被揍飛的吧。就算不搭話，光是發出吵鬧的聲音或許也會出局。我閉上嘴巴回到座位，祐仁則開始讀起擺在班上書櫃的小說。

其他同學陸續抵達學校。朋美忽地就趴到桌上陷入沉沉安眠，並發出平穩的呼吸聲。

隨著上課的時間到來，野村老師走進教室。直到大家向老師打完招呼也不見朋美有絲毫要醒來的跡象，於是老師用嬌滴滴的嗓音喊她起來。

「小朋美呀——」

那道矯揉造作的音調惹得教室裡到處傳出竊笑。朋美緩緩睜開雙眸，撐起上半身。

「嗯——早安，媽媽。」

「我不是媽媽，是老師。」

「……啊。」

整間教室頓時充斥笑聲。朋美漲紅著臉反覆辯解：是因為還沒馬上習慣的關係，大家也都有可能搞錯的吧。野村老師讓她冷靜下來，之後才開始上課。

這都是些隨處可見的日常風景。雖然不特別，但的確是段幸福的時光。

此時的我們尚不知道。

不久後將會有一家人搬來這裡。並且因為他們，屬於我們的幸福日常即將遭受威脅。

# 二

最後一節課敬完禮下課，才剛從學校飛奔而出的我就和會長撞個正著。

在這裡提到的「會長」乃是光明丘的上任會長，權藤尚人。當時大概年屆五十歲上下吧。

論及故人我希望能保有誠實、保有公平。死者無口，如同這句俗諺所示，人們無從得知死者的主張。所有吹噓能夠聽見故人聲音、與故人對談的人全是騙子，即使不是，也不過是一廂情願的自我矇騙之徒罷了。無論靈媒、宗教家，或者除此以外的任何身分，全都一樣。

正因如此，此處對於權藤尚人這個人僅會以「會長」來稱呼。因為當時的我，便是如此稱呼他的。此外，當時的我還打從心底仰慕並尊敬著他，這部分亦會如實記下。至於現今的我的價值觀與判斷，基於原則不會寫出來。

註解在此告一段落，繼續說回當時的場面吧。

「會長，你好。」

「慧斗，妳很有精神嘛。」

會長將雙眼瞇起。

「剛離開學校嗎？」

「嗯，會長你呢？」

「有點事要辦哪。」

「這麼說就是剛從山上下來對吧？我明白的。」

我伸手指向學校的後山。

會長經常前往後山。應當是有什麼要事沒錯，不過先前他絕不會告訴我具體的理由，老是說著「有點事要辦哪」、「去辦公事啊」來含糊帶過。「吶，告訴我嘛。」

「我去採一種草哩。它的根能做成特效藥。」

這次會長出乎意料地輕易鬆口了。在他背著的後背包側口袋裡能看到工作手套，背包本身亦塞得滿滿當當的樣子。只不過——

「那個工作手套，是新買的對吧？沒有泥巴沾在上面，就連拿出來穿戴也還沒有過吧？哎呀，雖然我不會要你把草的根交出來，但願意讓我看看鏟子的話也不是不能相信你唷。」

我展現了自己的推理技巧。如今想來稚拙歸稚拙，當時的我倒也為了識破謊言而欣喜，更因為能對「犯人」指出這點而歡欣鼓舞。

會長「呼哈哈」地笑了起來，那是他的獨特笑聲。

「慧斗很敏銳哪。」

「果然是騙人的對吧？」

「這個嘛，妳說呢？」

會長抬手摸了摸絡腮鬍。正當我想質問他究竟要裝蒜到什麼地步時，卻冷不防被問了一句：「慧斗知道這裡是什麼樣的城鎮嗎？這座光明丘，是怎樣的城鎮？」

他的目光變得鋒利，神情轉變成有別於至今的嚴肅。僅憑如此便讓我心生緊張，不由得拘謹了起來。

「欸……是新市鎮？」

「何謂新市鎮？」

「嶄新的、城鎮？就是嶄新的住宅區？」

「慧斗之前住的城鎮也是住宅區，應該也沒舊到哪去喔。那裡是新市鎮嗎？」

「不是。」

我搖了搖頭。雖然幾乎沒有外出的記憶，不過我記得，從窗戶望出去的景色與光明丘截然不同。那並非只是平地與山林間的差異，這點即便是小孩子的腦袋也足以理解。

「啊。」這個瞬間我注意到了。「是指破壞掉大自然後興建的城鎮嗎？在空無一物的地方開拓出的人工城鎮，是這樣對嗎？」

「那是誤會喔。典型的誤會。就算是大人，有這種誤會的人也不在少數哪。」

「那麼，新市鎮實際上是什麼呢？」馬上就急著想知道答案的我問道。

「是把過時文化摧毀掉後興建的城鎮。」

會長給出解答。

「這裡從以前開始就有人煙，有人類在此活動。昔日曾是一座農村。妳看過梯田嗎？像那種田的附近到處都有住家分布，這裡曾經是那樣的地方。後來在開發的過程中，大部分的農家都搬離了，農田被全數收購並填平。經歷過整地、重新規劃用地，因應增多的人口而蓋起林立的公寓大廈。就像現在這樣哪。」

「哦——」

「在這個下面，」會長踩了踩人行道上新鋪的柏油，「存在過去人們的生活，還有回憶，當然也有文化囉。要是忘記這點，遲早會遭報應的。」他說。

「那個和會長去後山這件事，有什麼關聯嗎？」我失去耐心直接問。

呼哈哈，慧斗真是急性子啊。會長笑逐顏開，隨後開始講述：「從前在這邊的村子裡，祭祀著某位神明大人。人們祈禱豐收、祈求祂保佑平安，總之大概就是這樣的信仰對象。村子每年會舉行盛大的祭典，也有蓋神社和小神龕一類的建築。其他地方都沒有，是當地才有的信仰哪。」

「信仰？」

「祭祀的神明據說叫作阿蝦摩神。妳應該沒聽說過吧？」

「嗯，從來沒聽過。」

「因為只有這裡才有過嘛，已經是過去式了，如今信仰的人一個也不存在。阿蝦摩神是不再受人祭祀的神明大人。」

會長放眼望向後山。

「這裡是座嶄新的城鎮，剛才慧斗說過對吧。換句話說，做為一個社會共同體還不夠成熟。現在只不過是住了許多的人，但是人與人之間還沒有建立起連結。慧斗也有感覺到吧？」

「嗯。」我點點頭，想起那些在上學途中打了招呼卻沒有回應的大人，以及回瞪我的大人的模樣。

「一旦發生什麼狀況，城鎮就會分崩離析。即使再怎麼去鞏固，也極有可能碰上山崩。大自然的力量畢竟遠超出人們的想像哪。」

「吶，會長……」

「正因如此才要藉助阿蝦摩神的力量啊。透過昔日受人祭祀的神明大人的力量，來讓光明丘發展成更好的城鎮。為了這個我做了不少調查，像是去訪問在城鎮開發前住過這裡的人啦，或是巡訪周邊尚未被開發的群山等等。」

因為這樣才會去山裡嗎？我總算理解了。然而，在我接下來的理解當中存有誤解。那時的我還太年幼，對於現實與虛構的區別還很模糊。

會長正打算讓神明大人復甦。

讓沉睡於那座後山裡名為阿蝦摩神的神明大人復甦。

我陷入這種異想天開裡。

「那位是……怎麼樣的神明大人？」

「慧斗很有熱忱哪，真叫人高興。」

會長呼哈哈地朗聲笑起來，從口袋裡取出一張照片。現在的年輕人可能不曉得，不過當時的照片需要成像在專用的紙上——也就是一種印刷物。

「拍的是祭典。大正時期，實際在這裡舉行過的祭典。」

那是張黑白照片。

照片裡的建築物有著醒目的梁柱，猶如能劇舞臺簡化後的場景。在建築前方有個頭戴黑色冠帽、臉覆灰面具、身著黑色日式傳統裝束的人正以手撐膝，傾身注視我們。當然，實際的顏色無從辨別，不過對我來說看起來就像那樣，有別於在神社常見的赤紅或金那類鮮豔的顏色。我主觀地如此認定。

那頂冠帽上裝飾了好幾個長而扁平的突起物，分不出是耳朵抑或角。

面具上有兩顆巨大的眼睛。輪廓線條在左右兩端收攏，形成所謂的「眼型」，然而裡面的眼珠子小得很極端，乍一看好像只有眼白。從內眼角到眼瞼的皺褶等細節皆被精雕細琢地刻劃出來。相反地，耳朵和鼻子可能是被省略掉了，完全無法從中辨識。看上去就像眼睛下方馬上接著一張嘴巴。

而面具的嘴巴鬆垮垮地張著，裡面一顆牙齒也沒有。在下嘴唇的中間位置有個像是垂下來的東西，大概是舌頭吧。

那張面具本身把人臉完整地覆蓋住，舌頭的造型也遮住了脖子。人的手腕到指尖的部分亦藏在傳統裝束之中。雖說只是巧合，但能夠識別出這個人是個人類的部分，全都被隱藏起來了。

所以那時的我不覺得照片裡的是個人類，也很難再單純只把他視為祭典上的舞者。

「阿蝦摩神……」

我用顫抖的聲音低聲呢喃。

「神明大人即是災厄的化身，也是疾病的化身，進一步來說，亦象徵了那些對人類而言不利的事物。一般的溝通對神明是不管用的，祂們更不會顧慮我們的利益與需求。其實也就是一切憑人類的力量束手無策的事物，都被統稱為神呢。所以大家會動員全部的人來討好神明，好獲取只對人們有益的部分。這就是所謂的祭祀和信仰唷。」

我心不在焉地聽著會長所說的話，目光始終離不開照片上的那張面具。

「那個信仰被淘汰所代表的意義……妳明白的吧，慧斗。」

「嗯。」

「所以我才在調查，絕對沒有抱著玩耍的心態。雖然對慧斗妳過意不去，不過我沒有讓其他人牽扯其中的打算。」

「嗯。」

「這之後我也會繼續頻繁地進到後山，但是慧斗不能跟進來喔。其他人也一樣。不管小孩子或大人都不行。與不再受人祭祀的神明接觸會有多麼恐怖，慧斗很清楚對吧？」

這一次我答不出話來。

就連將想法化作言語說出口都令我開始感到懼怕。在後山的群樹深處，正躲著兩顆巨大的眼珠子直勾勾盯著我們大家。這種胡思亂想的畫面逐漸膨脹。

或許是看穿了我內心的想法，會長再度笑起來，將照片收起。我鬆了口氣的同時也產生遺憾的念頭。本來還想再多看幾眼地說。

「那份感受是很重要的喔。也就是所謂的敬畏之情。」

「敬畏之情？」

「妳等等要回家寫作業對吧？加油唷。」

會長如此說著，揮了揮手便離開了。我愣愣地佇立原地一段時間，才忽地回過神來，拔腿跑開。一直到進家門以前，始終感覺有視線從後山窺視過來。

縱使是人為打造出的清新的新市鎮，在從前也存在人類活動，並且有著當地的信仰，存在受人祭祀的神祇。雖然都是些想當然的事，卻在在讓我感到意外。正是如此才更令人毛骨悚然。

於是我在心裡堅定發誓，絕對不能進到山裡去，甚至認為想探究會長祕密的自己實在太過年幼且愚昧了。自那之後，我開始幻想光明丘處處充斥著非人的存在，與憑人類的力量無法干預的存在，並且畏懼祂們。這點至今也沒有改變。

早晨的空氣。後山群樹的沙沙作響。

一旦雨勢稍大就暴漲的排水溝水流。
日落以後、闇夜到來以前，被染上青紫色的公寓大樓群。
臨雪之日的靜寂。
神明無處不在。說過這句話的是誰呢？
不論會長這個人的評價究竟如何，和他的交集，對於現在的我、乃至於對現在的光明丘皆造成龐大的影響，這點以閱讀本書的人而言應該可想而知吧。

## 三

從會長口中聽說「阿蝦摩神」故事的隔週，星期六。學校的課上到中午結束，之後我一個人到外頭散步。就算是大白天的，只要我待在外面就會思考神明大人的事情，儘管有感到害怕的時候，卻也會感受到樂趣相伴。我正尋求著刺激。
厭倦了在成棟的公寓大樓群裡探險，我穿越大馬路來到由獨棟房屋組成的住宅區。沿路的櫻樹謝落了大半，染上嫩綠的顏色。我一邊眺望相連的一幢幢住宅一邊拐過轉角，接著便見到在一棟獨立住家前面停了搬家公司的貨車。壯碩的男性們陸陸續續從車斗上卸下紙箱，搬進屋裡。

那間屋子的門牌上寫著「飯田」的字樣。

原來是飯田叔叔和阿姨的家，我高興了起來。飯田夫妻是在路上打招呼後一定會回應我的「好人們」。當時他們已經六十五歲左右，就算稱呼爺爺、奶奶也不為過，不過他們的身子還很硬朗，時常兩個人一起在附近散步。聽說他們的小孩早就成年去都市生活了，難道搬回來一起住了嗎？

有個人貌似正在指揮工作人員。

「飯田叔叔！」

我跑了過去。叔叔一認出我便了然地「哦」了一聲步出家門。

「在搬家嗎？是誰要來呀？」

「嗯。」

「是你們小孩的一家人嗎？啊抱歉，我是說令郎或令嫒他們一家嗎？」

「嗯，對啊。」

叔叔撫摸著他那顆幾乎沒有頭髮的頭說道。雖是一如往常的動作，那張臉上卻浮現疲憊的神色。回話的態度也比平時冷淡了好幾倍。

也許是處在忙亂之中，沒有搭理附近小孩的餘裕吧。總算察覺這點的我留下一句「拜拜囉」結束交談，便跑開了。

回到大馬路上，一輛汽車正爬坡上來。汽車在我的注視之下緩緩減速，轉進我走過來的方向。是陌生的車種和沒見過的車牌號碼。我在無意間將視線投往車子裡面。

手握方向盤的是名中年男性。他的身軀瘦削如火柴棒，頂上禿了一半，下垂的眼角與大嘴巴都和飯田叔叔極其相似。

是飯田家的兒子。原來搬回飯田家的是兒子一家人啊。我目不轉睛地盯著瞧。副駕駛座上好像坐著一名女性，但看不見她的臉。

後座坐著一個女孩子。她靠在座椅上，用毛巾毯蓋住脖子以下的部位，擺出一副曖昧難辨的表情往空無一物的地方凝望。纖細的脖頸、小臉蛋配上小巧的眼鼻，大概和我差不多年紀吧。

倘若如此，近期肯定就會轉學到我們這裡。如果同一屆就太棒了。同學增加。意味著朋友會增加。

直到那個女生乘坐的車子拐過轉角從視野裡消失以前，我都沒移開目光。星期一去跟大家說吧。不對，還是別說好了。到時候等著看大家驚訝的樣子吧。我考慮著這樣那樣的事，滿懷期待的同時再度啟程散步。

然而。

到了星期一，然後是星期二，即使過了一週的時間，那個女生都沒有來學校。忍無可忍的我終於在星期一的朝會上舉手：「老師！」

野村老師眨了眨眼後望向我，我於是站起來發問：「上週，飯田家有小學生搬過來對吧？我想應該是他們家的孫女，她還沒轉學過來嗎？」

看得出老師的柔和笑臉變成了假笑。

「她應該不會來喔。」

「為什麼？」

「像那樣的孩子有屬於她前進的道路。是條和我們不同的路就是了。」

「上學不是義務教育嗎？所謂的義務不就是非做不可的意思嗎？」

教室裡傳出不知是慘叫抑或嘆氣的聲音此起彼伏。同學們用憐憫的視線注視著我。

「怎麼了嗎？」

「慧斗，那些事晚點再談吧。」祐仁湊過身來，小聲說道。

「妳太不了解這個世道了，晚點再告訴妳那方面的事。」

「可是，大家都要上學的對吧？不一定要來這邊，不過所有人都要去學校沒錯啊。像我家隔壁的千春、住同大樓八樓的智也都要。那個女生也會去他們那邊吧。」

「慧斗同學，聊天就到此為止吧。」野村老師用假惺惺的聲音說。

「老師，這樣的話，那個孩子到底會去哪間學校呢？」

「飯田家有他們家的考量吧。」

「但是……」

「慧斗！」

她把點名簿摔到地上。聽見巨大刺耳的聲響，我們嚇得縮成一團。

野村老師的臉上充滿怒容。

「老師就直說了，所有不來我們學校的人隨便怎樣都無所謂。我也曉得飯田家和這個孫女的事，但是那一家人特別無藥可救呢。」

「為什麼？」

「畢竟是毫無可取之處的人種嘛。」

她毫不留情地斷言。無法想像這是從一名老師的口中說出的話語，令我感受到一股胃絞痛似的不快。局促的教室彷彿變得過分空蕩。

我說不出任何話來，僅是盯著她看。野村老師忽地咧嘴獰笑。

「老師不需要不普通的學生。好了，第一節課上國語。大家把課本打開來。」

她若無其事地開始上課。我默默坐回椅子上。這之後同學朗讀的聲音，還有被老師叫到的回答聲，都像從遠方傳來似的不真切。

# 四

換作現在，我應該能反駁野村老師吧。她的思想究竟有多麼狹隘，表現出的模樣有多麼情緒化且幼稚，我都能冷靜地逐一指謫出來吧。

只不過，她的反應與發言對於當時的我來說實在太過衝擊。班上的多數同學皆贊成她，這點也教人不敢相信。我心中留下的傷口比想像得還深，即使回家後也無法向大人們傾吐那天發生的事。無論對爸爸或媽媽我都絕口不提。

那個孩子究竟有哪裡「不普通」呢？

假使她真的不普通好了，又是為何非得被排拒到那種地步不可？為何非得被一個踩在教師立場的人侮蔑不可？

那一天的我睡不著覺。後來一段時間我都睡不好。放學後就逕直回家，陷入憂慮的心緒裡。那樣的日子持續了一陣子。關於這段時期的記憶就好像受到雲霧籠罩一般，如今已變得模糊而不可考。

我能回想起的是再經過一些時日後，某節下課時間的對話。

「慧斗、慧斗。」

聽見有人叫我，我循聲轉過頭去。深雪靠到我的桌子旁邊，推了推她那副粉色鏡框的眼鏡說：「飯田叔叔他們家，好像真的很不妙耶。」

「很不妙？」

「那個呀，他兒子的那個老婆，也就是女生的媽媽沒錯吧，好像是個有點胖的阿姨。」

「嗯。」

「那個阿姨會在附近徘徊，到處傳教的樣子。」

「傳教是指？」

「宗教啦，新興宗教。」

陸人加入話題，邊搔著他的小平頭邊插嘴說：「我也看到了。她抱著一疊手冊沿著一間一間房子登門拜訪。被拒絕的話就會死抓著門恐嚇人：『再這樣下去你會下地獄喔！』」

恐怖喔——他笑鬧著說道。

我不明白那個意思。不過哪怕我對宗教的理解很淺薄，也能感覺到她的「傳教」的舉動很奇怪。

「新興宗教是什麼？」

一老實發問，陸人就應了一句：「就是那個啦。」隨後將雙手交抱胸前。「是某種不妙的東西。聚集了一群傳授不尋常思想的不尋常的人們，會說些地獄啦和惡魔啦之類的話。這是我聽到爸爸跟媽媽講的，一定不會錯。」

他一臉得意地挺起胸膛。說明的內容過於籠統，實際上形同沒說。不過，我在意的重點不是那裡。

「連你爸媽也知道喔？」

我的腦中浮現爸爸媽媽的臉。既然老師都曉得了，爸媽會知道也沒什麼好奇怪的，話雖如此，他們不曾在我面前討論這件事令我感到無法理解。

陸人沒有回答我的問題，只一個勁地重複嚷嚷「宗教超不妙的」、「好可疑」之類的話。深雪也認同地點著頭。正當我想打斷他們的時候——

「那時候有小孩在嗎？」

一道睏倦的聲音響起。

是本該在睡覺的朋美。她以雙手抵在桌上撐著頭，用幾乎還瞇著的眼睛盯著我們看。

「喂，有小孩在嗎？」

「在問我嗎？」

「不然咧。」

朋美語帶不悅的口氣馬上讓陸人屈服，他接著回答：「沒有，我沒看見。」

「是喔，我有看到唷。她跟在那個像她媽媽的人旁邊。」

咦！大家發出驚呼，不過朋美沒有其他表示。非但如此，她還準備再度趴回桌面。

「等等朋美，等一下！」

我搶在這個瞬間把手滑進她的額頭和桌子之間。

「又怎樣啦？」

「是怎麼樣的小孩？」

「別再問了吧。感覺很可憐。」

「很可憐是怎樣？」

「慧斗問題一堆耶。」

朋美打了一個大呵欠，隨後抹了抹臉。在她眼中泛著粼粼的淚光。

「她坐輪椅喔。」朋美毫無顧忌地說道。「大概生了什麼病吧。手看起來也行動不便，那個像媽媽的人負責推輪椅。她還把像是募款箱的東西掛在脖子上。」

「真的嗎？」

「不對，應該是被掛上去的才對吧，那種東西。」

嗯嗯。她發出認同的聲音點點頭，視線落在遠處的一個點上。

不知何時大家都圍了過來。

「還有嗎？還有嗎？」

我繼續發問，朋美在短暫思考過後回答：「還有大喊。」

「咦？」

「這個也應該說是被指示大喊比較好嗎？『請助我們一臂之力，從惡魔手中拯救我們這些孩子！』那個女生這樣喊著，然後遞出掛在脖子上的募款箱。」

朋美一副疲頓的樣子靠到椅背上。陸人不停說著不妙、不妙。班上其他同學也在七嘴八舌地討論著什麼，然而都已經傳不進我的耳裡了。

我想起隔著車窗看到的那個女孩子。那副曖昧難辨的表情。那種彷彿既不安又寂寞，卻又不屬於這兩者的其中之一，是某種帶著頓悟的表情。

# 五

那段時期我們所居住的，是個狹隘得無法與現在相提並論的世界。同學、爸爸、媽媽、老師、住在光明丘的善良的人們。除此之外的事物都被歸類在外界。社會局勢什麼的不過是電視方盒中發生的事，關於日本是怎麼樣的國家、總理大臣是什麼樣的人一概不知，連去了解的念頭都不曾動過。

會長口中的本地神，還有搬到飯田叔叔家住下的飯田兒子一家人，對過去的我來說，像這些存在都遠要實際得多。

身邊的人所說的話曾經就是這個世界的全貌。

任誰都有過這種體悟吧。即使成為大人了，依舊無法從那種世界脫身而出的人也不在少數。不，或許占了壓倒性的多數也說不定。網路並沒有讓世界遼闊起來。近年來興起的社群網路也是類似的概念吧。不如說它將演變成一種服務，讓擁有相同偏頗思想的人類容易連結在一起，製造更多更狹隘的世界。我不由得這麼認為。

突然出現在光明丘，帶來詭異「新興宗教」的母親與其女兒。這兩人的動向對我們來說是一起事件，亦是注目的焦點。

隨著日子一天天過去，越來越多傳聞傳入我們耳裡。

雖然目前貌似沒有被成功勸入教的大人，不過聽說有好幾戶人家都捐款了。多半是覺得那個女孩子很可憐吧。

女孩子不一定每次都在。就算在場也總表現出筋疲力竭的模樣，有時連交談都無法順利進行。

那名女人應該就是她母親沒錯了。因為女人會在逐門拜訪時，親自說明女孩是自己的女兒。另一方面，幾乎沒有關於女孩父親的情報。她的爺爺奶奶，也就是飯田叔叔和阿姨的情報亦同。

住在光明丘郊外的宇都宮婆婆，某天傍晚邀請了這對母女到家裡作客，而且聊到相當晚的時間。陸人一來學校就告訴我們這件事，大家紛紛躁動起來。聽他說是從爸媽的談話中偷聽來的。對於他持續不懈的辛苦努力感到敬佩的同時，我心中的不信任感也愈演愈烈。

爸爸和媽媽好像都很在意飯田家的事情。儘管如此，卻在我們這些小孩子面前表現出若無其事的樣子，過著和往常一樣的生活，故作漠不關心，刻意不讓我們碰觸到這個話題。

「他們聊了什麼？」我問。

陸人站在大家的中心得意洋洋地回答：「聽說都是些亂七八糟的內容喔。靈魂啦惡魔啦，地獄跟淨土和淨化什麼的。還有什麼藉由展開氣場來提升靈性的。」

「好詭異。」深雪說。

「最後還發展成讓人頭痛的局面咧。那對母女好像還想留下來一起吃晚餐的樣子，宇都宮婆婆直接開口拜託她們回去，才總算把人給趕走。」

「當初別邀進家裡不就好了嗎？」我說。

「那個嘛，沒辦法啦。」祐仁面有難色地說。「宇都宮婆婆她啊，自從丈夫過世後就一直是一個人生活。再加上她不太和鄰居打交道，應該很寂寞吧。」

「我沒看過她耶。原來是老婆婆嗎？」深雪問。

「對，她之前還對我喊著『去、去』要趕我走欸。」班上不知道誰說道。我倒是和她打過好幾次招呼，每一次都會收到「好咧」的答覆，聽上去粗魯中卻帶著愉快。從外表和舉止看起來，也不像有排斥與人交際的樣子。難道遇到的時機不同也有關係嗎？

「那個小孩呢？」

「似乎叫作ㄑㄢ。就那個啊，寫起來像草字頭加上西的那個字。之前不是也有人叫這個名字嗎？」

茜。原來那個孩子的名字是茜嗎？這麼說來全名就是飯田茜囉？

「啊——你說茜喔，是有過這個人。」有人回道。

「那傢伙不是很快就搬家了嗎？已經離開半年了吧？」

「嗯，好像是她家長擅自決定的。說是感覺這邊很噁心、很異常。」

「明明她待得很快樂的說。」

「無法適應新市鎮的人，也還是存在呢。尤其是大人。」我插嘴說道。「然後呢？那個飯田家的小茜怎麼樣了？」

陸人接著回話：「聽說她沒有主動說過任何一句話，也沒回答宇都宮婆婆的提問。只有在她母親問說『妳身體會這樣都是惡魔害的對吧？』時，精神抖擻地回了一聲『對。』」

嗚哇啊——大家聽完一起露出厭惡的表情。我大概也有吧。陸人的說明雖然很粗略，可光聽這些便足以從中推想飯田茜與那名母親的異常，她們所信仰的「新興宗教」是某種詭異的東西，同樣可想而知。

由於老師在這時進入教室，對話因而到此結束，但之後不管是上課或午餐時間，我淨是在考慮有關茜的事情。

一放學我便跑回家，進到玄關時發現一雙男性的鞋子，那既不屬於爸爸，也不是媽媽的。

從客廳傳來「呼哈哈」的笑聲。

「會長！」

我跑過走廊進到客廳，會長見狀立刻從椅子上站起來：「哦，慧斗。」隨後將我抱進懷裡，原地轉了幾圈。

爸爸和媽媽坐在桌子對面，邊笑邊說著「危險、危險」。桌面上放了成堆的檔案夾和書面資料，上頭貌似寫了什麼艱深的東西，只瞥一眼完全無法理解。

「在談工作嗎？」

「我們打算讓祭典復活哪。」

會長答道。他攤開幾張資料讓我瞧。

上面印有好幾張黑白照片。野草繁生的廣場上，身著簡陋和服的人們圍成一圈。中央設有類似祭壇的東西，它的旁邊站著黑色的人物。是「阿蝦摩神」。祂穿戴的冠帽、傳統裝束，以及面具，和以前會長給我看過的相同。在與其他張照片比對過後，感覺應該是在跳舞。雖然聚在一起的人們踩的舞步看起來很笨拙，但應該也算跳舞吧。

「意思是……要讓這個重現嗎？」

一股興奮之情悄然浮現，我詢問道。

「要忠實地重現雖然很有難度就是了。參考資料很少，那些經歷過的人們的記憶也很模糊。」

「像我就不禁會想，果然不能只做到有點模樣的程度就好嗎？」媽媽苦笑著說。

「就是為了做到有模有樣才在做調查呀。就算是對宗教或民俗不了解的人，也會敏銳察覺出來喔，眼前舉辦的祭典究竟是心意虔誠的儀式，抑或是單純為了聚在一起吃喝而巧立的名目。」

「像公寓大樓舉辦的夏季祭典，就很無聊說。」

「是啊，那種掃興的活動已經失去祭典的意義了。」

我注視著會長熱情講述的模樣。多虧他先和我解釋過，所以現在所說的內容我都能理解。可以聽懂大人間的談話，這令我感受到一種刺激的喜悅。

趁對話中間出現停頓時，我針對飯田家的事發問：「你們其實很在意對吧？為什麼要在我們面前裝作不知情的樣子？」

「不是那樣的。只是考慮到對慧斗妳來說可能很難理解。」

爸爸答道。媽媽則點了好幾次頭附和。

「不覺得很可憐嗎？小茜似乎被她媽媽當作傳教的工具耶。」

「唔，話是沒錯。」

「既然如此就幫幫她嘛。」

爸爸和媽媽兩人面面相覷。半晌後，換媽媽開口說話：「慧斗，所謂的宗教呀，只會拯救相信它的人喔。」

「咦？」

「看在不相信的人眼裡會覺得它怪異或不幸、是種不好的東西，可是對相信的人來說卻不是這麼回事。那個孩子是否需要幫助，我們無從得知呢。」

「才沒這回事，因為……」

「慧斗，那樣是在強加自己的常識於人，強行把自認為的幸福套用在他人身上喔。」

爸爸溫柔地出言訓誡。

「妳會那麼想，是因為在學校聽了大家說的話的關係，對吧？那些傳言有多少真實性，妳可曾思考過呢？就算是真的，其中難道不會有被誇大或加入說話者擅自臆測的內容嗎？會不會是在說話的過程中，那個叫作小茜的孩子很不幸、很可憐的形象逐漸變本加厲，才從而變成了大家認知的事實呢？」

我無法提出反駁。雖然到了現在我才明白意識到，流傳在我們之間的流言蜚語的可信度究竟有多麼低，不過之前其實就隱約有所察覺了。

說是這麼說，我卻無法苟同。

「有什麼不滿嗎？慧斗。」

會長邊捋鬍子邊說。我在幾經猶豫後點了點頭。

「那會長覺得……？」

「妳爸爸媽媽所說的話沒錯哪。」

這個人也一樣嗎？就在我即將灰心喪氣之際——

「但這只不過是一般情況下的觀點罷了——要這麼反駁也可以。那位叫作小茜的女孩子到底幸或不幸，這兩人應該也沒有十足的把握喔。」

媽媽一時語塞，爸爸一臉尷尬地搔著頭。我則驚訝得目瞪口呆。不會因為是父母就知道所有事情。在那個瞬間我首次意識到這種理所當然的道理。與此同時，也是我明白了父母就算不懂也會試圖解釋、誆騙、誘導孩子的瞬間。

「當然我也沒有把握喔。我也不清楚詳情，和這兩人沒什麼不同。」

會長所說的話為我帶來更深一層的震撼。坦率地揭露自身的無知，絲毫未有想遮掩的意圖。我被那份誠實深深撼動，心中懷抱的尊敬念頭比迄今以來的任何時刻都要強烈。

我想討他喜歡、想展現出自己美好的一面，腦中浮現出這些想法。這三個人再次展開有關祭典的話題，我則思考起下一步該做什麼。

開門聲響起，隨之傳來祐仁開玩笑的聲音：「唷，本大爺回來了。」於是我朝玄關飛奔過去。

# 六

當週星期天，午後時分。

站在飯田宅第前的我正忐忑不已。每回都在快要按下門口對講機的時候，就縮手打退堂鼓。

「要換我來嗎？」祐仁苦笑著說。

「不了，畢竟策劃這件事的人是我。」

「按啦按啦，不就是按下去而已嗎？」朋美半垂著眼不屑地說。

「好吧。」

不知是第幾回下定決心伸出手指，然而在即將碰到按鈕的前一刻我又停下了動作。拜訪既非同學也非朋友的家，在當時還是第一次。雖然沒有行人經過，但任誰來看肯定都會認為我們是可疑人物吧。所以要快點行動才對，可是手卻按不下去。我重複著令人啼笑皆非的躊躇。

「啊啊真是的！」

大概是忍耐到了極限，這次換朋美從旁邊伸出手指，而就在這個時候，老舊的玄關門被人打開了。

現身的是前陣子那名開車的中年男性。以為要挨罵的我縮起身體，但對方只是一邊愣愣地注視我們，一邊反手帶上門。

「請問是哪位？」

「初次見面。我們是住這附近的人，就是那間公寓大樓。」

祐仁指向附近蓋了好幾棟住宅大樓的位置。

「這個嘛，這次是這樣的……」

「請問茜在家嗎？」我打斷祐仁逕直問道。「我們想和她見面說說話，所以就來了。」

「就是這麼回事。啊哈哈。」

祐仁最後總結。朋美則始終不發一語瞪著男人。

男人用著宛如老人的緩慢動作走到庭院大門前，就這麼走了出來。

「她應該在房間裡吧。請進。」

他抬手示意敞開的大門。

我卻困惑了。這是在邀請我們進入家裡嗎？不曉得該做何判斷。朋美和祐仁恐怕也有相同的想法吧，兩個人同樣僵在原地不動。

我們保持沉默，男人隨後留下一句「那我先走了」，便朝大馬路的方向邁步。

「請稍等，叔叔。」我出聲請他留步。「『應該』是什麼意思？」

「也沒有什麼意思……」

男人搓搓鼻子。

「我想想喔，早上就沒看到她了。車子不在家裡，說不定是和我老婆……和她母親出門去了，不過也可能只是待在房間裡而已。所以才說『應該』。」

「那個，不好意思，但難道你不會在意嗎？」

「不會啊。」

面對祐仁的問題，男人聳聳肩答道。他的臉部肌肉鬆弛，眼神空洞。衣服皺巴巴的，襯衫領口的地方有像是吃東西時沾到的茶色汙漬。

祐仁接著擠出微笑：「學校……話說她沒去上學耶。」

「是嗎？嗯，那應該是我老婆做的決定吧。」

「你是她爸爸，沒有錯吧？關於那件事……」

「無所謂。我都交給我老婆全權處理。」

他在休閒西裝褲的口袋裡翻找，拿出香菸，然後當場點火，開始抽起來。菸灰掉到穿涼鞋的腳上，但男人看起來絲毫沒放在心上。

「沒其他事了吧？」

「請問是要出門嗎？要去哪裡呢？」

「去哪好呢，總之先去打小鋼珠，或去圖書館吧……」

「難道所有事都無所謂嗎？」

忍無可忍的我提出質問。男人俯視著我，把菸蒂丟到柏油路上。明白對方對我沒有好感，我的雙腿不禁發軟，但我仍筆直回看他。

呼的一聲，男人忽然露出虛弱的微笑。疲於隨情感起舞、倦於思考，他的微笑代表的就是那種意涵。

「算了吧。因為這樣才是最和平的啊。」

他再次示意我們進入家門，而後離去。等到再也望不到他的背影後，我們三個面面相覷。

「沒想到事情會變成這樣。」

祐仁一臉困惑地搔著臉頰。

「要怎麼辦？」朋美邊打哈欠邊問。

在腦袋運轉前，我的手先一步按下了對講機按鈕。他們兩個不約而同發出一聲「喔」。

稍待片刻後，從對講機傳來飯田叔叔的聲音：「你好——」在我報上姓名後得到「請稍等一下喔」的回覆，叔叔將通話切斷，一會過後門開了。迎接我們的是叔叔那張熟悉的臉龐，然而他露出的表情我卻不曾看過。現在的我應該會如此形容：那是種摻雜了警戒、困惑與羞恥的表情。或許也可以說，那儼然像是隻瀕死的老鼠。

「怎麼了嗎？」

「那個，我們想說方便的話不曉得能否和茜說說話？」祐仁說。

「是慧斗說不管怎樣都想和她說到話的。」

朋美嫌麻煩地說著，我在一旁不停點頭。

「這樣啊。」

叔叔沉思了半晌，隨後浮現一抹曖昧的笑容，說：「你們知道茜有生病嗎？」

「知道有坐輪椅。」

「對的，她不太能夠行動，說話倒是沒問題呢，所以她只能玩一些靜態的遊戲喔。明白嗎？」

「明白。」

「拜託請讓我們和她見面。」

祐仁鞠躬請求。我亦慌忙跟著行了一禮。

「嗯，這個嘛，好啊。」

叔叔語帶猶疑地說道。

# 七

鞋櫃上方裝飾著一幅照片。在紅與金交織的鮮豔相框中，有一名身著白色立領中山裝，梳著大背頭的肥胖男性正揚起微笑。其臉色紅潤，眼眸炯炯如少年，牙齒皓白。照片上面還寫了些字，但無法辨識。

「是叔叔你的親戚嗎？」

「差不多吧。」

叔叔如此說著，指向離玄關不遠的一道樓梯。看得出他正用身體擋住走廊。

「歡迎你們。」

從走廊傳來阿姨的聲音，但也僅此而已。我們三個人跟隨叔叔的帶領踏上樓梯。茜的房間位於二樓的最裡面。房門開了一個小縫隙，叔叔打了一聲招呼：「茜，我開門囉。」接著慢慢將門打開。

映入眼簾的是間六疊大的西式臥房，床上有個女孩趴著。

與之前見到的車上景象相同，毛巾毯蓋到她的脖子上將全身藏起。她的大枕頭則被色彩鮮豔的浴巾包裹住。

「附近的小孩子來家裡唷，說想和妳一起玩。」

叔叔的聲音聽起來像是從遙遠的一方傳來。

那時的我眼中已經沒有了茜的身影。位於茜的床鋪跟前，某樣擺放在牆邊的物體奪去了我的目光。它的兩側設置了滿是棘刺的燭臺，上頭的蠟燭快燒完了。

那是一座奇怪的綠色塑像。

高約五十公分，被立在櫥櫃中央的一塊紅色毛氈布之上。

其外型由無數條蛇相互交纏，構築成人類的形體，又或者其實是從人類形貌的某種東西上面長出觸手。看起來就是這種感覺。

扭曲的手腳看不出關節在哪裡，軀幹的部位既沒有腰也沒有胸，亦沒有脖子，從肩膀直接連到渾圓的頭部。

臉部被鑿出無數個孔洞。沒有眼、鼻、口，甚或耳朵。

無論綜觀全體，抑或單看其中一部分都看得出做工拙劣。左右不對稱的緣故，塑像無法直立。好幾處都印上了指紋，這點就算是小孩也看得出來並非匠心獨運的設計。上色嚴重不均，幾乎不具有任何品味和美感。

話雖如此，我還是會畏懼那座塑像。沐浴在它散發出的不祥氣息當中，甚至會感受到一股寒氣。直到被祐仁拍肩膀回神以前，我連自己身處何方都差點忘了。

房裡的四面牆上到處貼有類似護符的綠色紙張，上面也寫了字，可依舊無法讀懂。

「午安。」祐仁用明亮的聲音說。

「初次見面，我叫久木田祐仁。這個人是──」

我報上名字，彷彿想把截至目前感受到的寒氣驅趕開來似的。至於朋美則冷冷地嘀咕：「百瀨朋美。」

「我是慧斗。」

茜望向我們。那對大大睜開的雙眼馬上變得溼潤。看得出肩頸的部位正用力繃緊，明顯正在警戒著我們。

「妳叫什麼名字？」

我問她。想直接從本人口中聽到答案。

然而始終等不到她的回答。她只是一味地盯著我們。

飯田叔叔面有難色地開口說：「回答了也不會下地獄的喔。爺爺也會保密的，不會和妳媽媽告狀。他們是來找妳玩的，和他們自我介紹就可以了。」

祐仁挑起一邊的眉毛看向叔叔。朋美眉間的紋路皺得更深了。我感到極度的不可思議。所謂的下地獄究竟是怎麼回事？還有告狀呢？本以為是某種騙小孩的玩笑，不過怎麼看也不像。

「茜。」

叔叔再度出聲催促，但她依然什麼也沒說。她伸出纖細的手指拉高毛巾毯，將嘴巴遮住。用不著動腦也能明白，那是不想說話的意思。

我們離開了房間。「對不起。」祐仁表示歉意，但我卻沒有理解是有哪邊做錯，或他在為了什麼而道歉。

「實在對你們感到抱歉哪。」

叔叔將手撐在牆上，一面緩緩走下樓梯一面說道。

「她總是那個樣子。要有她母親——就是我兒媳婦呢——在場，沒有母親許可的話就不說話。」

「學校那邊也、那個……」祐仁欲言又止。

「喔，那也是她母親的意思。雖然我們有勸過讓茜上學比較好，可她母親不聽。」

叔叔長嘆一口氣。

「……嗯，不過就算有讓她上學，也不曉得能否快樂地學習、交到朋友就是了。畢竟生了那種病。以十一歲的孩子來說看起來很嬌小吧？她的身體正在萎縮。」

原來茜和我同年紀。

祐仁露出悲傷的表情。

「沒辦法像普通小孩一樣生活，也可能會被排擠，或被欺負……」

「沒那種事！」

我說，發出的聲音比預想的還大聲。叔叔走到樓梯中段時停下了腳步，回過頭的臉是因為受到光線影響的緣故嗎？總覺得看上去比先前還要消瘦。

「在我們學校不會發生那種事。如果有那樣做的人，我會阻止他。」

「哦，這樣啊。」

「啊——慧斗有實戰經驗喔。」朋美說。「深雪轉學過來的時候有被陸人戲弄過，阻止他的就是慧斗。也有其他例子喔。」

「有過這回事啊？」

祐仁難為情地回答：「嗯，她的正義感很強。雖然也有頑固的一面，不過我還是覺得很了不起。」

我害臊了起來，於是拍拍他的手臂：「別說了，那種話……」

叔叔抬頭望著我們，須臾之後揚起小小的微笑，說：「唉，要是每間學校都有像妳這樣的孩子在的話，情況又會有所不同吧。」

那猶如自言自語的口吻與視線，不是對著我們說的。話中的含意我沒能明白，正想追問時，外頭突然鬧騰了起來。

「哎呀。」

叔叔的動作溫吞依舊，但確實有加快步調，重新步下階梯。我連忙跟上。叔叔與我一同抵達一樓，幾乎是同個時刻，玄關門被人打開了。尚透著些許寒意的戶外空氣竄入屋內。

「哎呀。」

兩手抱著行李的微胖的中年女性一看見我們便說。她有一頭快要失去捲度的鬈髮、一張沒上妝的圓臉。身上那件不合時節的毛衣到處起毛球，牛仔褲已經磨破了。

是茜的母親。那名帶著女兒致力跑到各個地方傳教與募款，信仰「新興宗教」

的母親。我提高警戒。在她那張呆滯的臉上，逐漸浮現出一種說不上是悲傷或憤怒的表情，不管是哪種都很破壞氣氛。不好的事情即將發生。

「爸，你讓外人上二樓了嗎！」

她發出宛如世界末日來臨的哀號，作勢要把行李往玄關地板上摔，隨後動作一滯，最終將東西輕輕放到了走廊上。其間的視線未曾從我們這些「外人」身上離開片刻。一雙睜大得幾欲裂開的眼中布滿血絲。

「抱歉哩。」

叔叔毫無反省之意地說。那種態度是由於已經曉得了應付的方式，抑或放棄了感情用事，兩種解釋都說得通。感受得出來，那和稍早在門口遇到的茜的父親的態度之間有共同之處。

「給我下來。快點。」

茜的母親說道。祐仁慌忙奔下最後幾階樓梯，朋美緊隨其後。似乎是嚇得不輕，她難得把眼睛睜大，動作也比平時要快。見到那種樣子的朋美，我的心中這才終於湧現出一股恐懼的心情。

異常的人就在眼前。無法得知會被怎麼對待。如果只是被趕出門那還算好了——正當我這麼想的時候。

「跟我過來！」

茜的母親猛一揮手，把我們推開後自己踏入走廊，穿過途中一扇敞開的門。裡面的是起居室？還是和室嗎？從我所在的位置無法瞧見，只聽得見飯田阿姨語帶顧忌地說出「歡迎回來」。

「唉，不要緊的。普通答話，別說些多餘的話就好了。」

飯田叔叔帶頭率先走進去。

穿過門扉，顯現在眼前的是一間寬敞的房間。廚房、餐廳、起居室相連在一起，窗外有著差不多寬廣的庭院。然而我一點也不感到羨慕，更遑論覺得氣派或者奢華。

像樣的家具裡面一件也沒有。既不見電視、沙發、桌子、地毯，亦沒有音響類的設備或櫃子，以及窗簾。唯獨一座巨大的餐具櫃坐鎮房間一隅，可是當中沒有放進任何餐具。另有數顆燈泡從天花板垂掛而下。

僅僅如此的話，頂多讓人停留在清淨的印象吧。不過這間房內，卻塞滿了異樣的物品來取代家具。

足可供一個成人環抱的綠色粗糙物體一共有三件，並排放著像要把窗戶擋住似的，每一件的上頭都插著枯萎的咖啡色蝴蝶蘭。多虧有蝴蝶蘭的緣故，勉強能判斷那些物體是壺罐或瓶器一類的東西，但去到庭院的路線被這些東西完全截斷，呈現出的異常氛圍顯而易見。

牆壁上密密麻麻地貼著在茜的房裡看過類似護符的東西，以及掛在鞋櫃上那位「親戚」的照片。其中有一張特別大張，是那個人的全身照，被裝飾在裡面的牆壁上，背景的白雪皚皚的山岳，感覺上是合成的。相框上刻有火焰紋樣，被漆成金色。

在照片旁邊設有金色與紅色漆成的祭壇，當中立著那座塑像。比起在茜的房內看到的還要大上一號，外觀的左右失衡亦更要嚴重。

附近隱隱約約飄散著廚餘的臭味。

地上散落滿滿的紙箱與紙屑、瓶與罐等雜物，簡直沒有能立足的地方。茜的母親和飯田叔叔全像是踩在踏腳石上一般，看準雜物堆中依稀露出的地板一跳一跳地過去。我們仿效他們的做法進到起居室內。

來到一處把大紙箱像椅子一樣排排擺放的地方後，茜的母親馬上坐到那些紙箱上。叔叔走到待在房間角落的飯田阿姨身邊，並坐到小小的坐墊上。阿姨明顯蒼老了不少，一頭白髮肆意披散且凌亂。

「到那裡坐下。」

茜的母親所指的「那裡」有塊發皺的野餐墊。祐仁將皺褶攤平，我們三個隨後排成一排跪坐其上。

「說出你們的名字、地址和聯絡方式，從你開始照順序。」

她指向祐仁。

「由我一人代表來說，可以嗎？」

祐仁陪笑著答道。我感到驚訝的同時也鬆了口氣。老實說，在坐到墊子上、被她俯視的那一刻起我便退縮了，一種想哭的心情止不住地增長。

「有何不可嗎？我和這位久木田之前就認識了，他可是信得過的男人喔。」叔叔戰戰兢兢地說。「別說出多餘的話」，儘管先前他以眼神如此示意，但還是主動替我們解圍了。阿姨同樣點點頭張口欲言，然而最終僅發出沙啞的哼哼聲，未說出一句話來。祐仁一臉感到過意不去的模樣搔了搔頭。

茜的母親瞪大雙眼回望他們兩人。叔叔與阿姨露出虛弱的微笑回應，彼此肩倚著肩相靠。

「嗯，算了。你叫久木田是嗎？」

「是的。」

「開始說吧。」

祐仁收到指示，報上自己的姓名、住址和聯絡方式。連同與我們的關係、來訪的目的也一併報上。

茜的母親從塞滿東西的包包裡拿出小筆記本，興匆匆地提筆開始記錄，時而停下手上的動作，盯著我們觀看。我小心翼翼避免和她對上視線，一邊暗中觀察她的樣子。

「……後來，準備要回去的時候，就碰到太太妳了。事情的經過就是這樣。」

祐仁敘述完畢，茜的母親卻還在繼續做筆記。自動鉛筆芯擦過筆記本的聲音傳遍整間寬廣的房間，沙沙作響。我、祐仁以及朋美，還有飯田叔叔與阿姨皆屏息等待。

她這才從筆記本上抬起頭。

「為了來看茜……來找她一起玩，剛才是這樣說的對吧。你是跟著中間這個孩子來的？」

「嗯。」

「所以主導的人，是妳？」

自動鉛筆的尖端朝我指過來。「不對，那是我措辭不當，是我——」

「主導的人，是妳嗎？」

茜的母親無視祐仁，再度指著我，刻意擺出面無表情的樣子直直望過來。祐仁因而縮起身子一臉慘了的模樣，只差沒說出口。

我打了一個哆嗦。這種誇飾法雖然老套，不過我確實感覺心臟好像要奪口而出似地跳得飛快。透過眼角餘光能看到叔叔正遠眺旁邊，裝作心不在焉的樣子。現在的他置身事外，不會來幫我們。朋美放在膝蓋上的手緊緊握成拳頭。

我下定決心出聲回答：「……是的。」

「被誰指使的？」

「咦？」

「所以說，教唆妳的是誰？三原（ミハラ）那些人嗎？光靈天城（光の霊の天城）的人？還是說——古杣的語部（古杣の語り部）？」

我完全聽不懂她在說什麼。每個單字都讓人無法理解，也不清楚她推測我受人教唆的理由。

「我、我自己想來的。我告訴祐仁想要過來拜訪。」

「哦，原來如此。鈴宮（スズミヤ）會跟大地之民有勾結嗎？就知道是這樣。竟然把追兵派到這種地方來。」

這回雖然有幾個聽得懂的單字，但談話的主旨仍舊超出了我能夠理解的範圍。我們並沒有在對話。明明同樣說著日文，卻完全無法交談。而且我們現在，正身處她的家中。屋主雖然是飯田叔叔，可是不難想像，眼前的這名女性才是真正握有支配權的人。

「那麼，茜屈服了嗎？」

「屈服……」

「沒用對吧。因為上鎖了呀。御言（ミコト）大人親自幫忙上的鎖，豈會是你們這些邪教徒能夠應付的假貨。特地白跑一趟真是辛苦了，居然還派出小孩子呢。妳其實也不想做這種事的，對吧？」

她第三次伸手指向我。

「不是的，就說了是我自己決定要來的。」

「那才是錯的。妳啊，就連腦髓都被惡魔給控制住了。那種手段叫作洗腦。電視廣告不是會放歌嗎？還有電動遊戲也是，御言大人說過任天堂有在跟惡魔交易。茜有說什麼嗎？」

「咦……沒有，什麼都沒說。」

「我就說吧。捐款呢？」

這次換成問句的意思讓人無法理解。我偷偷瞟了叔叔他們一眼。叔叔微微挺起腰桿開口：「真希子，這些人只是來玩的，不是為了捐款喔。」

「爸，那樣能幫助茜嗎？」

「不，話雖如此……」

「難道還有其他救茜的方法嗎？」

叔叔陷入沉默。阿姨低下頭，緊緊閉上雙眼。

祐仁掏了掏牛仔褲的口袋後說：「這個也由我做為代表。」

茜的母親——真希子瞪大雙眼動也不動地盯著祐仁，隨後啪一聲闔上筆記本說：「嗯，也好。」

祐仁從錢包裡掏出錢，用雙手輕輕遞給茜的母親。真希子目不轉睛望著那些錢，片刻過後指向祭壇：「放進那邊的募款箱裡。」

祭壇旁邊擺了一只小小的紙盒，上側開了一個細孔。祐仁把錢投進募款箱裡。

「要做些什麼祈禱比較好嗎？」雖然他如此詢問，真希子卻沒有給出任何回應。

正當我想向呆站原地的祐仁搭話時。

「你還在做什麼？可以打道回府了。」真希子一副理所當然地說。

意識到即將得到解放的瞬間，力氣從我全身消失殆盡。就算想站起來，腳與腰也使不出力。我被朋美抓住手臂，幾乎像是被拖著似地走出起居室。背後傳來叔叔寂寞的聲音：「路上小心喔。」

一把腳伸進穿來的鞋子裡就感受到一股異樣感蔓延而出。然而我重新確認過裡面，沒有什麼異物在，亦沒有被弄溼。僅僅是擺在這個家中一個小時左右，鞋子就變得不一樣了——身體不由得產生這種感受，飯田家就是異常到了這種程度，教人毛骨悚然。

我穿好鞋子，盡量不碰到地板、牆壁與鞋櫃。步出門口之際，我們異口同聲說著「打擾了」、「我們先走了」、「再見」，可是沒有傳來任何人的回應。

我們踩上庭院的踏腳石穿過大門。甫走出來，那種糾纏全身的沉悶感頓時消散。涼爽的風拂來，日光照得人舒心，可是令人難以置信地疲憊不堪。不過才待了一段時間我就被消磨掉大半的氣力，腦袋昏沉沉的。再也不想來這裡了。

儘管我冒出這種想法也依然在思考有關茜的事情，這時從上方傳來突兀的嗶嗶聲。

我抬頭查看二樓的位置。玄關正上方就是茜的房間。

我們剛來拜訪的時候，那扇窗原本是關起來並放下窗簾的狀態。

窗戶是開著的。

此時的窗簾正隨著微風搖曳。

茜的手裡拿著小小的玩具嗶嗶槌，正往下看著我們。祐仁驚訝地「咦」了一聲。那對彷彿想要訴說什麼的眼神朝我們望過來，她抬起另一隻沒有拿槌子的手動作。某樣桃色的扁平物體從中輕輕飄落，在空中漫舞。

是紙片。對折成一半的紙片。

許是受到氣流的影響，紙片乘著風，像一架紙飛機飛到我的腳邊輕盈落地。

在茜仰起的那張臉上，浮現出宛若祈禱的表情。雖然也可能是光線造成的錯覺，不過在我眼中看來確實是這樣。

「茜！」

尖銳的大吼從上方傳來。茜的臉上隨之籠罩暗影。我趕緊撿起紙片，藏在身體後面。

「妳該不會和那些惡魔的走狗說話了!?」

聲音逐漸逼近。

「我沒說話！」

茜大叫出聲。但她的喊叫既小聲又虛弱，甚至透出悲痛。

在她回頭的那個瞬間，一道棕色的影子飛到她頭上。

是除塵拍。我辨認出的同時，除塵拍正狠狠打到她的頭上。

一記鈍音響起，茜的臉扭曲起來，就這麼趴倒在窗框上。我忍不住小聲尖叫出口。

茜的母親——真希子現身到二樓的窗口。她再度舉起除塵拍，這回往女兒的後背揮落。啪。彷彿要皮開肉綻的聲音響徹四周。茜反射性地大動作後仰，發出呻吟。

「不行！」我大叫道。

「吵死了！」

真希子口沫橫飛怒斥，並惡狠狠瞪向我們，她抓起還在呻吟的茜的頭髮把人拖進屋裡，隨後重重關上窗子。

寂靜在陡然間造訪。

周圍的動靜慢慢傳進我的耳中。群樹的窸窣與鳥鳴中混雜了啪、啪的輕微聲響，以及斷斷續續的哭聲隱約可聞。意識到聲音源頭的瞬間，淚水自我的眼中奪眶而出，胸口襲來一種儼然像是被勒得死緊的感覺。

「不……不阻止她不行。」

「等等，慧斗。」

祐仁抓住我的手。

「為什麼！」

「干涉的話那個孩子又會被打喔。」

「對啊。」

朋美同意祐仁的話，一臉憤恨地咂舌。我的腰與腿在轉眼間開始虛脫無力。

「怎麼會……」

怎麼會有那種毫無道理的事。

想反駁卻做不到。不難想像情況的確會朝祐仁所說的方向發展。比起理性先是直覺讓我理解到這件事。

那個母親絕對會這樣做。

茜明明什麼也沒做，就已經遭到蠻不講理的對待。倘若我們貿然刺激，肯定會被更不講理地對待吧。

「現在並不適合上前阻止，只會讓事態更嚴峻。這次先離開吧。」

祐仁痛苦地皺著臉，拉起我的手說。眼淚因為不甘心而流個不停，我抬頭望了二樓一眼後，咬著牙離開了飯田家。

祐仁帶我來到附近的小公園。不分大小，光明丘在當時共計有八座公園，而那座公園是當中規模最小也最少人會去的。

他們讓我在長椅上坐下等待呼吸平復。自從搬到光明丘住下來後，這似乎是我第一次哭泣。在此之前我完全不記得有過悲傷的經歷。

祐仁站著不動遠眺天空。朋美倚靠在約能被一人環抱的混凝土製鴿子型遊樂器材上，閉目養神中。

我們正在考慮茜的事情。

被關在那個家裡、與我們同年紀的少女的事在腦中揮之不去。

被母親打、被帶到各種地方，無論父親還是爺爺奶奶都沒有伸出援手，那個可憐的孩子。明知她遭到殘酷的對待卻無法幫助她。我們逃了出來，腦海裡鮮明地烙印著那些呻吟與痛苦的表情。

「和警察談看看吧，慧斗。」

「嗯。」

「好好傳達的話，他們應該會有所行動的。」

祐仁雖然這麼說，不過從口氣裡明顯聽得出來他並沒有把握。新的淚水再度湧出，胸口益發苦澀，我抑制不住嗚咽的哭泣聲。

停止流淚大概是在經過一小時之後吧。我用光了朋美給的袖珍面紙，就在我為了手中揉成一大團的面紙感到棘手的時候。

「信呢？」

被祐仁問了才想起來，我慌慌張張地從口袋裡翻出紙片。

「搞不好是求救信號呢。」

聽見朋美的話之後我點頭同意。一定是這樣。那個時間點，那副表情。肯定不會錯。

紙片是一張兒童用的信紙。使用粉色搭配白色的雙色印刷，邊緣印有兔子的圖樣。

顫抖的字跡在信紙上以上下顛倒的方式書寫。

**請不要再過來了**

**下次再來的話我**
**絕對的喔**
**會被殺死**
**這是真的**
**永別了　永別了　當朋友不可能**

「對她來說是困擾嗎……」

才剛把想法說出口，眼淚立刻又冒了出來。自以為是的好意與善意，原來只會更加傷害到她。罪惡感以及後悔的心情讓我的胸口悲痛得快裂開了。

祐仁與朋美都答不上話來。

直到暮色漸暗，被祐仁催促離開為止，我一直在公園裡不斷哭泣。

# 八

自從拜訪過飯田家之後好一段時間，我完全無法思考任何事情。茜的事情就不用說了，連同光明丘，以及這之外的所有事情都一樣。

我夜不成眠，白天起不了床，吃食亦變得乏味。即使去上學也心不在焉，雖然好幾次惹老師生氣，然而她的憤怒表情與尖叫聲，全都有種離我很遠的感覺。

被茜拒絕了。

我傷害到茜了。

那份衝擊實在過於巨大，將我內心中的燈火吹熄成一片灰燼。總覺得自己像是被整個世界否定了。

要過度反應也該適可而止。不過是受到一個人的嚴正拒絕，世界並不會因此就天崩地裂。可是，這是站在事過境遷的立場才有辦法說出口的。那個時期的我是個傲慢的人。

當時的我甫從暗夜的國度爬出來，正沉浸在一種解放感當中，陶醉於自己無所不能的錯覺裡，所以才會企圖要幫助茜。對一個偶然注意到的，貌似不幸的人伸出援手，以善意自居，實際上不過是傲慢罷了。

被人拯救過就能拯救人。受人幫助過就能成功救助人。

我被毫無根據而純粹的自信填滿，因此被茜拒絕時才會痛苦得無以復加。就好像再度被推入漆黑的深淵裡似的。

消沉期間的記憶放到現在也很模糊，所以這部分難以詳述。我能做到的，就只有將所能回想出的事情坦率地、依序記錄下來而已。

「慧斗。」

那道聲音來自另一邊。我意識到自己正閉著眼睛。

我將聽覺集中到聲音的源頭。

「慧斗、慧斗。」

是祐仁的聲音，認出來後我便睜開雙眼。

奶油色、類似皺褶的東西將視野完全覆蓋。這是棉被，陽光透了過來，這麼說來現在是中午嗎？還是早上？我透過迷茫的意識一隅思考。

現在的我整個人裹在棉被裡面。

「醒來了嗎？」

兩隻手臂被隔著被子戳了戳，些許的痛覺讓意識更清晰了一點。我緩緩掀開棉被，薄薄的被子感覺很笨重。

祐仁盤腿坐在床墊的一角，一臉擔心地看著我。

「今天也跟學校請假嗎？」

「今天也？」

一回問，他馬上露出悲傷的表情。

「妳啊，已經請假三天了喔。爸爸和媽媽都很擔心欸。」

雖然覺得難以置信，不過驚訝的情緒只在我心中閃過極短的一瞬。

「……沒差啦。」

我答道。

「變成這個樣子的，又不是只有我。勇氣和鈴子也一樣，還有高我們一個年級的班跟低一個年級的班，也都有人這樣。」

「啊啊——」祐仁邊抓頭邊說：「這兩個是不同情況吧。妳的情況只不過是受到打擊而已不是嗎？」

當時的我們還不成熟。

「『只不過』？」

「啊，抱歉。我沒有覺得妳小題大作，但希望妳別一直耿耿於懷。」

祐仁看起來比以前更瘦小。都是因為我，害他也變得虛弱、疲憊。我不禁這麼想。胸口微微抽痛，不過也只痛了極短的片刻。

「……該怎麼做才好？」我問道。

祐仁盯著手邊一陣子，而後抬起臉說：「總之，要先健康地生活吧。不能因為那孩子不幸，就讓自己也陷入不幸。」

「可是……」

「慧斗好不容易才好起來，變得幸福了啊。我不希望妳用這種方式放棄。」

雖然說這種話好像要妳知恩圖報似的，祐仁搔了搔頭說道。一想到他的心情，我的胸口又痛了起來，比起剛才要來得強烈而漫長。

我站了起來。僅憑如此就引起一陣暈眩，差點要跌倒。祐仁慌慌張張地抱住我。

「不用勉強去學校。我也和爸爸媽媽說明過了。」祐仁輕聲細語說著。

「朋美，還有其他人，大家都在期待慧斗來學校。不過不用著急。」

「嗯。」

「如何？吃早餐嗎？」

「嗯。」

我回道。被祐仁扶著出了房間後，我想起自己好久沒有走在走廊上了。

爸爸和媽媽沒有生氣，皆以極其普通的態度來面對我。媽媽對於茜的事情刨根究柢地追問，我幾乎只回答是或不是。聽說剛從飯田家回來不久，他們兩人就從祐仁那裡聽過大致上的說明了，不過還是想聽聽我的說法的樣子。

「妳老是給一些含糊的回答會讓我們擔心的。那天回來得也很晚。」

「是這樣……沒錯呢。」

一邊感受胸口的痛楚，我一邊將早餐送入口中，吞嚥下去。雖然依舊食不知味，但心情確實有一點一點開始回復了。

目送祐仁離開後，我回到房間，靠著角落坐下，在束口背包裡摸索。

指尖碰到了從茜那裡收下的信紙。我端正姿勢，打開信紙，再一次讀起來。

**請不要再過來了**

**下次再來的話我**

**絕對的喔**

**會被殺死**
**這是真的**
**永別了　永別了　當朋友不可能**

那些刺痛我的心、挫折我傲骨的話語在紙上紛呈。顛倒的兔子圖案對我露出空洞的微笑。而在兔子旁邊有個對話框寫著「PYON　PYON　HANEMASU」，裡面是毫無意義的臺詞。

茜的筆跡幼稚而顫抖，通篇用平假名寫成，想必是家裡沒怎麼讓她上過學的緣故吧。在公園第一次讀信的時候我雖然大受震撼，卻也有了這些想法。

又要像那時一樣掉眼淚了嗎？即使沒有到那種程度，應該也會變得難受吧。我做好覺悟後重讀一遍信紙。腦中回想起與她的相遇、只有單向的談話、與她母親無法成立的對話，以及透過二樓窗口見到的茜的臉。

我再一次瀏覽信紙。

此時心裡湧現的既不是悲傷也不是痛苦，而是一種不協調的感覺。

好奇怪。

為什麼要將信紙顛倒過來書寫？假如因為倉促之間弄反好了，那又為何要重複寫兩次道別？仔細讀的話，「請不要再過來」與「當朋友不可能」這兩句也有種不對勁的感覺。不過，要說最奇怪的還屬第三行結尾的那個「喔」。唯獨這裡給人一種微妙的斷裂感。

確實很奇怪。

這種時候不管大人還是小孩，想到的都會是同一件事——我假設從茜那裡拿到的信紙是某種暗號，所以決定破解它。

雖然試過現今所謂的「藏頭詩」的讀法，只讀句首或句尾的字，但絲毫無法構成文章。斜著讀也一樣。「狸貓暗號（註1）」的讀法同樣不管用。說起來信裡原本就沒有被多次極端使用的文字在。

果然是我想太多了嗎？是暗號或者其他什麼含意，全都是順著我的期望所做的臆測，實際上茜想表達的不過就是「別過來」而已嗎？當時她擺出那個表情、那個視線……

兔子的臺詞在這時引起我的注意，是用羅馬拼音寫成的。我接著從鉛筆盒裡拿出鉛筆，試著在筆記本上將茜寫的字轉換成羅馬拼音。

MOUNIDOTOKONAIDE

TSUGINIKITARAWATASHI

註1　一種將指定的字從謎語中刪除，藉此得到解答的暗號方法。由規則的「た抜き」轉化為同音的「狸貓」因而得名。

ZETTAININE
KOROSAREMASU
HONTOUDESU
SAYONARA
SAYONARA
TOMODACHIHAMURI

同樣試著將這些文字橫著豎著唸過，可依然看不出什麼端倪。O出現得稍微頻繁了點，不過無論我怎麼思考都想不到理由。

斜著讀的話會如何呢？不然像桂馬（註2）一樣跳著讀讀看？全部行不通。那麼把句首和句尾按順序一次取一個字出來讀怎麼樣？第一行的開頭、第二行的結尾、第三行的開頭，像這樣依Z字型來閱讀——

MIZUHASI

「水橋」。

註2　將棋的棋子之一，在棋局中有特定的跳法。

心臟漏了一拍。

這會是人名嗎？還是地名？又或者是車站名？搞不好其實是某座橋的名字。

我的呼吸急促了起來。就是這個解讀方式沒錯，直覺如此告訴我。可是只靠這點線索還無法得知她想傳達的究竟是什麼事，肯定還有沒有解讀出的部分。那麼改從第一行結尾、第二行開頭來看的話——

ETEKUSAT

出現的結果似乎不具任何意義。

正當我失望之際，視線對上了那隻顛倒的兔子。

顛倒。相反。也就是說——

TASUKETE

我掐住自己的臉，不停拍打了好幾下。好痛，臉熱辣辣地刺疼。不是在做夢。

就在我確認到這一步時，腦中浮現茜的臉龐。那扇位於二樓的窗戶。那個因為承受母親的暴力而露出痛苦表情的茜。

我猛地站了起來。突然站起來引發的暈眩感讓我差點跌倒，不過沒空管這麼多了。

# 九

爸爸因為工作的關係不在家，於是我先找了媽媽商量。飯田茜的信是一封暗號，根據這樣那樣的規則抽出字母來閱讀的話，就會發現她在求救，也有引導出這個規則的提示，這就是證據——

端坐在地板的媽媽目不轉睛地凝視信紙，不久後開口說：「那個結果，是湊巧的吧。」

「怎麼可能。都已經出現『請救救我』這麼明確的字眼了耶。」

「那『水橋』是指什麼？」

我回答不出來。媽媽露出一副「我就說吧」的表情，溫柔地開始說明：「聽好囉，慧斗。雖然是很基本的事情，不過暗號這種東西呀，破解出來的字詞無法讓人理解的話就沒有意義了。如果真的是暗號的話，應該會選擇使用讓初次見到的慧斗你們也能全部理解的詞語喔。但是呀——」

這張信紙卻不是這樣。媽媽揚起一抹苦笑。

我試著提出反駁。「請救救我」是根據提示得出的，應該是暗號沒錯，至於「水橋」或許只是偶然湊出的詞吧，所以無視也沒關係——

媽媽笑著聆聽我的說詞，顯然已經沒有嚴肅以待的態度了。在我感受到徒勞與焦躁盤踞心頭的同時，仍堅持著說明到最後。把話說完的時候呼吸都亂成了一團。

媽媽輕輕地撫上我的頭。

「慧斗很溫柔呢。可是，溫柔有時候也會讓人蒙蔽視野，現在便是如此。」

她這麼說道。

果然會是這種反應嗎？胸口的失落感逐漸擴大。我明明做好覺悟了才對，卻還是感受到一陣不甘湧上心頭。

「……才不是這樣。」

我說。上湧的怒火讓腦袋飛速運轉。

「小茜可是被揍了喔。她媽媽對她大吼，還拿除塵拍打她。」

媽媽保持笑容，蹙起眉頭。

「是我這雙眼親眼看到的，看起來很痛。雖然之前說過不能強行把自認為的幸福套到別人身上，但這不是那種程度的情況。」

我把信紙攤開到媽媽面前。

「那個，應該不是我而是爸爸說的吧。」

她明顯在岔開話題，不過也許因為受不了我筆直盯過去的眼神，沒多久便道歉：「抱歉。」

「這麼說慧斗有確實看見對吧。」

「我就是這樣說的。」

「抱歉抱歉。那麼那個孩子被揍就是事實了吧。嗯，這部分我就認同妳的看法吧。」

「嗯。」

總算有了一步進展。然而鬆口氣也不過是轉眼間的事。

「可是，說不定只有那一次呀。偶然間發生了一次，打人的場面碰巧讓妳目擊到而已。」

媽媽偏了偏頭說。

「沒辦法因為這樣就認定小茜長期受到虐待，也無法以此當作那封信是暗號的證明唷。慧斗很聰明，一定可以明白媽媽說的意思對吧？」

我嘗試說出「我明白」幾個字，最終還是陷入沉默。儘管道理是正確的我卻不能認同，也不可以點頭。媽媽——這個人肯定是蓄意誤解的，以這種暗示來把結論導向「既然慧斗理解了，這個討論就到此結束」，接著便會遠離得不知所蹤。

「我不明白。」

我回答道，抱著絕不妥協的決心。結果，媽媽說了句「是喔，那妳再思考一下吧」就站起來，出了起居室。

我茫然地目送她的背影離去。抱著洗衣籃回來的她又說：「抱歉，午餐妳自己吃唷，媽媽今天要參加聚會。」而我連一句話都答不出口。

我有想過要去學校。首先和祐仁，然後和朋美商量。可是腰和腿變得比想像中還要沒力，令我猶豫是否要出門。或許想起從前的事也有影響吧，那段在來到光明丘的更早以前，我深陷黑暗的時期。

慎重起見我會在家休息，向媽媽這麼傳達後，她露出放心的表情說：「說得也是，這樣比較好。」身上已經換了一套新衣服。

「不用勉強自己。之前也有好幾個人這樣的吧，在這邊生活一陣子後變得無精打采、眼神黯淡無光……我還擔心慧斗是不是也會變成那樣耶。」

當時的媽媽既年輕，又懦弱，會依周遭的臉色行事，對於他人的視線膽顫心驚。否認暗號一事，以及擔心我健康的想法，總歸來說都是出自於不想惹出風波的心態，即使是身在光明丘這種小規模新興共同體之中的小團體內也依然如此。

就算和這個人說了也沒用，我在那個當下總算理解到了。於是我口頭道歉敷衍過去：「不要緊的。抱歉讓妳擔心了。」

「沒事啦。那我出門了唷。」

媽媽滿足地揚起微笑，隨後出發前往聚會。

我待在空無一人的家裡思考接下來的對策。

到了傍晚爸爸與媽媽一同回來。大家一起吃晚餐、交談。我看準了爸爸獨處的時候才喊住他，那時他正在陽臺抽菸。

當時的爸爸會抽菸，用現在的說法大概就是老菸槍吧。放置在陽臺角落的空瓶，被前端亮著零星火光的細長菸蒂填滿。在我做說明的幾分鐘內，爸爸又掐熄了整整三根菸，扔進空瓶裡。

「原來如此啊。」

點燃新的一根菸後，爸爸眺望著夕陽。陽臺面山，太陽有一半已隱沒在山尖後頭。

「暗號是湊巧的，家暴可能也只是偶然間發生了那一次，所以叫我別放在心上──」

「媽媽說了什麼嗎？」

「嗯，爸爸其實也是這麼想的耶。」

他呼出濃濃的一口煙霧。

浮現在那張臉上的是與早上的媽媽相同的笑容。

「那，該做什麼才好？」

「慧斗只要照著現在這樣幸福生活就好了。沒有必要因為非洲的飢餓兒童很可憐，就連妳也一起挨餓。」

「那是歪理。小茜又不是非洲的小孩，她就住在這附近。」

「真是辯不過妳耶。」

爸爸吸了一口菸。

「那麼，慧斗想怎麼做呢？說想救小茜，具體來說要做什麼？」

「那個的話，首先要將她從那個家救出來。」

「嗯，然後呢？」

「讓她遠離那個媽媽。」

「然後呢？」

「把她藏在這裡。」

「然後呢？」

我拚命地搜索枯腸想要回答，然而爸爸一副等了許久的模樣開始滔滔不絕地說：

「飯要誰來做？學校呢？如果想讓她上學，憑外人是無法辦理手續的。她的身體好像不好，要怎麼照顧？就算請醫生看診，也需要花錢——」

「換作會長就會幫忙喔。」

我如此斷言。

沒錯。如果是會長絕對會幫忙治療的，畢竟他是醫師啊，是一名替人看病的醫生。事實上我就是由他治好的。

爸爸低頭看著我，須臾過後靜靜說道：「那些錢要由誰來出？」

「咦……」

「妳回想看看自己的情況吧，就算對象是慧斗也並非免費治好的喔。當初有付給會長相應的治療費用，那些錢是誰籌措到的妳曉得吧。」

我啞口無言地點了點頭。

「會長雖然是好心的人，但未必會因為好心就幫忙做任何事。況且，要幫助人是非常困難的。把公主從囚禁她的城堡裡救出來，之後就迎來可喜可賀結局的僅限於童話故事喔。」

「…………」

「現實要從那之後才是真正辛苦的開始。」

「因為辛苦所以才制止我的啊。」

我在思考前便脫口而出。

乍聽之下很有道理，但不管是爸爸還是媽媽，說到底都是因為覺得棘手才不想幫助茜。嫌麻煩、不想扯上關係，不過爾爾。

我陷入一種腳下的世界即將崩潰的感覺，彷彿還能聽見嘩啦嘩啦的坍塌聲。清淨、和平且明亮的光明丘的生活，在轉瞬間變成了惹人嫌惡的膚淺東西。

褪下偽裝後的結果也不過這點程度罷了。

「我沒有那麼說啊。」

爸爸仍在牽強辯解，但我已經沒了反駁的心情。應付性地打個招呼後我帶著滿腔失望回到房間，就這麼趴倒在自己的床墊上。全身無力，提不起勁和任何人說話。

與祐仁商量已經是隔天的事了。

# 十

「那樣……必須想點辦法才行吧。」

休息時間。我在走廊上悄悄坦白事情的經過，祐仁聽完二話不說便同意了我的觀點，將茜寫的信紙拿在手中認真地閱讀。

「那句話，是認真說的嗎？」

我未經思考便問出口。先前被爸爸媽媽迴避了，祐仁肯定也會是相同的態度。因為先入為主地如此認定，所以我對於他的反應在感到開心之前先是意外，甚至覺得難以置信。

「祐仁你明白的吧？幫了她以後才是辛苦的開始喔。」

我現學現賣地說明從爸爸那裡聽來的話，祐仁聽了點點頭：「嗯，我當然知道。」

「其實啊，那之後我試著打了匿名電話給警察喔。我說飯田家好像有小孩受到虐待，幾乎每天都會聽到小孩的尖叫聲。在路上碰到那個小孩時，還看到她身上有被毆打過的痕跡。」

「你說謊騙人？」

「那部分就別追究啦，慧斗。」

我衡量過後決定壓下怒火，祐仁卻哀傷地搖了搖頭。

「警方看起來沒有什麼行動，多半沒把這當一回事吧。就算他們有去過飯田家了，不是被擋在門外，就是被糊弄過去了吧。」

「怎麼這樣。那直接去派出所……」

「行不通。我設想過了，像我們這樣的身分去報案的話根本不會被認真受理。」

他縮起高大的身軀，氣餒與不甘的心情混雜著放棄的念頭同時流露而出。就算換成我去派出所也會得到一樣的結果吧。我想起那位皮膚黝黑的方形臉警察，不管什麼時候和他打招呼，他都會像看到可疑人物似地回瞪我。

祐仁願意暗中協助行動雖然讓我高興，我卻無法坦率地表露喜悅。如今想來，起碼向他表達感謝之詞也好，不過當時的我沒有考慮得那麼周到。

我們面面相覷互嘆了口氣，這時朋美從洗手間走出來。

「讓開，我過不去。」

「等等朋美，那個啊……」

在我跟祐仁說明暗號，和爸爸媽媽得知後的反應的期間，朋美一直以睏倦的表情聽著。

「哼，也就是說家長都不願意幫忙嗎？」

「如果是朋美去拜託的話，說不定——」

「不可能不可能。那種事慧斗妳也明白的吧，不管誰去說都一樣啦。」

「老師呢？」

「只會更白費力氣。」

傷腦筋啊。朋美交抱雙臂嘟囔著，之後便陷入沉默，狀似若有所思的樣子。

我隱隱察覺到休息時間快結束了。不快點回去的話會被老師責罵，但我不想讓討論在這裡結束。正感到焦急時，朋美開口說話了。

「我現在比較在意的是暗號的前半部分。」

「妳說水橋嗎？」

「嗯，我覺得這應該也有什麼意思才對。雖然是我的直覺就是了。」

「我也很在意那部分……」

祐仁縮了縮肩膀。

教室門打開了，老師用矯揉造作的嗓音諷刺：「抱歉打斷你們的重要談話唷。」我們因而急匆匆地回到教室。

我沒有向其他同學商量，也讓祐仁和朋美別將這件事說出去。

當時班上一共有十八個人，和現在的班級相比人數實在很少，即使如此也已經不是可以確保約束住全部人的程度了。別說是我，就是祐仁也很難做到。肯定會有人向老師通風報信，假如發生那種情況就會變成非常棘手的問題。當然，家長隨後也會接到通知，然後我們就會受到嚴厲的懲罰。

這便是我的考量。

在當時，教師對學生動用暴力可謂司空見慣，我們的學校同樣沒有例外；不如說，家長與家長以外的大人全都響應以體罰和指導為名的暴力風氣。過去不乏存在被教師毆打後身負重傷的學生，或者因而釀成精神問題的學生，也有為此離開光明丘的家庭。我想將這些事做為事實明確記錄下來。

藉此機會我再聲明一遍好了。

我們至今為止犯過好幾次大錯，絕不可忘記這點。不能因為現今世態平和，日子過得風生水起，就美化過去的所作所為。將過去述說成不曾有過任何一丁點失敗的樣子，或者捏造出有利於個人的歷史並流傳給後世都是愚蠢的。

我會留下這本書，也有警告身邊想染指這種愚蠢行為的人們的用意在。

那麼說回原題吧。

我想見會長。

和班上同學、爸媽以及老師都無法商量。除了他們以外還會願意傾聽的人，我只想得到會長。

然而，恰好也是那段時期，他正忙碌於各處奔走。就算偶爾回到光明丘，要不是為了祭典的事情在鎮上來回跑，就是窩在那座後山裡不出來。

有關茜的八卦內容繼續在學校被私下流傳，且日漸多出一些細節，聽說她最近被母親帶著在三丁目流連的樣子。

有人聽到她母親邊走路邊一個勁地喃喃自語，不曉得在誦唱什麼。

有人看到茜的臉腫起來，雙目通紅。

或是在路邊撞見那個母親賞茜耳光的景象。一對上視線就會被怒吼。

近十名陌生人陸陸續續進到飯田家。

以及看見陌生人與茜她們走在一起的情景，那肯定是新興宗教的信徒們——陸人和深雪，還有其他所有人，全都表現出既害怕又樂在其中的樣子討論這些事。即使和平的日子遭受威脅，也絕不會因此就破壞掉日常的生活，從大家的態度當中流露出這種從容。口中說著茜真可憐，事不關己的心態實則昭然若揭。

我想再去一次飯田家，具體要做什麼還沒考慮，總之就是想再去一次看看——直到我開始冒出這種想法的某天，發生了新的狀況。

那是在我從學校回家的途中，經過公寓大樓正門前的小廣場的時候。站著說話的兩名中年女性同時轉向我這邊，其中一位是體型渾圓的福井阿姨，另一位是骨瘦如柴的細田阿姨。

「妳們好。」我出聲打招呼。她們兩位也住在同一棟大樓，在那之前我們就交談過好幾次了。兩人都有小孩，不過上的學校和我們不同。

「哎呀，妳好呀。」細田阿姨笑著說。

「剛從學校回來嗎？」

「對。」

「妳爸爸今天沒跟妳一起嗎？」

「對，他好像有事。」

「是喔，沒什麼啦，因為你們總是感情很好的樣子。」

她嫻淑地呵呵笑著。福井阿姨則怯生生地開口：「妳是叫慧斗……沒錯吧。有點事情想問妳。」

「好。」

「那個啊，飯田家的那位孫女，妳曉得嗎？」

「……是的。」

我低聲回答。福井阿姨同樣壓低音量說話。

「關於那個孩子跟、那是她媽媽嗎？在搞的宗教……慧斗，妳知道些什麼嗎？」

她一副難以啟齒的樣子，拐彎抹角詢問。

「不知道。」

我搖搖頭。腦中浮現出那個奇怪的塑像，不過福井阿姨想知道的是宗教的名稱和教義。班上同學除了「可疑的新興宗教」之外似乎也不清楚其他細節。一想起他們的無知與漠不關心我就感到煩躁，可是很快便注意到這不過是五十步笑百步罷了。

「福井阿姨妳也不曉得嗎？」

「不是很清楚耶。」

「好像是個叫作『宇宙力場』的團體唷。」

細田阿姨說。聽聞那個彷彿會在漫畫或動畫中出現的名稱，我疑惑地偏了偏頭，感覺和飯田家散發出的不祥氛圍搭不上邊，也和那名母親的言行舉止不合。替我們解答的細田阿姨也一副覺得不可思議的樣子。

「我老公……我家爸爸做過調查，那好像不是宗教喔，是公司。」

「公司、嗎？」

我越來越混亂了。如今能明白那代表「不是宗教法人而是股份公司」的意思，不過當時年幼的我還無法理解。她在說什麼呢？細田阿姨說給我們聽的口吻為何好像把那視作一件怪事呢？對於小孩而言無論何者都是個謎。

「是喔？」福井阿姨說。「那不曉得也難怪了吧，抱歉耶。」她露出了然的表情看著我。對她們兩位來說，茜與那名母親似乎也是讓人在意的存在。

我反問回去：「有關那個女孩子的事，妳們知道些什麼嗎？」

「那個小孩很可憐耶，被當作募款的道具。」

「就是說呀。」

兩個人一起擺出悲傷的表情。只是做做表面功夫，既沒有想幫忙的意思，也不打算干涉，那種心態顯露無遺。雖然和爸爸媽媽的反應有微妙的差異，但本質是一樣的。

雖說我沒怎麼抱有期待，但看來這兩人也不會想要幫忙。正當我努力不表現出氣餒的模樣時，福井阿姨再次開口：「啊，不過呀。」

「那個媽媽也很可憐耶。」

「好像是耶，有聽我兒子說過。」

「我是聽朋友說的。就是那個二丁目的川野太太，之前我們不是有喝過一次茶嗎？」

「啊啊，我知道我知道。」

「然後啊，聽說那個媽媽也是，因為女兒那個樣子，在學校還有被欺負什麼的，為此想方設法跑遍各地，最後才加入宇宙力場的。」

「是因為見證到神蹟嗎？那位女兒有因此好轉？」

「難道不是嗎？不然她老公和夫家也不會變成那樣吧。」

「這樣啊，所以才會入教，還把自己的財產和老公賺來的錢都投進去。」

「好像連世田谷的屋子都脫手賣掉了唷。」

「嗚哇——」

「嗚哇——」

兩個人一同皺起眉頭。接著福井阿姨往飯田家的所在方位望過去，同時開口：

「然後，有傳聞現在她夫家的積蓄和年金，正被當作奉獻金還是什麼的拿去用唷。」

「拒絕不了吧。」

「是啊，如果被哭著問說難道還有其他治療方法嗎？任誰都沒辦法拒絕的吧。」

「那麼她到現在也還在到處募款囉？」

「對，雖然是聽人說的，不過她們跑遍各地，然後……」

話題又繞了回來，但她們似乎沒放在心上。反正我也沒有在聽。因為實在太震驚了。

那位母親會變成那種樣子，聽起來是為了女兒的病的緣故。想著要治好茜，最終才淪落成現在這副模樣，並非打從一開始就是個奇怪的人。倒不如說那其實是個能讓人理解並感同身受的動機。不能將謠言信以為真。我的理性如此告誡自己，同時內心仍然產生了動搖。

「這樣的話，下次就是我們這棟大樓囉？」

「說不定。按順序來說的話差不多要——」

細田阿姨忽然噤聲，我因此回過神來。這兩人露出不自然的表情，各自面向不同方向。

車輪摩擦地面的聲響一點點地靠近過來，我回過頭察看。

是茜。她披著花俏的毛巾毯坐在輪椅上，正低垂著頭。

推著她的人是那位母親。

或許是待在晴天陽光底下的影響，她母親臉上的濃妝看起來簡直就像小丑的妝容。即使是小孩也看得出她的打扮有失禮儀，燙的頭髮都快塌了，穿的罩衫和裙子全是黑的，然而上頭皺巴巴的，還到處都沾了汙漬。

異於常人的模樣。瀕臨崩潰的邊緣。

不過，我感覺到的不僅是不安和恐怖，在我胸口湧現出另一種感情，是悲傷。儘管她會說些莫名其妙的話，支配著飯田家，還是個對女兒暴力相向的殘忍的人，可是我已經無法再單純抱持迴避或嫌惡的想法來面對她了。

「妳們好。」茜的母親說道，皮笑肉不笑的。

「妳好。」「妳好……」

福井阿姨與細田阿姨均沒有迎上視線，只噙著曖昧的笑容回話。就好像磁鐵相斥彈開似的，兩人邁開步伐匆匆忙忙穿過大樓的正門，逐漸消去身影。

被留下來的我僵在原地不動。

茜的母親將輪椅停在稍有一段距離的位置，眼睛眨也不眨地直盯著我。

「……妳好。」

我出聲打招呼，但是她沒有回應。

茜很快地瞥了我一眼，然後馬上移開視線。

我有無數件想詢問這兩個人的事，然而半個字也說不出口。

穿著立領制服的男學生團體從一旁經過，正饒有興致地往這裡瞧。他們嗤嗤地竊笑著，低聲起鬨些字句，諸如：有夠可疑、不妙耶、宗教戰爭爆發囉等等。一旦茜的母親瞪過去，他們就似笑非笑地發出咿呀啊的叫聲離去。

「茜。」

茜的母親一動也不動，只出聲叫她。茜把手中的募款箱緩緩舉高。

「拜、拜託妳。」

「再大聲一點。」

「拜託妳幫幫忙！」

茜扯開嗓子大喊。

募款箱發出喀達喀噠的聲音，亦能從中聽見零錢相互碰撞的聲響。她用募款箱遮住臉，刻意避開我的視線。

「……對不起，我現在沒帶錢在身上。」我老實說道。「但是，請問我能和小茜成為朋友嗎？我不是想用這個來替代，只是單純想和她變友好。」

「哈哈哈。」茜的母親乾巴巴地大笑幾聲。「別說笑了。妳以為靠這樣就能積攢功德嗎？不良的波動反倒會害茜惡化的。」

「沒有這回事。」

「這位邪教徒，請妳謹慎發言。」

我因為被罵而退縮，但還是繼續拜託：「請讓我和小茜說話。」

「給我閉嘴。」

「請讓我們說話。」

「絕對不可以。」

「啊，小茜，那個啊——」

「不准攀談！」

她抬起右手，茜頓時在輪椅上縮起身體。

我不甘心得幾乎想跺腳，可還是閉上了嘴。鼻子一陣發酸，痛覺刺激著淚腺。我死命地忍住淚水。茜的母親不疾不徐地握緊輪椅手把。

「請妳退開。」

她再次邁步。

我蹣跚地讓開道路。雖然想和茜對上目光，可是她依舊用募款箱擋住自己的臉。

這兩人的身影後來消失在大樓之中。她們經過電梯前面，轉過轉角後不知去向。大概是從一樓的最邊間開始挨家挨戶拜訪吧。

有好一段時間我都留在原地動彈不得。

到了深夜時分我依然無法入眠。

一闔上眼，腦中就會浮現茜和她母親的臉龐，以及她們的聲音。

在去了幾趟廁所以後，我忽然聽到客廳傳來說話聲。從走廊盡頭的門扉背後，響起男人與女人的聲音。

爸爸和媽媽還醒著。

他們平時總是很早睡才對，我一邊覺得稀奇一邊待在走廊上，聽著兩人模糊的說話聲。雖然聽不出在說什麼，不過能聽見他們時不時咳聲嘆氣，好像很苦惱的樣子。

慧斗。媽媽突然說。

正當我疑惑是否聽錯時，這回換成爸爸說出慧斗，接著是祐仁、朋美。

我踮起腳尖在走廊上移動，木地板踩起來出乎意料地冷。

小心不讓自己的身影透出門上的玻璃窗，我貼著牆壁豎耳聆聽。

「——去辦事還沒回來嗎？」

「嗯，好像起了糾紛。祭典那邊也不順利。」

「被反對了吧。」

「就是說啊。沒那麼容易就被接納的。不過，就算順利通過了，要能實際舉行也需要時間就是了。畢竟打算連傳統當中最根本的部分都重現出來。」

「最根本是指？」

「傳統的農村中，實際執行祭典事宜的是年輕人。像是商討與準備之類的場合，在過去同時也是屬於年輕一代的交流場所。」

「那個場合，也包含了邂逅對吧？」

「正是如此。」

兩人一起發出呵呵的笑聲。

「要將光明丘的全體居民做為一個共同體來整頓，這種事前準備是必須的。為此也需要建立年輕人的社群——會長似乎是這麼考慮的。」

「辦不到的吧。」

辦不到啊。目前的規劃順序是反著來的。」
「總之先試著舉辦一次，之後再一點點改進不好嗎？」
「副會長他們也是這麼說的，但會長好像聽不進去。不曉得怎麼了。」
「明明不用這麼急的。」
「對啊，明明也沒和人起什麼衝突。」
「現在問題是出在宇宙力場那邊對吧？」
「是這樣沒錯。」
我屏住呼吸，集中所有注意力到聽覺上，接著開始擔心呼吸聲已經放輕了會不會仍被他們兩人聽見，心跳得飛快。
「……慧斗在那之後怎麼樣了？在我看來滿有活力的？」
「很有活力呀，也都表現得很乖。」
「沒想到她會闖進去。祐仁也不幫忙阻止她。」
「這也沒辦法，他們在這裡是同學，而且他那麼喜歡慧斗，被拜託的話肯定拒絕不了，他對慧斗簡直是百依百順唷。」
我的胸口燃起些許怒火。
「哎，不過，監護人是我們，可不能把責任交給祐仁了。」
「這倒也是呢。」
「關於暗號的事，她有說什麼嗎？」

「你問慧斗嗎？沒有。她好像不能認同，不過似乎已經沒放在心上了。」

「也沒自己去調查嗎？」

「嗯。」

嘰——的一聲響起，是椅子拖移的聲音，我反射性退後。原以為是兩人的其中之一站了起來，可是沒有聽見腳步聲。也許只是靠在椅子上往後挪造成的吧，我一邊安撫自己，一邊重新附上耳朵聆聽。

「沒想到會有暗號。」

「雖然設計得很單純，不過光靠那一點提示就能破解出來很厲害呢。」

「慧斗很聰明的，可不能小看喔。」

「沒錯呢。」

現在不是高興的時候，我繃緊神經。

「要說聰明的話小茜也是喔，看來她收集了不少情報。」

「嗯。」

「這代表她沒被洗腦對吧。」

「也意味著她一直在尋找逃脫的機會，不然不可能會曉得『水橋』。」

心臟重重跳了一拍，就好像要從口中跳出去似的，我下意識用雙手按住胸口，將背靠在牆壁上，使勁力氣踩著地面。不這麼做感覺馬上就要虛脫倒下了。

「他介入的範圍很廣呢，那位『水橋』先生。」

「很多人都去求他幫忙不是嗎？但是手法粗暴，八成一丁點都沒替信徒的幸福著想吧。」

爸爸的言詞中盡是表露無遺的厭惡。

「那種事，對信徒的家人來說根本無所謂呀，他們覺得只要能讓人脫離教團就好。」

「提出委託的那些家人說到底也一個樣，只考慮自己的幸福。明明長期以來都沒有好好投注關愛給家人，等到家人入教後疏遠了才想要回對方，未免也太自私。」

「是說木內和他一家人，還有園田嗎？」

「就妳認識的範圍來說是這樣沒錯吧。」

兩人雙雙發出「嗯——」的沉吟聲。

我在震驚之餘繼續等待下文。

「……他最近有過來嗎？」媽媽問道。

「本人沒來，不過有看到像是助手的人。就在那個牧商店的附近。」

那是附近的一間小商店，近似於現今所說的超商，但有著更開闊舒適的氛圍，容易被孩子們當作集合的場所。

「是個長得像狐狸、頭髮長得不得了的女人喔。」

「跟『水橋』先生有關係嗎？」

「我認為有耶，因為妳看……」

兩人的聲音到後半就聽不見了。我焦急地繼續等待。

接著響起一聲呵呵的輕笑。

「不過那個樣子，難道不是真的僱用了一隻狐狸嗎？」

「搞不好喔。」哈哈哈。爸爸笑了起來。

「脫教屋的人脈是個謎啊。」他說。

# 十一

脫教屋。

針對年輕的讀者或許有說明的必要。

「將信徒強制並長期地帶離其他信徒身邊，讓該信徒脫離所屬宗教團體的一門生意。」像這樣鄭重解釋的話，多少能降低誤解吧。

就詞彙的定義而言，這個敘述本身沒有問題，不過此處所說的「宗教」實際上是指那些信仰狂熱的新興宗教團體，亦被稱作「邪教」。其信徒通常會斷絕與非信徒的人往來，有時抱有精神上的問題，抑或變得充斥反社會思想。至於脫教屋的委託人幾乎都是信徒的家人。

基於上述內容，更簡潔扼要來說，所謂的脫教屋就是「將被邪教洗腦的人強行帶走監禁，解除洗腦狀態後再返還給其家人的一種工作」。

他們所需的資質與能力涉及廣泛的層面。

掌握住目標信徒之行動模式的情報蒐集能力、運用巧妙的言語來誘導人的話術、視狀況不惜動用恐嚇與暴力，冷靜的決斷力，以及腕力。加上統率組織的能力、解除洗腦所必需的專門知識——

這並非能寫上履歷的職業，工作過程往往伴隨侵害他人權利、犯法，還有傷人等等的可能。我就乾脆言明這屬於「非正派職業」吧。不過這本書不會在一般市面上流通，或許沒有必要字字斟酌到這種程度也說不定。

「吶，脫教屋是什麼？」

上學途中我問祐仁，後來他趁著四下無人的時候一點一點地，用著比上面那些說明還簡潔的方式，解釋得讓我也能聽懂。年幼的我將事情全盤理解，是在偷聽爸爸媽媽對話的三天之後。

我在想，「水橋」和「請救救我」的意思，簡單來說——

「去委託脫教屋的『水橋』先生，來『救救我』，是這個意思吧？」

「可能是這樣……不對，就是吧。嗯。線索湊齊到這個程度並不是巧合。」

祐仁答道。我和他並肩坐在鞦韆前面的矮鐵柵欄上。朋美依舊倚在那個鴿子型的遊樂器材邊，凝望著遠方。

太陽即將西沉。行駛在不遠前方道路上的車流，每一輛都打亮了頭燈。我們正位於初次讀到茜的紙條時那座小公園裡。

「爸爸他們怎麼會知道呢？為什麼明明知道卻閉口不提？」

「因為不想被捲進麻煩裡面啊。自己不想被捲入，當然也不想讓慧斗捲入麻煩。」

祐仁回答我的問題。大人就是那種德行，沒辦法——即使沒有說出來，他的表情也在如此訴說；同時也能理解為他在勸我，別對每件事都要生氣。

「我沒生氣喔。」

我笑著回應他。

事實上，我之前也沒有生氣，內心裡只有對爸爸和媽媽死心的念頭。他們雖然會照料我們的生活，卻不會成為我們的夥伴。

「抱歉，慧斗。」祐仁邊嘆氣邊說：「光是明白暗號的意思，也不能怎樣。我們不曉得該怎麼調查聯絡方式，況且，假如真的見到脫教屋好了，錢的部分要怎麼準備？」

「錢？」

「對方不可能免費受理吧。」

「這樣、啊……說得也是呢。」

我開始討厭起自己了。面臨這種狀況還沒考慮到金錢的問題，實在對自己的幼稚感到厭煩。

「而且說實話我也是，希望這件事能到此結束。爸媽的態度雖然讓我有所不滿，不過心情上我認同他們。」
「是喔？」
「嗯，我已經不想再看到慧斗受傷或難受的樣子了。」
他指著地面。
「之前妳在這裡讀信時，受到打擊了對吧。光是那樣就承受了不少痛苦。」
「對。」
換做以前我會害羞地用手戳戳祐仁，可是現在連這點力氣也擠不出來。我們確定了那封信是暗號，眼前浮現一線光明，才剛這麼想，那道光就消失了。
我站起來，朝兩人說：「回去吧。」
「慧斗。」
祐仁不安地喊住我。我於是斬釘截鐵告訴他：
「我會收手的。抱歉呢，讓你擔心了。」
我將腦海裡浮現出坐輪椅的茜的身影揮開，邁出腳步，祐仁露出笑容跟上，唯獨朋美沒有動作。就算叫她也沒有回應，她改成仰躺在鴿子上的姿勢望向灰暗的天色。
「朋美，回去吧。」
「你們先走吧。」
「妳會惹媽媽生氣的喔。」

面相覷，追在她的後面跑。

「沒關係啦。」

「才不是沒關係，本來妳就老是讓她擔心了。」

朋美沒有回話。她猛地爬起來，快步追過我們，連視線也沒對上。我和祐仁面面相覷，追在她的後面跑。

當週星期六。

午飯過後，我到廚房洗餐具。在好幾個巧合的重疊之下，那個時間除了我以外沒有其他人在家。做家事無論在當時或者現今對我來說都不是件痛苦的事，不過在擦拭完最後一只盤子、收拾的時候，我已精疲力竭了。

正在擦手時電話鈴聲響起，從設置電話的櫃子上，發出叮鈴鈴的尖銳叫聲。爸爸媽媽有交代過我可以接電話。

「喂。」

「啊，慧斗？」

「那個……請問妳哪裡找？」

「朋美。」

「啊——」

聲音聽起來和平時不同所以沒認出來，鬆口氣的同時我把手撐在電話櫃上。「怎麼了嗎？妳不是在和妹妹，還有小傢伙們玩嗎？」

「我交給妹妹去做了。現在不是顧小孩的時候。」

朋美氣喘吁吁的，正想問她現在在哪時，便傳來下一句：「馬上過來。我從牧商店附近的公共電話打的。」

「咦，為什麼？」

「有跟『水橋』相關的人在。」朋美壓低聲音說。「那個長得像狐狸、頭髮超長的女的，爸爸說過的吧。現在有個外表特徵一樣的人，正在自動販賣機旁邊抽菸。她好像不是開車而是搭公車來的，前面的停車場裡沒有停任何車子。」

「……騙人的吧。」

「真的啦，誰會撒這種謊。」

從她的聲音和語調中透出緊張感來。

我的腦中浮現牧商店、公共電話亭和自動販賣機的位置關係圖，距離相當近。雖說朋美待在電話亭內，若用普通音量說話的話，說不定會被聽見。

我在無意間挺直背脊，握著聽筒的手和空著的手都汗涔涔的。

「所以妳快來，要帶錢包。」

「為什麼？」

「跟蹤啊。當然要跟在她後面這還用說嗎？見到『水橋』後提出委託的話，搞不好就能做點什麼。」

「那種事，不可能的。」

「不試看看哪會曉得啊。」

「可是，擅自讓家裡空著沒人的話——」

「妳是笨蛋嗎？」朋美用著小小的音量有技巧地怒斥我。「不想幫茜了嗎？不覺得她可憐嗎？」

而在我回答之前她又接著說：「煽動的人是慧斗妳吧。自己一頭熱還帶著我們團團轉，不過是被爸媽跟祐仁稍微說了幾句就打算乖乖停手了嗎？未免太任性了。」

聽得到她紊亂的呼吸聲。我還在組織話語，然而又一次被她搶先說出口：

「啊——糟了她可能要把菸掐熄了……啊，熄掉了。」

「朋美。」

「啊，沒關係。她又拿了一根出來。」

巧合正與我們站在同一陣線。

現在跑過去的話，應該能趕在女人抽完菸之前抵達牧商店吧。此時浮現在腦海裡的，是會長告訴我的本地神的樣貌，那張顯現在低畫素照片上的神明的面具，那雙渾圓的大眼睛正瞪視著我。

隨後浮現出的是飯田家的祭壇上所祭祀的，那個形狀奇異的塑像。

「我知道了。」

我說。只憑如此便難以自抑地緊張，全身震顫不已。

「等等我，朋美，我馬上過去。」

朋美強而有力地答道：「嗯。」

# 十二

在我停止奔跑，死命調整凌亂呼吸的同時，已來到牧商店前面。我逕直往出入口走去，期間不時偷瞟向自動販賣機附近。

在自動販賣機的對面，擺了一個不起眼的銀色直立式菸灰缸，就在它隔壁有位身穿套裝的女性，手裡拿著香菸。

女性著一身灰色套裝，背黑色小皮包，一頭黑色長髮及腰；她的臉龐消瘦，眼睛更是細長，而且還是上吊眼，儼然像隻狐狸。

我忍住想停下腳步的衝動，進了牧商店裡。一排排擺在狹窄店內的零食與麵包映入眼簾，我才想到這還是我第一次進到這裡面。平時都被禁止自己買零食吃。

店裡的光線昏暗。在那個與其叫作收銀臺，不如稱之為櫃檯還比較貼切的角落一隅，有個像是店主的老婆婆正駐守其中。在老婆婆那張皺巴巴的臉上，猶如不倒翁的兩隻大眼睛顯得炯炯有神。

「妳好。」

我向她寒暄，不過老婆婆沒有回應，只是沉默地瞪著我。

我裝作要挑選零食的樣子在店裡四處看看。沒發現朋美的身影，也就是說她在外面吧。雖然想立刻確認，但才剛進來就立刻出去的話，外面那名女性——狐狸女說不定會起疑。

下意識抬眼往外望去，便見到狐狸女正在走動，她橫越停車場，步上小小的階梯，多半是要去大馬路旁的公車站吧。可不能跟丟了。正當我著急地準備出去時——

「喂。」

老婆婆喊住了我，從她口中露出咖啡色的牙齒。

「妳是哪裡來的孩子？沒看過妳。」

「那個……」

「啊哈。」她自顧自地得出結論，並問：「妳啊，是那個什麼宗教的小孩對吧，聽說飯田家在舉行可疑的集會？」

「不是的。」

「大家都在講喔，那叫什麼來著，宇宙空間嗎？哈，以為搞了個西洋名來就沒事了嗎？」

「都說了，妳搞錯了。」

「哈。」

對於老婆婆展現出帶有輕蔑與敵意的笑聲，我感到困惑。

是不是誤會了什麼？為何將我誤認成宇宙力場的信徒還怒火相向？

「外地人老是一個接一個把怪東西帶進來。」

老婆婆不悅地皺緊眉頭，並站了起來，透過動作能察覺到她的腿腳不好。她將手扶在架子上，朝這裡走過來。

我呆立原地不動，渾身發顫。強烈的負面情感從完全沒預料到的方向朝我撲來。不逃跑不行，可是動不了。耗在這的期間，那個狐狸女也還在繼續走遠。

「說起來妳根本就沒打算買東西，把這裡當作遊樂場隨便進來閒逛也讓人——」

「不好意思！」

朋美邊賠罪邊啪噠啪噠跑進店裡，抓起我的手後馬上就折返回到外頭。我被拽著走出了牧商店。老婆婆似乎在背後喊叫著什麼，但已經聽不清楚了。

朋美朝公車站直直跑去，腳程之快，我為了不跌倒必須拚命挪動自己的腳，途中邊跑邊問：「妳待在哪裡啊？」

「當然是在電話亭裡。我一直裝作在打電話的樣子。」

「這樣我找不到啦。」

「難道還有其他能躲的地方嗎？」

仔細想想的確是這樣。我對於想都沒想就走進牧商店的自己無話可說，並對朋美道歉。

「沒事啦，我們趕快。」她說完便進一步加快了速度。

有公車停在公車站牌前面，位於短短的搭車隊伍最後面的正是狐狸女。

「保持平常的樣子。」

我聽從朋美的指示佯裝平靜，排在她的後方。狐狸女的那頭長髮就近在咫尺。移開目光的話反而會不自然吧，我一邊這麼想的同時，一邊將手探進包包裡抓住錢包，接在朋美後頭踩上公車階梯。行駛在光明丘的公車屬於下車付費制，我到那個時候才第一次知道。

可能是星期六下午的緣故，公車內十分空曠，也沒看到其他認識的人搭車。狐狸女在前面數來第三個單人座位坐下。我和朋美在互相使過眼神之後，坐進了由後數來的第二個雙人座。因為車內沒什麼人，即使離狐狸女有點遠也不會跟丟，而且只要她不回頭就不會發現我們，出於如此判斷我們才挑了這個座位，跟蹤期間一點也疏忽不得。

出遠門對我來說已經是久違的事了。在我能夠自由自在走路以後，離開光明丘的次數也是寥寥可數，而且還是和爸爸媽媽或會長一起。光是注意到這個事實，就有一股輕微的嘔吐感襲來。

情緒始終如收緊的弦般緊繃，心悸也仍舊停不下來。從快跑中急停的緣故，全身上下正不斷冒汗。再加上祐仁不在，那個總是會擔心我、從旁守護我的同班同學不在這裡。說起來我瞞著爸爸媽媽跑出來，還搭上公車，只憑如此就讓我感覺到一股不好受的沉重壓力。

我的手在顫抖，而朋美握緊了它。

她的神情有別於往常那副睏倦樣，此刻看起來既凜然又可靠，那雙鋒利的眼神若無其事地看向前方——也就是狐狸女所在的方向。朋美纖細的喉嚨動了動。

「我說實話喔，慧斗。」

她湊近我耳邊說話。

「我的心臟也在撲通撲通狂跳。好可怕。」

竊竊私語所道出的內容出乎我的意料。

「像笨蛋一樣對吧？在電話亭裡等待的期間，我嚇得都差點尿出來了喔。」

「真的嗎？」

我不小心噗哧一笑，緊接著慌忙地縮了縮脖子。這樣反倒很可疑吧，就算沒被狐狸女察覺，恐怕也會讓其他乘客起疑。

「沒事的。」

被朋美提醒過後我重新坐回原先的姿勢。她使盡力氣緊緊握住我的手，我才發覺她是真的在害怕，而非為了配合我。「謝謝妳，朋美。」

我對她說。

「能做到什麼程度就做吧。順利的話，回去再跟祐仁報告。」

「我贊成。」

朋美瞇細眼睛笑了起來。

狐狸女在終點的光明車站下車，買完車票，穿過剪票口後，搭乘上行的電扶梯朝開往市中心方向的月臺移動。我們保持一段距離尾隨其後。

起初我們多此一舉地踮著腳走路，也忘記要呼吸，但習慣後舉止就逐漸恢復正常了。我們沒有直接看向狐狸女，而是以眼角餘光追蹤。就連這種監視方式都學會了。

她坐上快速列車，在終點站下車，從那裡改乘地下鐵。我們到有站務員在的剪票口補清坐過站的車票錢，途中受到人潮的干擾，三度跟丟了她的身影，每一次都因為過度不安而幾乎要哭出來，不過後來總能奇蹟似地透過眼角餘光捕捉到她那一頭長髮，也都趕在發車的前一刻搭上同一輛列車。

僅是回想驚險的過程就讓我的掌心布滿汗水。

車站內有眾多面孔陌生的大人們熙來攘往，充斥了與光明丘迥然不同的色彩、氣味、溼度、喧鬧、錯身而過的人們視線，身旁的朋美偶爾會流露出的忐忑表情。狐狸女究竟要去到哪裡？我們身上的電車錢夠嗎？

明明沒有奔跑卻喘不過氣來，比起從牧商店跑到公車站時還要難以呼吸。很不安，可是，也體驗到同等程度的樂趣。我的胸腔裡洋溢著期待與希望。身處近乎陌生城市當中的巨大車站內，只有我和朋美兩個人結伴而行，追在可疑的女人之後。順利的話說不定就能救茜。

如今試著回顧後才驚覺這真是樂觀的想法，不過要老實寫下那時的情感的話，確實就是如此。搭乘公車與電車所需的移動時間，以現在的線上地圖網站來計算，僅僅一個半小時而已。當時大概也耗費了差不多的時間吧。然而，對那個時候的我而言，才這麼點時間感覺起來就好像一場沒有盡頭的冒險之旅。

抵達從起始站算起第七站的小車站後，狐狸女下車了。我們留意著不進入她的視野範圍內，一邊跟蹤。事情進展到了這裡，我和朋美已經開始有了閒聊的餘裕。

她一來到地面，很快就穿過附近的圓拱型商店街，追在後面的我不由得睜大雙眼環視四周。從肉鋪飄來高溫豬油的香氣，蕎麥麵店傳來日式醬油的氣味，熱鬧的魚鋪拋來半帶調笑的沙啞招攬聲。

這是條絕對難以算作繁榮，甚至正日漸衰微的商店街，可對我來說卻鮮明奪目得令人眼花撩亂。朋美雖然表現鎮定，不過我可沒漏聽她的肚子足足叫了兩次。

狐狸女走在商店街裡，連一眼也沒分給兩側的店面，到了中間的岔路口後進了右邊的路。我們間隔十五秒左右後再次跟在後頭。

岔路很窄，雖然能讓人擦肩而過，卻無法容納汽車通行。路面鋪得馬馬虎虎的樣子，整條柏油路凹凸不平，非常難以行走。並列左右兩側的是放下鐵捲門的住宅兼店鋪、木造公寓，以及圍牆爬滿綠苔的半腐朽平房。

我們一邊用電線杆掩護，一邊追在狐狸女後面。路上幾乎沒有行人經過，因此不同於先前，混進人群的手段在這裡行不通。

女人邊走邊搖曳著她那頭長髮。

我想起打從搭上地下鐵以後她一次也沒回頭過，也注意到了自己只靠髮型和衣服就認定這個人是狐狸女。朋美或許也是如此。

「朋美。」

我忽然不安了起來。

該不會從中途開始，我們追的早就變成其他同樣是長髮、穿灰色套裝，實際上卻完全不同的人？我的信心出現了動搖。直到不久前，都還能感受到的樂趣在頃刻間散得一乾二淨。

將我的擔憂簡單傳達後，朋美只是笑笑。

「沒問題的，妳看她手腕上有髮圈對吧？在左手，那個咖啡色的。」

定睛一看，能看到女人的左手腕處有個咖啡色髮圈。

「再來是右腳的小腿肚，絲襪破了，雖然只有一點點而已。」

「……真的耶。」

「還有走路方式。她不怎麼甩動手臂，不只是拿皮包的那隻手，空著的另一隻手也是。」

「確實、是呢。」

「有這些共同點的話應該不會搞錯人，狐狸女就是那個人喔。」

朋美斷言道。我對她的觀察力感到吃驚，感謝的同時，也再一次暗罵自己的遲鈍與不成熟。

狐狸女拐過好幾個街角，所幸我們沒有跟丟。不久她踏上位於左手邊的公寓樓梯，踩踏鐵製樓梯所發出的鏘鏘聲響徹周遭，亦擾亂了我的心緒。門扉敞開、關上。靜寂隨後持續了十秒左右，我們才從電線杆的陰影中探出頭來，偷偷窺視公寓的狀態。

若以老舊來形容尚嫌委婉，那根本是棟破舊又骯髒的兩層樓公寓。屋頂似乎曾經是藍色的，然而現在幾乎覆滿了赤紅色的鐵鏽，樓梯也是相同的情形。每一層樓四個房間，光以肉眼就能看出玄關門很薄。

像是垃圾集中場的空間內到處散落紙屑與發霉的坐墊，在一旁有兩臺同樣生滿鐵鏽的腳踏車，並排停在一起。

雖然很確定她進入的是二樓，可是不曉得究竟是哪一間。確認過周圍之後，我和朋美兩人輕手輕腳移動到樓梯底下的集合式信箱。信箱一共有八個，其中半數均被傳單塞得爆滿。

唯獨二〇四號室的信箱名牌上寫了名字。

「水橋」

我和朋美互看彼此。首先確認貼在一樓玄關門上的門牌房號，以此推測二樓最裡面的房間就是目標的二〇四號室，接著稍微從公寓退開一點距離，親眼確認二〇四號室的門。

「怎麼辦？」朋美問。

四周靜得鴉雀無聲。

「欽慧斗，突然登門拜訪就願意聽我們說話的大人，一般是不存在的。」

「嗯。」

「最開始先寫信傳達也可以吧，我們知道住址了。」

「嗯。」

「我覺得，再試著拜託大人一遍也可以喔。」

「不行，反正最後又會被岔開話題強制結束對話。」

「祐仁的話呢？」

「跟祐仁說的話……他應該會願意聽吧。」

「那——」

「不行。」

我搖搖頭。

「現在就去吧，商量——應該說是委託才對嗎？試著做做看。」

我說。

腦中想起了茜的事情。想起平時總被關在那個家裡，要不然就是被帶著到處跑的她；想起被母親毆打、被父親置之不理，正在承受痛苦的她。

不是能夠悠悠哉哉的時候了。

不扳回一城，不趕快不行。

我做好了覺悟。緊張的程度前所未有地厲害，但身體卻變得不可思議地輕盈。

「很好呢，很有慧斗的作風。」

朋美瞇細雙眼，步上樓梯。

因為樓梯很輕的關係，我們不過是將體重壓上去就嘎吱響個沒完。扶手被鏽蝕弄得髒兮兮的，想抓也抓不住，我們只得張開雙臂保持平衡，搖搖晃晃走上去。事到如今就算被狐狸女發現也已經沒關係了，不過我們可沒打算製造出巨大的聲響。

走過擺著一臺臺骯髒洗衣機的短廊，我們來到二〇四號室門前。旁邊的窗戶是關上的，內側有放下來遮擋視線的窗簾。

我在深呼吸之後朝門鈴伸出手指，按下那個繪有八分音符的按鈕。

叮咚。

從裡面傳出了聲響。就在我這麼想的瞬間，門板猛地打開了。我趕緊後退卻沒能避開，門的一角因此撞上右肩。

連哀號的空檔也來不及，衣領就被人扯住。一股猛烈的力道把我拽進室內。

「慧斗！」

朋美大叫出聲。

視野出現劇烈的晃動。我被什麼人抓住拖著走，然而太暗了實在看不清楚。事情發生得太突然，一時間連要抵抗都沒想到。

等注意到的時候，我已經浮在半空中了。

看得到天花板，也看得到書架。

理解到自己被人扔飛出去的同時，後背已經狠狠撞上了地板。

我頓時喘不過氣來，也發不出聲，正想掙扎起身時，聽見了朋美的聲音：「放開我！」

「妳給我安分點。」

從同一個方向傳來女人的說話聲。

狐狸女站在門口，扭扯住朋美的手腕不放。朋美正咬緊牙關奮力抵抗。在我把手撐到榻榻米上想爬起來的瞬間，嘴巴卻被人摀住，隨後被順勢壓制在地。

粗手指，硬皮膚，強烈的菸味。

是男人的手。在我明白的同時，一道聲音響起：「搞什麼？妳們兩個。」

威嚇人的嗓音在耳邊發出。混著酒臭味的呼吸吐到了我的臉上。

一個留著雜亂鬍鬚的頹靡男人用他那形同死人的雙眼，居高臨下俯視著我。

# 十三

男人坐在由報紙堆疊出的小山上，瞪視我們。一雙混濁的眼中盡顯疲態，但絲毫無法窺見他內心的盤算。

我跟朋美縮在六疊房內的角落，旁邊站著狐狸女。在她青筋隆起的白皙手中握著菜刀，刀鋒晃呀晃的，距離我與朋美的臉只有區區十幾公分的間隔。

一種近似於麻痺的恐懼感竄遍全身。下一秒身體即將崩裂開來，多半會弄髒榻榻米，像這樣不明所以的幻想，伴隨著某種詭異的實感馳騁在我的腦袋裡。

「所以，誰叫妳們來的？」

男人問，用著冷靜、沉著的嗓音。他捏起掉在地上的香菸軟盒。

「我。」朋美不服似地回道。

在我明白話中含意的瞬間，身體一下子躁熱了起來。

「不對，最一開始是我，是我把朋美牽連進來的。」

「哎呀，這邊這個小鬼叫作朋美啊。原來如此、原來如此。」

透過男人的話語和微笑，我才發現自己做了蠢事。啊。我發出像笨蛋一樣的聲音。朋美雖然克制住嘆氣的衝動，但從她發出的微弱氣音與氣場仍然能讓人察覺。

點燃香菸後，男人繼續質問：「順帶一提，妳叫作慧斗。剛才朋美說過對吧。」

我陷入沉默，朋美最終還是嘆了氣。男人亮出發黃的牙齒，從口中呼出煙霧。

「我說啊，妳們兩個，這種時候不保持冷靜不行喔。還有我也會判斷妳們用的可能是假名，如此一來知道了也沒啥意義，但看那種臉色跟態度，妳們是用本名來叫彼此，這種事馬上就暴露啦。」

朋美失望地垂頭喪氣。狐狸女小聲嘲笑的聲音從頭上傳來。

察覺到我們一直都被玩弄於股掌之間後，我真的對自己感到很厭煩。有種全身赤裸的感覺。與此同時，也感覺到自己的緊張正逐漸緩和。

已經沒有戒備的必要了，擬定作戰也沒有意義。我做好了覺悟。此刻的心情竟有種不可思議的清爽。

「脫教屋先生……水橋先生。」

「啊？妳說啥。」

「信箱上有寫名字。」

「然後呢？」

「希望你能幫幫一個人，是個女孩子。她因為家人熱衷宗教，遭到過分的對待。」

「…………」

男人面無表情。

「那個宗教叫作宇宙力場什麼的，會設置奇怪的神像，那個孩子都被她媽媽打。她叫作飯田茜。」

他在和狐狸女交換眼神，從眼睛的動作能看出來。

「要證據也有。」

我從口袋裡取出寫有暗號的信紙，遞到男人眼前。

「所以，希望你能讓茜脫離那個宗教。拜託你。」

房內變得靜寂無聲。

朋美就不用說了，男人和狐狸女同樣不發一語。前面的道路上有卡車經過，藉由聲音跟震動能夠曉得。公寓傳來輕微但確實的晃動。

菸灰無聲無息地落到了榻榻米上。男人回過神來踩踏榻榻米，把灰燼踩成一道痕跡。

「……妳們是來委託的嗎？」

從那張半開的口中，發出空洞的說話聲。

「是的。」

我一回答，男人登時向後仰起身子。笑聲從他口中爆出來，在公寓裡迴盪。

面對突如其來的事態我半點反應也做不出來，朋美一臉厭惡的樣子瞪著男人。男人則在笑聲的空檔中，狀似痛苦地說了些什麼。

「哈哈哈哈……而、而且還是像妳，這種、這種小鬼頭、小鬼頭來委託我，哈哈、哈哈哈哈哈！」

意識到的時候，狐狸女也已經把菜刀拿離開我們，還用手摀著嘴巴，笑聲從她的指縫間漏出來。本就細長的那雙眼睛瞇得更細，臉頰憋成了赤紅的顏色。

在大人們哄堂大笑的包圍中，我內心裡的憤怒情緒緩緩地、並且確實地萌發而出。

有什麼好笑的。不准笑。

我明明是在認真拜託。

你們難道不是受人委託就去解放信徒的脫教屋嗎？

不知不覺中我的手已經擺到膝蓋上，緊緊握成拳頭。我咬著牙瞪向男人。儘管明白朋美用手肘撞我的意思，卻無法阻止自己這麼做。

注意到視線與態度的男人，再度從臉上褪去表情。

「夠了，別笑了。」

他回看著我，對狐狸女發話，同時用手指打出信號，然而女人彷彿沒看見似地仍舊笑個不停。

「別笑了。」

狐狸女站直身子，不過馬上又呵呵呵地捧腹彎腰竊笑。

「閉嘴，優子。」

男人聲勢凌厲地下令。那道吼聲與方才相同，也許再小聲一點，卻從我的耳朵一路震響到腹部。

砰一聲，狐狸女手中的菜刀掉了下去。她慌忙撿起來後，前傾身子威嚇我們。那張臉有別於先前，攀上了緊張的神色。

「認真的嗎？」男人問。

「當然是。」我回答。朋美點點頭。

男人暫時陷入沉思，片刻後把菸蒂扔進腳邊的空罐裡。

「我是水橋，經營脫教屋。」他如此報上名號。「首先告訴我詳情吧。宇宙力場來到這一帶的傳聞我多少聽過一些，但實際跟他們較量的機會現階段可是一次也還沒有。我有再大略的調查就是了。」

男人——水橋站了起來，改坐到榻榻米上。

「有關脫教的事宜這之後再談。好了，告訴我吧。」

「稍等一下。」

狐狸女——那名被喊作優子的女性以尖銳的口吻插話。

「為何非得陪這些小鬼胡鬧不可？我們可不是慈善事業。」

「跟慈善事業沒差多少吧。利潤少，等真要算清款項時也有溜得沒影的傢伙。虧他們來委託時還搞得像在求神拜佛一樣咧。」

從男人眼中閃過憎惡與心死的鋒芒，但不過是須臾間的事。

「再說了，剛才說的那些搞不好是她們在騙人喔？」

「現在還不是判斷的時候，等聽過委託內容再說。總而言之……」

「好啦好啦。」

優子一副受不了的模樣走去廚房，拿了飲料回來。手上已經沒有菜刀了。飲料被擺到我們面前，但我沒有伸手碰；雖然沒有事先講好，不過朋美的反應也一樣。不可以大意。這兩人依然很可疑，也完全有可能再度威脅我們。

我慎重地道出事情的經過，說到卡住的地方時，朋美就會協助補充。

水橋默不作聲地聽著，除了小幅度點頭之外沒有其他表示，視線半點也沒從我們身上離開過。

優子從廚房的位置監視我們。儘管沒握著菜刀了，不過要是我們忽然站起來，她肯定會立刻躍到跟前制伏我們吧。從她全身散發出的緊繃感與壓迫感，讓人不禁聯想到這種畫面。

等交代完茜的事情時，喉嚨已經渴到不行，即便如此，我也忍著不去喝那些飲料，這個時候響起了一道說話聲：「哦，立場顛倒的話是我也不會喝喔。」

水橋抽出一根菸，接著把香菸的軟盒捏扁。優子拿了一盒新的過來。

「這是今天最後一包唷。」

「好咧。」

焦躁地應了一句後，他一邊抽菸一邊緩緩立起拳頭朝優子出拳。

「在這裡做嗎？」

「嗯啊。」

她也擺出一樣的手勢，輕輕碰向水橋的拳頭。

那像是某種儀式的動作令人參不透，我僵坐在原地。朋美陰沉著臉，朝兩人碰拳的方向凝視。無論水橋或者優子，均表現得若無其事的樣子。

「預——備。」

在他發話的下一刻，兩人同時豎起大拇指。

「果然嗎？」

水橋說道，優子隨之頷首。兩人雙雙把手放下。我看得一頭霧水。

「這沒什麼大不了的。」水橋意味深長地咧開嘴，「委託人當中存在不想老實交代的傢伙，但並非故意說謊。那些傢伙因為家人或戀人被邪教奪走，沒能從邪惡勢力的手中守護住身邊的人而心生愧疚，於是就把對自己不利的事情驅趕到了大腦的認知之外。不問清楚事實的話，脫教以後才是棘手的部分咧。所以我跟這傢伙都會慎重處理這一塊。尤其這傢伙看穿謊話的能力非同小可。」

「我靠味道就能判斷。」

優子浮誇地抽動鼻子做出嗅聞的動作。這是在戲弄我們嗎？不過她的表情出奇地平靜，直到剛才都還帶刺的那種氣場也消散了。

「然後，每次聽完原委以後，我們就會像剛剛那樣確認彼此的判斷。換做平時的話會挑委託人看不到的地方進行就是了。」

「慧斗小朋友跟朋美小朋友，全都毫無隱瞞地坦白了。雖然要掌握事情的全貌稍有難度，不過那是環境的問題吧。」

「我想也是。」

水橋再次看向我。

「妳們想要我幫助那個叫作小茜的孩子，是嗎？」

他問。

這是代表我們取得他的信賴了嗎？他會接下這份委託的意思？

按捺住興奮的情緒，我和朋美交換眼神，接著重重點了一下頭。

# 十四

「知道宇宙力場是什麼東西嗎？妳們只把它叫作新興宗教。」

水橋問我們。

「……不曉得。」我老實回答之後，馬上接著說：「不過，我想要知道。事情為什麼會變成那樣？我實在難以想像。」

「嗯。」

他摸了摸自己沒刮鬍子的下巴，開始敘說：「宇宙力場這個集團啊，是時下盛行的邪教。不是指它具有高人氣，而是它成立的過程，屬於近年來時常耳聞的模式。」

一面把菸灰抖進空罐裡，他一面說：「妳們知道自我啟發講座嗎？改變心態走向成功、賺大錢——就像這種以上班族為客群的教學生意，通常都在租來的會議室舉辦。其中極少數的一部分會強化與客人的連結，進而邪教化，在負責人與聽講學生之間構築出教主與信徒的關係，教義什麼的適當捏造一下就有了，不過是把唯靈論跟新紀元運動等等的思想隨便拼湊出來的替代品罷了。宇宙力場也是其中之一。」

他所說的內容我現在雖然能夠明白，放在當時其實沒有完全理解，儘管如此仍然烙印進我的記憶深處，大概是由於那些詞彙實在太過異樣的緣故吧。那些是在光明丘未曾聽過的單詞，以及未曾接觸過的話題。

「身為負責人並自稱御言的老頭叫作鷹石，原本是補習班講師，後來搭上講座熱潮成立公司，最初還很順利，但經營沒多久就沒落了，於是鷹石打出將有熱忱的聽講人套牢的作戰。首先舉辦標新立異的講座，教人管理精神世界，接著四處宣揚自己的講座究竟有多麼獨特且優秀，然後下一步——這部分的原創成分同樣是零就是了——把聽講費用哄抬到離譜的高價。一堂課九十分鐘收費一百二十萬日圓。話說以一般行情而言其實一堂課幾萬塊、住一晚十幾萬就算貴了。」

我似乎在無意中露出奇怪的表情。水橋略作思考之後，提出這樣的問題：「任何病症都收一百日圓就能治好，妳會想找如此主張的醫生看診嗎？」

「不會。」

「那跟給他一億日圓就治看看的醫生比，哪個比較可信？」

「……一億日圓的。」

價格決定價值。價格會擔保信譽。這些道理不管放在哪個世界都像理所當然一般運作著，不過我在那時才第一次領悟到這點。

與此同時，我想到花費在自己身上的治療費用。過去那個連動作都無法隨心所欲的自己彷彿歷歷在目，連同當時的感覺、周圍的空氣也是。

再一次被朋美用手肘碰了碰後，我回過神來。水橋繼續說下去：「大多數的客人都離開了，然而極少數有熱忱的客人反倒積極繳錢，對鷹石唯命是從。他們是在信徒人數超過三十人的五年前，開始以宇宙力場的名號活動。表面上還是舉辦講座的公司，事實上早就是靠信徒捐款來運作的宗教團體了。從他們沒有要改為宗教法人的跡象來看，鷹石大概不是經過盤算才做到現在這樣，多半是被自己天馬行空的妄想給迷住了吧。事到如今還會宣稱能預見未來、看穿人類的原本面貌，還有只要注入自己的氣，不管什麼疾病都能治好呢。」

「疾病。」

我喃喃自語。

腦海裡浮現飯田家到處裝飾的肥胖男人的照片。

「所以茜的媽媽也……」

「是吧，而且，實際上應該有效喔。」

「咦，那種東西嗎？」

朋美一臉懷疑地繼續問：「所以是真的有本事嗎？那個叫鷹石的大叔。」

「對那位母親來說是吧，她投入在宇宙力場，哦不——在鷹石身上的金額讓她不這麼深信就無法堅持下去。光聽妳們的敘述是這樣。」

「啊……」

朋美悲傷地看向窗外。

「像那母親一樣的信徒要多少有多少。舉凡因為難醫治的病、經濟困難，或者純粹運氣不好而讓家庭陷入困苦，卻找不到解決對策……這類人最後仰賴的就是宇宙力場。然後，所謂御言大人提供的治療，首要的就是購買本人的手寫真跡並裝飾在家裡。」

那是指裝飾在飯田家起居室的護符吧。

「再來要購買本人親手做的黏土手工藝並向它祈禱。」

「那個像神明大人的東西？」朋美問。

「沒錯，雖然我只看過照片，不過據說那似乎是御言大人用心眼捕捉到的，迷惘的聽講人的真正姿態。說是透過客觀的角度注視自己的醜陋姿態，就能抵達真理，當然也能醫治疾病、解決煩惱、讓經濟狀況寬裕起來。盡是些程度低下的靈修斂財法。」

水橋發出呵呵的譏笑聲。

「邪教就該有邪教的樣子，人們會期待他們把水變成葡萄酒呢。說得沒錯吧？」

優子也噗嗤一聲笑了出來。

「然後，最有效的莫過於御言大人用他自己的手，直接把氣灌入人體的做法。這個光靠錢沒用，還要累積功德才會有效果的樣子。相當於只有被選中的信徒才會被賜予稀少靈藥的概念呢。」

我也輕輕哼笑起來。宇宙力場的手段到底有多麼愚蠢，就連小孩都能理解了。充其量是靠撒餌來吸取金錢和勞動力罷了。

「那個，會有效嗎？」

朋美又一次詢問，但這次的口氣中帶著奚落。

「按照御言大人難能可貴的開示來說——我的氣能治好任何病，但假使病患的靈力太低，則會導致肉體無法承受氣而崩潰。」

水橋張開雙臂，繼續說：「目前為止的所有病患，全部靈力不足，這都是沒有積夠功德的關係。大家要更勤加修行——這些說詞記載在相關的書籍上，那樣一本就要價十萬日圓，他本人的自傳《Ride On 真理》。」

「真的嗎？」

「嗯啊，放在哪來著？」

水橋用手撥開報紙和雜誌堆，從中抽出一本小書，或者該說小冊子會更為貼切。紫色書封上印有橘色的歌德體文字，以橫書的方式標示書名與教主的名字。他一邊叼著菸一邊翻頁，在打開某頁時說了聲「就是這裡」，隨後將書遞給我。

真的有寫在上面。

水橋剛才說的那些只讓人覺得是在說夢話，然而現在正以成排的印刷文字呈現在我眼前，小小的版面上醒目地寫著，猶如在闡述究極的真理似的。

「跟個蠢蛋一樣。」

朋美小小聲地作嘔。

「貶斥這東西能解決問題的話就不需要脫教屋了。」水橋一本正經地回話。「況且，不會因為對手是像笨蛋一樣的團體就能輕鬆讓人脫離喔，不如說這回的情況更加棘手。試想看看吧，這可是要把連路都不能走的小孩，從監禁她的家中帶出來咧，就算不提宗教因素也是個難辦的差事。」

「很難辦嗎？」

「要應付的課題堆積如山呢。最重要的是這個。」

水橋用右手的拇指與食指比出一個圓圈。

我倒抽一口氣。

我自然事先設想過被問及事成報酬的可能性了，該怎麼回答也仔細考慮過並決定好了，即便如此，一旦要面對真人的時候我仍然膽怯了起來。

不會被輕視嘲笑嗎？抑或被大聲喝斥？

我趕在躊躇的思緒不斷擴大以前，豁出去開口說：「我會付錢。只不過，請讓我等將來有能力賺錢時再付。」

狐狸女「哈！」一聲笑出來。

朋美仰頭望天。

水橋無言地呼出一口煙霧。

果然行不通嗎？在大人的世界裡，對掌管人命的工作來說，這種提案果然是幼稚且愚蠢的嗎？

正當我因為後悔與羞恥感而泫然欲泣時——

「好吧。」水橋低聲說道。

狐狸女與朋美紛紛睜圓了雙眼，顯而易見地愕然。我也一樣。

「可以嗎？」

我不禁問出口來。

「嗯。」

猛然站起身的水橋低頭看向我。

「反正同樣賺不了錢，要幹當然要挑有趣的工作啊。這種莫名其妙的委託我還是第一次接到咧。再說——」

他把臉湊近我。

「不知怎的，有種不聽妳的話去幹不行的感覺呢，慧斗。」

他說。

# 十五

只要談到我們那個時候的事，朋美總是過分地抬舉我。慧斗好厲害，正面跟那些老奸巨猾的脫教屋談判，還說動他們，都是多虧慧斗的領袖魅力，不愧是慧斗——

無論哪句話都跟實際情形有所差距，不對，是完全沒傳達出事實才對。我只是個孩子，水橋會接下我的委託，只不過是在好幾個巧合重疊之下誤打誤撞的結果罷了。

我事後才聽人說，那個時期的水橋好像正感受到脫教屋這份工作的極限。那是副業，賺錢不是目的，正因如此，認知到光是讓人脫離教團並不會解決任何問題後，他陷入了絕望。

他對經營理念的信仰虔敬，並且追求實踐，所以才會對於人心該何去何從的問題無法輕易釋懷，從而感到苦惱與痛苦。正值此之際，像我這樣的人偶然出現在他面前，提出離奇的委託，讓他感受到了一種命運性的安排。

要用具有宗教感的措辭來形容的話，就是他從我的委託當中感受到了天啟。

關於他的部分就談到這裡吧。至今我也打從心底感謝著他，但彼此已經有好長一段時間沒見過面了，就連報酬也還沒能給出去。恐怕他已經結束脫教屋的工作，隱遁而居了吧。畢竟在持續拯救人們的差事面前，他實在太過脆弱。

可是，倘若有機會再次見到他，而且如今的他也正為此煩惱、痛苦的話，我應該會向他伸出援手吧。不對，我肯定會這麼做的。這一次就輪到我們來拯救他。

當然，在這之前首先要將報酬付清才行。

我們和水橋一直商量到天色暗下來為止。狐狸女，也就是優子，只有偶爾加入話題，從她的表情能看出還帶著踟躕。這也難怪。他們現在可是接了小孩子的委託，要讓小孩子「脫教」，況且需要脫教的還是個無法自己行走的小孩子。

回到光明丘約莫是晚上七點過後的時間了。穿過大樓的正門後以爸爸媽媽為首，能看見一樓大廳裡有好幾名大人在。祐仁也在其中。

一認出我們，大家便猛然一擁而上。我做好了被怒斥或被打的覺悟，然而誰也沒這麼做。爸爸緊緊抱住我們，高興說著：「太好了，還以為妳們不見了。」媽媽則是眼中含著淚光。

「有受傷嗎？沒有哪裡不舒服吧？」祐仁慌亂地關切。

「祐仁你真愛操心呢。」

我忍住想哭的衝動，揶揄著回話。對於他的心意我雖然高興，卻無法將感謝的心情坦率傳達出去。

朋美的眼睛都紅了，但是面對大人的問題時她只回答「我們去到車站附近」、「只是兩個人到處閒逛玩樂而已」、「什麼也沒買」，撒了一個接一個的謊。那些是在搭乘回程的電車和公車時，我們兩個一起串通好的說法。其實我們還有到水橋的公寓附近的商店街，各買一個可樂餅來吃。儘管是些瑣碎的小事，不過至今我依然能回想起當時嘗到的味道與溫度。

我們沒有受到像樣的責罰，就迎來那一天的結束。我一如平常地窩進棉被裡，度過了和往常一樣的平靜夜晚，同時也在思考茜的事情，還有水橋及優子的事情。

水橋在十天之後捎來最初的聯絡。僅僅十天而已，對年幼的我而言卻有種恍如隔世的漫長感覺。

下午三點多左右。我走到公寓大樓的自行車停車場，在自己的腳踏車前面的置物籃裡發現被放置了黑色的男用手拿包。籃子上還纏了一根極長的黑色髮絲。

手拿包中放了一封信。

一封由小張活頁紙摺疊成的信。

聯絡手段與時間是在我們雙方分開前就決定好的。自行車停車場在大白天也沒什麼人會來，誰都能夠自由進出。在這座位於半山腰、到處是爬坡路的光明丘內，不管當時還是現在，都沒有將腳踏車做為日常交通工具的人，騎摩托車的人也和現在一樣沒多少個。

我的腳踏車是在身體治好後沒多久，再三拜託爸爸買給我的。去到附近的公園盡情騎了三個月左右之後便再也沒碰過了。自行車停車場內停放了好幾十臺經歷過類似命運的兒童腳踏車，那些生鏽的車體全部互相挨在一塊。

水橋的字跡端正，和他外表給人的感覺不同。調查很周密，現階段得出的結論卻是無情的。讀完信的我大失所望。

**以現況而言要脫教有困難。飯田母女一刻也不離開彼此。**

**我方掌握的情報太少，還不足以行動。目前只能見機行事——**

上面寫的大概就是這些內容。

在做這些事的期間，茜也正遭到那些對待，我一邊這麼想，一邊將事先寫好的信塞進手拿包裡，接著折返回家。信上寫了我在光明丘注意到的一切情況，其中也包含了我們的事、學校以及大人的事情。

雖然是為了救人而做的準備，我卻有種在做壞事的感覺，甚至還有股討厭的預感不斷增長。就好像自己的行動即將造成世界毀滅似的，一股浮誇的預感不停膨脹。

將信紙放入手拿包後，直到完全離開那裡也沒有打消我心中的緊張感。

之後，聯絡信固定會在整整間隔一週時送來一封。沒有什麼亮眼的進展，不過取而代之的是水橋會寫下宇宙力場迄今的所作所為。

打著「治療」的名號把患有失智症的老人放入深山，讓他們衰弱而死。表面上看來就像是老人家徘徊在外，迷路後誤闖的結果。

像茜一樣不被允許上學的孩子似乎有十幾個人，被安排住在他們稱作「避難所」的某個信徒的簡陋房屋中。

負責人御言——鷹石的誇誕妄想持續往壞的方向膨脹，這個時期已經開始向信徒們闡述最終戰爭即將如何如何到來。這也意味著，教團外部或內部其中一方受到傷害的可能性逐漸升高。

前者會演變成恐怖攻擊，後者變成集體自殺。

說到邪教的恐怖攻擊，讀者們第一個大概會先想到奧姆真理教吧。集體自殺則有人民聖殿教、大衛教派和天堂之門。

當時的我因為無知而茫然不安，加上脫教計畫無法順利進展的焦躁感，連日以來夜不成眠；對於課業方面也愈來愈提不起勁，最終被大發雷霆的野村老師賞了耳光。

和朋美兩人獨處的時候雖然商量過好幾次，卻始終無法根除心中的不安。縱使她表現出冷靜的樣子，從眼神與舉止仍能看出她內心的不安程度和我相差無幾。說到底，我們終究還只是個孩子。

時間來到我收到第五封信的那天。

外頭在下雨。自行車停車場雖然有設鐵皮遮雨棚，但我還是擔心了起來，於是我撐著傘，小跑步到停車場去。

就在我從手拿包裡取出信紙的瞬間。

「慧斗。」

聲音從身旁響起，我嚇得縮了一下。

祐仁撐著傘骨斷掉的塑膠傘，正深鎖眉頭盯著我。

「那個，是怎樣？」

「是信紙。我在跟不同學校的人交換寫信。就是那個，隔壁家的……」

「不要說謊。是在和脫教屋聯絡對吧？」

「不是啦，這個是那個——」

「慧斗，夠了。」

祐仁舉起一張到處用透明膠帶黏補的皺巴巴的活頁紙。那是我讀完之後扔掉的，第四封信。

是在哪裡走漏風聲的？我明明絕對不會在家裡或學校拆信，只挑一個人在外面的時候才讀，讀完以後也會把信撕成碎片再處理掉才對。

「妳最近老是心不在焉的沒錯吧。不可能不注意到的。」

「這樣啊……畢竟是祐仁你呢。」

我打哈哈說著，不過他沒有笑。

「慧斗，妳在想什麼？真的打算要救出那個孩子嗎？」

「這還用說嗎？」我於是挑明了說：「大人只會掩蓋事實，一點忙也不願意幫，祐仁你其實也一個樣，所以我才會——」

「水橋開出什麼條件？妳答應了什麼條件？」

他開始話中帶刺。

「什麼條件……他說會等我長大。意外地溫柔呢。」

「在開玩笑吧？」

祐仁那張溫柔的臉一瞬間漲得通紅。他抓住我的肩膀，激動地搖晃起來。

「妳這傢伙，明白自己到底答應了什麼嗎？明白到底會被怎麼對待嗎？對手可是大人——還是個相當於黑道的男人啊。像那種人才不管妳是口頭約定還是其他什麼……」

「不是那種意思啦。」

我好不容易掙脫祐仁的手，退開一段距離，把手拿包抱在胸前。

「錢會等長大之後再付。我們約好的是這個，相信我。」

祐仁用懷疑的眼神瞪著我。他的傘掉到了地上，卻似乎沒有想撿起來的打算。風變大了，傾斜落下的雨水打在臉上。

祐仁深深嘆了口氣，靠坐到旁邊的兒童腳踏車上。「我相信妳。雖然相信妳……」他仰頭望向鐵皮遮雨棚。

「爸爸很擔心妳喔，為了妳的事操心得不得了。」

「說這些真奇怪呢，祐仁。」我苦笑著說：「媽媽一定也很擔心的呀。其他大人也一樣。不過，因為這樣而不幫助小茜就太奇怪了。」

「是這樣沒錯，雖然是這樣……」

「我不會要求你要加入我們唷，但希望你不要反對，裝作沒看見的樣子就好。」

「我怎麼可能那麼做。」

祐仁抹掉鼻頭上的雨滴。

「我會從旁守護妳們，也算我一份。我會對大家保密的。」

他對我說。

一種宛如被粗壯的臂膀擁抱住的安心感包裹住我全身。我自然而然地露出笑容，對正要撿起傘的祐仁說：「謝謝你，祐仁。」

「盡我所能而已啊。」那張憂愁的臉上隱隱透著一絲清爽，他隨後問：「然後呢，那張紙上寫了些什麼？」

對了。我將手伸進手拿包裡，取出信紙攤開，匆匆讀起上面早已見慣了的水橋的字跡。

「這裡，真的沒有人會來耶。說得也是，像我也不會有事要過來。自從來到這裡以後完全沒有騎過腳踏車，慧斗也……」

祐仁說話的聲音逐漸離我遠去。我的心臟愈跳愈快，呼吸困難了起來。

「那個，怎麼樣了？」

明知道他在問我，我卻答不出話來。

「喂，慧斗。」

「……他說。」

「咦？」

「他說，明天。」

我好不容易擠出句子，把信遞到他面前。

「上面說，雖然很臨時，不過**脫教將在明天行動**。有個絕佳的機會。」

「啊？」祐仁說著，整張臉都傻住了。

# 十六

下午五點多。天空還很明亮，但感覺上已進入傍晚，時間不早了。

我在自己家的陽臺裡，替花盆中的碧冬茄寫生。當時的媽媽喜歡植物，家中還擺了好幾個盆栽。我用鉛筆在畫紙上馳騁，對照著花的模樣畫下來，但這不過是裝個樣子，是我的偽裝罷了。我根本就沒有寫生作業要做。

我的注意力集中在距離遙遠的下方，一條位於公寓大樓後面的馬路。那是條寬敞的路，卻幾乎沒什麼人車經過，無論在當時抑或現今，大家都默許外來訪客違規停車。

爸爸還沒下班回來。媽媽在廚房準備晚餐。

一旁還有祐仁和朋美同樣拿著素描本，正在描繪附近群山的風景。

盯著那些猶如用油漆上色的紫紅色花瓣一陣子後，祐仁用鉛筆戳了戳我的肩膀，我便透過圍欄的縫隙偷偷窺向馬路。

有一輛拋過光的黑色轎車正準備停到後門的前方，在離它不遠的後面還跟了一輛外觀有些髒兮兮的休旅車。轎車的司機打開車門一躍而下，小跑步繞到左後方把車門打開。

一位穿著立領中山裝的胖嘟嘟老人挪動他龐大的身軀，從轎車裡出來。應該就是那個御言大人，也就是鷹石。接著自休旅車下來的數名西裝男女將他團團圍住，像是攙扶他的樣子往後門走去。那頭梳理成大背頭的黑髮從正上方看起來極其刺目，還很油膩。

老人似乎說了些什麼，周圍的男女齊聲大笑起來。

「快看那個。」

在朋美透過視線示意的前方，另有一群將近十人的團隊走在路上，由對面走近這裡——走近後門。他們移動的速度非常慢，全是為了配合其中兩名拄拐杖的老人。

遠遠望去就能看出全員都是一副寒酸的打扮。從他們出現的方位來判斷應該是搭公車來的，這一點也能印證他們那種貧困的模樣。他們肯定是宇宙力場的信徒，為了恭聽教主御言大人的開示而來。

「去樓下吧，到大廳看看。」

我說。

「噓，去了也沒意義。」祐仁以氣音回話：「現在只能交給脫教屋來辦。我們除了祈求成功以外幫不上任何忙，也不能去幫喔。之前說好的是這樣吧。」

「我不會妨礙啦。」

我進到房間扔下一句顯而易見的謊話：「我去畫外面的風景喔。」便馬上衝往玄關。祐仁的意思我明白，可是我沒辦法如同做壁上觀的字面意義，就這樣結束這一天。

快步走過外面的走廊，藉由背後的聲音與氣息能知道他們兩個跟過來了。我想起昨晚撕碎後丟掉的第五封信。

**——明天，鷹石會到光明丘來。**

**——要在光明丘緊急召開講座，而且是在你們住的公寓大樓的集會所。這是千載難逢的機會。**

**——脫教必將執行。**

水橋寫在信紙上的一字一句，在在流露出緊張與興奮之情。決定行動的原委被簡明扼要地宣告在上面。

根據水橋他們的調查，鷹石似乎打算從飯田茜的母親身上搾取更多錢財。這兩年間她貢獻的金額之龐大，在眾信徒當中也名列前茅，因此鷹石決定授予她榮譽之名。

他們選在飯田宅第附近舉辦講座，準備邀請她出席並在眾人面前表揚她——打從以宇宙力場的名號活動以來，鷹石幾乎未曾造訪過任何信徒的家。根據教義，這被稱為「最大的榮譽」。單單是在住家附近召開聚會，並受到邀請前往，對信徒來說就已經算得上三生有幸了。

這種低等的管理手段就連小孩子都能理解。我對於由衷將這種蠢事視作善行的剛才那個梳大背頭的痴肥男人——對於御言的輕蔑感有增無減。同時，也對想透過這種手段來尋求救贖的茜的母親，打從心底感到憐憫。

他們能夠借到集會所，好像是因為有名相較之下沒那麼熱衷的信徒同樣住這棟大樓，而且在自治會上握有話語權的關係。聽說是受到茜的母親勸說後入教的。會決定緊急召開講座，除了鷹石的一時興起之外沒有其他原因，依照水橋的說法，鷹石毫無計畫的言行好像是常態的樣子。不過，脫教的可乘之機就在於此，他在信上如此強調。

水橋透過一名和信徒打好關係的脫教屋成員打聽到講座的情報，立刻致電給飯田家——也就是茜的母親。他偽裝成資深幹部的其中一人，向她下達指示：

**明天，會在這附近舉辦講座，但是有一點要注意。雖然我們熱切希望府上所有人均能前來，不過還請讓令嬡茜在家待命。由於現在的她，無法承受御言大人的靈力——**

而水橋和優子將會在當天拜訪飯田家，帶著除了茜以外的人前往集會所，接著兩人會原路折返至飯田家把茜帶出來。水橋說目前會先讓茜住到他家，和他的家人一同生活。

信的最後以看似有些輕快的一句話作結。

——**請祈禱好運降臨**。

能成功嗎？這樣就能救出茜了嗎？

我半點也放不下心，徹夜未眠便迎來天明，然後上學，接著到陽臺等待宇宙力場的人們到來。

一出電梯我們就逕直走向沙坑。在連接電梯與大廳的一小段走廊的一側，有個為了讓住戶的孩子們在雨天也能玩耍而蓋的小沙坑。雖然現在已將沙子、箇樸的遊樂器材和長椅全數撤掉，變成看不出用途的空間，不過在當時屬於孩子們的集合場地之一。

沙坑被三個目測是幼兒園年紀的小孩占據，長椅上似乎是他們母親的幾名女性正坐著聊天。我們來到沙坑旁邊，占據能望見大廳的位置，席地而坐後撿起地上的小石子裝作在玩的樣子。

大廳再過去的另一側，管理室的隔壁就是集會所。

沒見過的生面孔陸續擁至，兩名拄著拐杖的老人也在其中，是那群從陽臺上看到的信徒。好像是對上眼的緣故，站著的祐仁出聲打招呼：「你好。」集會所內再度響起笑聲，看來鷹石應該已經在裡面了。

坐在長椅上的媽媽們湊近彼此，小聲談論著一些事情。「他們不分大人小孩把新來的信徒聚集起來……」「資歷深的信徒擔當監護人的角色……」「好噁心……」諸如此類的話語傳進我的耳裡。正當我注視她們到一半的時候，朋美拍了拍我的肩膀。

「來了喔。」

出現在大廳的是茜的家人。飯田叔叔、飯田阿姨表情不安地手牽著手。茜的母親穿著花紋低俗的衣服、手提圖案刺眼的包包，揚起驕傲的笑容闊步而行。跟在其後一臉疲憊走著的人是茜的父親。與之前遇到的時候一樣，還是那副不管怎樣都無所謂的表情。

「這邊請。」

帶路的人身著灰色西裝，是名有著陰鬱氣質而美型的中年男性，端正的容貌就連小孩子的我都快看呆了。是因為外表而被指派成幹部的嗎？就在我這麼想的下一刻，他那張臉與我記憶中的某個人有了連結。

是水橋。

把臉洗淨剃掉鬍鬚、梳整過頭髮之後，原來會有這麼大的改變嗎？

我看得瞠目結舌，這時祐仁倏地站到我面前，擋住了視線。

「妳盯過頭了喔。」朋美責備道。

透過水橋的引導，飯田家的人們往集會所的方向前進。茜的母親不知是否因為高興而敞開心胸，她在門前止步，伸出手招呼丈夫與公公婆婆先行入內。

優子走在隊伍的最末尾。雖然往這邊瞥了一眼，不過絲毫沒表現出在意我們的樣子。不愧是專業的，就在我感到佩服的時候，她走近茜的母親不知說了些什麼。

茜的母親高興地連連點頭，隨後穿過集會所的門。

我感覺到血液在全身上下翻騰，心臟跳得好像快爆開似的。所有條件都備齊了。只要門關上這兩人就會立刻前往飯田家，並把茜給帶出來。就算我們跟在後面靜觀事情的發展應該也行吧。

水橋握上門把，堆起滿面笑容準備把門帶上。就在這個瞬間——

「稍等一下。」

粗啞的嗓音從集會所中響起。

明明咬字模糊卻能清楚聽見，是種奇異的嗓音。

那是鷹石——御言的聲音。毫無根據我卻如此確信。

「到我這裡來。」

他的語調溫柔，卻有種不由分說的強勢。那群媽媽們停下了竊竊私語，孩子們也停止玩沙，將注意力投往集會所的方向。

水橋朝優子一笑，而後不疾不徐地走進門內，消失在我們的視野裡。

「不對，我是指你們兩個一起。」

這一回的話聲中隱含怒意，比先前都要來得嚴肅。即將關閉的門從內側被人打開，接著走出幾名男性，其中一人面無表情抓住優子的肩膀。她的那頭長髮晃了晃。

被識破了。

這種臨時擬定的作戰不可能會順利的。

我聽見祐仁發出哀號。朋美的臉上籠罩了一抹陰影。就在我準備站起來的時候，優子反手朝背後扔出某樣東西。

下個瞬間，她跟著兩名男人一同進入集會所消失。喀噠一聲，門扉關閉的聲音正式傳來。

她扔出的東西滑過走廊製造出聲響，經過我面前，在兩臺並排的電梯前面停下來。我幾乎是無意識地走向那樣物品。

是一串鑰匙，另外掛了好幾個鑰匙圈。其中有個金色的橢圓形板子，上頭刻有兩個文字。

「飯田」

集會所內轉眼間安靜得讓人發毛。

我用顫抖的手指將鑰匙串撿起來。祐仁和朋美探頭看過來。

然後我猛然跑了起來。

狂奔的途中，我始終在意著背後的狀況。下一秒隨時會出現其他人——其他追趕上來的信徒抓住我的後領，這個想像畫面一直在腦海裡揮之不去。腳下的柏油路踩起來也有種奇怪的鬆軟感，好像不管怎麼踏步依然不會前進。水橋怎麼樣了？優子怎麼樣了？腦袋裡淨冒出些討人厭的想像。四周被夕陽染得一片赤紅。我沒看到任何人也沒有和任何人擦身而過，就連一輛汽車也沒有經過。宛如置身噩夢當中。

跑得上氣不接下氣後，我總算抵達飯田家打開庭院門，將鑰匙插進鑰匙孔。我重複幾次深呼吸，把空氣送到肺腔裡。

朋美在庭院門前，邊警戒周圍邊說：「我來把風喔。」祐仁似乎跑到一半就筋疲力竭了，放眼望去沒看到他。

喀鏘一聲響起，鑰匙轉動了。

我壓抑住不停增生的罪惡感，拉開玄關門。

飛揚的灰塵讓鼻子發癢。

空氣裡充斥著半潮溼的氣味。

比上次來的時候還要頹敗。

我脫下鞋子踩上玄關，接著踏上不遠處的樓梯，朝向位於二樓的茜的房間前進。雖然屋內光線黯淡，但我不敢把燈打開。

無論樓梯還是鋪在走廊上的木板都嘎吱作響得厲害。明知道被聽見也沒關係，我卻不由得踮起腳尖走路。冷靜下來，不要慌。一邊在心中喝斥自己的同時，我一邊敲響走廊最深處的房間門。

沒有回應。於是我悄悄打開門。

裡面一個人也不在。

從敞開的窗戶灌入的空氣正搖晃著窗簾。在哪裡？難道不在這個家裡嗎？不安的情緒擾亂胸口，心臟怦怦作響。

一絲細微的動靜震盪了我的鼓膜。我停下動作與呼吸尋找聲音來源。

好像是從我所站的位置還要再下面的地方，從一樓傳來的。我來到走廊上確認，的確能聽見一種類似布料摩擦的聲音、又彷彿將紙揉成團的聲音從下方發出。

我走下樓梯。朋美在外面，祐仁還沒趕到，要去叫他們嗎？不行，總覺得一旦現在出去外面，我就無法再鼓起勇氣踏進這個家裡了。

我走過一樓走廊，進入客廳。

一道鮮明的沙沙聲響起。

縮在客廳角落的消瘦少女正包裹在破舊的毛巾毯內，渾身顫抖。

「小茜。」

我出聲喚她。

「不要過來。」

她如此回我。

# 十七

「快點出來，出來啦！」

朋美毫不掩飾焦躁的情緒將玄關門完全敞開。

我們讓茜坐上輪椅後，從飯田家飛奔而出。

外面天色已經變得相當暗了。

「要去哪裡？」我朝跟在後面的祐仁問道。

「我就猜到會這樣了。」他邊推輪椅邊說：「下山去吧。比待在這安全，暫時能撐一段時間。」

「可以嗎？」

「當然。」

「不愧是祐仁。」

「晚點再閒聊吧。先去公車站，如果能叫到計程車也可以。」

我點點頭便準備衝向大馬路。

「不行！」

聽見朋美大叫，腳下的步伐反射性地煞住。

下一刻，一輛轎車緊急停煞在眼前，輪胎摩擦柏油路發出的難聽聲音響徹耳際。轎車開上人行道的前半段，堵住了我們的去路。

坐在汽車後座的是御言，那張肥臉漲得通紅，正隔著車窗玻璃瞪視我們，緊接著他顫抖雙下巴嚷嚷了些什麼，還狠狠揍向副駕的座椅。

啪的一聲，前座車門打開的剎那，祐仁大叫道：「走這裡！折回原路！」我馬上掉頭跟在祐仁和朋美的後面跑。

從背後傳來大人們的咆哮。

只是聽見聲音就害怕得快要哭出來，但我仍然奮力扯動發軟的雙腿繼續跑。祐仁跑在前面帶我們繞著住宅區的街道到處奔逃，出去大馬路時因為撞見行駛中的休旅車，我們又慌慌張張地躲起來，改往公寓的方向跑。

坐在輪椅上的茜雙眼緊閉，嘴脣用力抿成一條線。

「茜！」

她母親的喊叫聲從附近傳來。

「把茜還來，你們這些邪教徒！」

好幾個人的腳步聲逐漸逼近，還有引擎的聲響。茜忍不住發出嗚嗚的低泣。

有好幾次那些人都繞到了我們背後，我們退回原路後又碰上他們，即使三個人分開逃，也會被追趕到重新會合成一路。身後也始終有開車追來的御言和幹部們，還有跑著追來的茜的母親，以及一般的信徒們。

令人不甘心的是御言具備統率能力。縱使他斂財的手法與口號是那麼愚蠢，甚至把人逼上絕路，但起碼他的確有著指使他人展開追逐戰的才能。加上我們實在愚昧到有剩，雖說要逃跑，動線也未免太缺乏計畫了。

最終我們被一路追趕到光明丘新市鎮的邊緣，一座本地最大的公園。就在公園內棒球場的角落裡、高聳的混凝土牆的前方，我們被逼進了這裡。

時間已到夜晚。

圍住公園三面的數棟公寓大廈點綴著居民們生活的燈光，並排的窗中流溢出乳白色的光芒，還有青白色的光輝。

居民們正過著與昨晚別無二致的今晚，沒有人會注意到我們，即使注意到了也會挪開目光，以旁觀者的身分自居。儘管平時會寒暄和閒談，但對於超出這之上的關係可是敬謝不敏。

如今這種距離感仍未消散殆盡，而在當時的我們與他們之間，更是有著一道牢固的隔牆存在。那個時候，體力已消耗到達極限的我累得雙手撐地跪下，就好像化身成那片混凝土牆一樣。

寂靜中的絕望感苛責著我。

公園內的路燈照在宇宙力場的信徒身上，總共十四個人。他們縮短彼此的間距，同時重重踏響腳下土地並一步步逼近。其中一人為茜的母親，另一個人是御言。

「你們這群蟲子。」

他用演戲般的口吻開口，脂肪滿布的下巴隨之晃動。

「沒錯——你們就是在地上到處鑽爬的蟲子，被我等所散發的光輝吸引而來，最終會被我等踩碎的既渺小又可憐的存在。」

「你、你以為自己說得很漂亮嗎！」

祐仁小聲罵回去。他把輪椅藏在背後，用身體保護住茜。朋美緊緊握住祐仁的手，臉色蒼白得宛若死人。

「你們才是以為自己幹得漂亮嗎？脫教屋已經逃走了喔，看來你們委託錯人了呢。」

「嘖。」

朋美咂了一聲。

「好了，交出那個孩子。還沒替她治療。」

「那算什麼治療啊。反正你一定會說什麼這個孩子的靈力也不夠之類的藉口，打算對她見死不救吧。至今以來一直都是這麼做的對吧？我們透過脫教屋的調查都曉得了。」祐仁說。

「想當教主至少也等治好一個人再來可以嗎？裝神弄鬼的大叔。」

「這群卑劣的邪教徒。」

御言露出猙獰的笑臉。

「把茜還來！」

茜的母親喊道，對於祐仁揭露的事實絲毫不為所動。茜對那個聲音產生反應，呼吸亂成一片。她痛苦地摀住嘴、扭動身體。

「茜。」我抓住她纖細的手。

「抱歉噢，沒能成功逃走。讓妳白高興一場，抱歉。」

我把心裡想的如實說出口。到頭來我們什麼都沒做到，就連一個女孩子也沒能救出來。懊悔的淚水盈滿眼眶，視野模糊了起來。

「真的很抱歉。」

「不會的。」

茜輕聲說道。她癟了癟唇，瞇起雙眼。

「……好像搭上雲霄飛車一樣，不、不是靠自己的力量在跑。雖然我、沒搭過真正的雲霄飛車。」

「輪椅推得很粗魯，抱歉耶，小茜。」

「沒關係。」

「可惡。」朋美說。

「很可惡呢。」

茜說著。這次她展露開朗的笑容，纖細的手指在胸前交握，邊嘆氣邊說：「不過，很快樂喔。」

「茜……」

「信紙，有交給你們太好了。」

按捺不住胸口的痛楚，我緊緊把茜擁入懷裡。握住鑰匙串時下定的決心、潛入茜的家裡時鼓起的勇氣、與茜面對面時冒出的自信，這一切全被粉碎四散了。

「來吧。」

御言的說話聲響徹整座公園，他朝漆黑的夜空高舉雙臂。信徒們動作一致地縮短了與我們之間的距離。我們靠緊彼此把茜圍在身後。

「我不會做出粗暴的舉動，只是要她稍微配合我『修練』一會兒罷了。為了讓她遺忘邪惡的信仰，將那股反抗宇宙力場的念頭消除──」

御言在這時沉默了下來。

他褪去表情，從我們身上挪開視線，瞇細的雙眼往虛空中凝視，片刻後猛然怒目圓睜。

「咕……咕嗚、咕嗚嗚。」

御言發出野獸似的低吼，抓上喉嚨間囤積的脂肪。其他信徒們同樣陷入痛苦之中，掙扎著跪了下來。

「嘔噁噁噁！」

茜的母親劇烈嘔吐起來，當場倒在地上。

「媽媽！」

「等等小茜，盡量別亂動。」

「這是怎樣？」朋美問。「演戲？某種儀式之類的？」

「不對，大概是……」

祐仁往四周環顧。

臉色發紫的御言維持僵立的姿勢瞪大雙眼，從他的嘴巴與鼻孔流下血痕，直到下巴一帶全被染得一片鮮紅。不久，他發出巨大的聲響倒下，捲起一陣塵土飛揚。

啊！我小小聲慘叫出口。

球場上站出來好幾名大人。

打算進一步將宇宙力場的信徒團團包圍的大人們，朝這裡靠了過來。人數有二十個人，不對，好像在這之上。

爸爸在那裡面。媽媽也在。

老師、學校供餐的阿姨都在。副會長，還有其他大人們也是。

我想呼喊他們卻發不出聲音。

雖然明白得救了，可是究竟為什麼會得救？我毫無頭緒。唯一能猜想到的也只有……

比大人們晚了一步，一名男性從黑暗之中現身。他快步走來，白色的衣著猶如幽靈，於暗處逐漸顯現。

是會長。

他擺出我不曾見過的嚴肅表情。

然後他將右手高高舉起，以掌心迎向我們這裡。那隻手每擺晃一下，信徒們便發出痛苦的喊叫。這個，這股力量是——

大地之力。

未來會成為我們基石的力量。

不過只有會長才能夠使用的，特別的力量。

原來不僅有治癒的能力，也能用作攻擊嗎？

不僅是救人，也能用以折磨人嗎？

「沒事吧？」

他出聲搭話，嗓音溫柔而威嚴。臉上的表情柔和了些許。那些信徒們的呻吟聲一點點低了下去。

祐仁以沙啞的聲音回答：「是的。」朋美沉默地點點頭。茜正無聲地哭泣，臉頰上的淚水受到路燈的光亮影響，如星子一般閃爍燦爛。

「慧斗。」爸爸跑了過來，媽媽跟在他的身後。

「朋美，還有祐仁都沒事吧？」

「會長。」

我把手放到輪椅上。

「這個孩子，就是小茜。之前提過的那個孩子。」

「嗯、嗯。」

「有辦法治好她嗎？像我的情況那樣。錢的部分……等長大成人後我會付的。」

我馬上便肯定了自己說出口的話。有種長期以來背負的事情、手頭持有的鈔票被安放進真正屬於它們的地方的感覺。這個選擇才是最好的，只是一開始沒能發現，一開始還沒有這個選項。至今以來的所有選擇，都是為了成就這個結果而存在的道路。

大人們陸續將那些信徒抱起來，朝公園入口處的方向走出去。大部分的信徒們一點反應也沒有，其餘幾個信徒只發出微弱的呻吟，並沒有抵抗。

會長在茜的面前跪了下來。

他伸出右手，對她說：「這股力量很強大。想要傷人，或是奪取人命都很容易。就像剛才讓妳見到的那樣。」

茜輕輕地頷首。

「我無法向你們保證。不會像宇宙力場那群人一樣，承諾一定能夠治好。即使這樣也沒關係的話，我願意回應慧斗的請託。」

「……嗯。」茜出聲回應。

「我也、希望您能醫治。」

會長放柔了那張緊繃的臉，說著「走吧」便站起身，邁出步伐。

公寓大廈的燈火依舊如故，將冰冷的光線投映至我們身上。

## 尾聲

過了一年又一段時日的某天早晨。

在睡醒之際便雀躍地從床上一躍而起的我，等洗完臉後便跑到了客廳去。

「早安，媽媽。」

「早安，慧斗。」

新的媽媽微笑著舀起大鍋子裡的湯。雖然是幾天前剛換來的，不過她既溫柔，烹飪手藝又非常高超，我一下子就喜歡上她了。只是她似乎不擅長園藝，花盆裡的花已經全都枯萎了。

餐桌那頭的爸爸正睡眼惺忪地咬著麵包，注意到我後便一面打呵欠一面打招呼。

「起得真早欸，有睡好嗎？」

「當然，爸爸也起得很早耶。要出差嗎？」

「怎麼可能。今天要舉行祭典呀。」

「也是呢。」

我笑著入座。

祐仁、朋美，和其他孩子們一臉睏倦地起床進來。我一邊道早安一邊拿起麵包。之後大家一起去學校，上課聽講，然而我心不在焉的，被老師唸了好幾次。

「為什麼一直發呆呢？慧斗同學。」

面對用令人不快的口吻問話的野村老師，我老實地回答：「因為有祭典。」

「那就沒辦法了，畢竟是重要的祭典呢。」

老師露出真拿妳沒轍的模樣嘟囔道，教室裡洋溢著和諧的氛圍。

一從學校回家我便走出陽臺，看往公園的方向。

棒球場的中央搭建了一座高聳的望樓。大人們在那四周相互招呼、為了前置準備而奔波。我一邊感受著滿腔的高昂情緒一邊朝下方瞭望，這時有兩名熟悉的身影攫住了我的目光。那兩人正在棒球場的隔壁，那座有遊樂設施的小公園內邊鞦韆，貌似在談論什麼事情的樣子。

我頓時衝出家門。

一跑近鞦韆，右手邊的女孩子登時抬起頭來。雖然多了點福態但對方的容貌幾乎沒變，我不會認錯，她是——

「茜！」

「小慧斗！」

她從鞦韆上站起身，接著鎖定我的方向拔腿奔來。我們彷彿相撞在一塊似地緊緊抱住彼此，又因為反作用力而默契十足地一起摔倒。

「茜，還好嗎？」

「嗯。」

「治好了嗎？」

「嗯。」

茜那張容光煥發的笑臉就近在眼前，僅僅如此，我便被一種想大叫出聲的幸福感簇擁，連要站起來都忘記了。

「小慧斗妳們，原來擁有這麼厲害的力量呢。」

「可以自由運用的人只有會長而已唷。」

「不過，如果是小慧斗妳的話，總有一天也可以吧？」

「誰知道呢。」

趴在地上聊天的途中，會長笑咪咪地走了過來。

「我先去做準備囉。開始後，慧斗也過來吧。」

「當然。」

我撐起上半身，說：「謝謝會長，錢的部分我絕對會付清的。」

「這還不算完全治好喔。」

他以正經的神色說道，我和茜也跟著嚴肅了起來。

「生命自大地降生，須得在大地扎根生存。而小茜一直以來都待在家裡，被關在裡面。」

茜的臉蒙上一層陰霾。

「所以……從今往後大家共同和睦生活吧。不只是加入我們的小茜一家人，也包括我們大地之民的所有人。為了不忘記這點，才會決定在這裡舉行祭典。類似戰場上建立和平紀念碑的概念，妳們能理解吧？」

我重重地頷首。茜也再度露出笑靨，抱住了我。

當天空被染成紫紅色之際，我沉浸在一種近似泥醉的感覺中，並在公園內遊走徘徊。

祭典辦得熱鬧非常。

這原本是在光明丘成為現在的光明丘以前，在這片土地上代代相傳下來的祭典，配合現今的地形與屋舍，調整成大家都能樂在其中的形式。由會長主導，透過大人們向居民以外的人們交涉，取得同意後才得以執行，是屬於我們的祭典。

屬於大地之民的祭典。

音樂從配置在公園各處的擴音器裡悠揚流瀉而出。

在望樓上跳舞的人是爸爸。他穿著與那張照片相同的傳統裝束，覆著面具搖擺肢體，跳著不可思議的舞步。這些音樂與舞蹈，全是經過周密的調查後再現出來的成果，連同在這裡跳舞之前，先從山上下到光明丘遊行的過程，據說亦是遵照過去的禮法來安排的。

大人們圍著望樓繞圈圈跳舞，在其四周擺滿相連的攤販，人群哄鬧不已。醬油烤得焦香的氣味在附近這一帶瀰漫。

光明丘開始運作了。

我們確確實實地，在這塊土地上扎根了。

我滿懷這份確信，繼續在公園中漫步。

「小慧斗！」

循著那聲呼喚回過頭，便看到茜對我揮手。她與祐仁和朋美三個人正在吃烤玉米。

「妳跑去哪裡了啊，真是的。」祐仁埋怨道。

「每次都這樣不是嗎？」朋美笑著說。

我招手回覆，接著抬起腳奔向他們。

＊　＊　＊

這便是我與飯田茜相遇，並讓她和她的家人成為我們一員的經過。如同你所讀到的，這既非什麼偉大事蹟，也算不上什麼為人稱道的事，無非是個愚蠢的行動罷了。雖說我們的行動對於促成祭典的舉行稍有關聯，然而要因此褒獎我的話就錯了。

我重申一遍吧。

拯救邪教之子的人並不是我，而是藉由大地之民每一個人的力量，才將她從黑暗之中救出來，治好她的病，讓她變回原本應有的樣子。

我們擁有的是改變的力量。

所以閱讀到此的讀者，希望你能以此為榮。

並且從今往後，繼續以身為大地之民為榮。

願各位永遠屬於大地之民。

直到世界迎來終結，開啟新篇章的那一刻為止。

這就是我心目中，唯一的願望。

——大地之民　第二代會長　權藤慧斗《祝祭　記錄我自身的至大愚行及光明丘之始，或說仰賴大地之力克服疾病者的真實》（個人出版）

## 1

我粗魯地把書闔上。

砰一聲，無情地響徹車內。

計程車正疾駛於高速公路上。幸虧司機是個寡言的人，從上車到現在，除了目的地與路線以外從未開口過問一句。

隔壁座的男人坐立不安地躁動著，從那頭任意留長的白髮空隙間，探來膽怯的目光。

「矢口先生。」男人小聲叫了我一下。「請、請別嚇我啦。」

「你指什麼？」

「剛才那個……很大的聲音。」

「是說這個嗎？」

我舉起書本給他看。男人一副快哭的樣子點了點頭。不對，其實已經在哭了。從那雙大眼中湧出淚水，順著鬆弛的臉皮滑落。

「我還以為、要死了。以為是槍聲、或炸彈……真的，請饒、饒了我吧。」

「不好意思。」

不管費盡唇舌道歉，還是用盡千方百計安撫他都不會有用，一旦這個男人亂了方寸便無法在一時半刻內冷靜下來，不過他不會大鬧或者大吼大叫，只會一邊喃喃自語，一邊安靜流淚。所以採取最低限度的應對，放著不管後續才是最好的處理方式。

男人邊發抖邊嘀咕個不停。蓬亂的頭髮混雜了好幾綹白髮，青黑的臉色布滿皺紋，外表看起來年約六旬，然而他的實際年齡應該才三十五歲左右而已。正確的年齡本人並不記得，他的記憶中存在相當大的空缺。不僅是外表，腦袋和精神也已經變得不正常了。

這個男人快被摧毀了。

被邪教。

邪教「大地之民」。

我撫過手中書本的封面。說它簡約聽上去是好事，實際上只是頁簡陋乏味的淺棕色封面。到處充滿汙痕，書背、書側都沒逃過。唯獨聳動囉嗦的標題與作者名字用了燙金印刷。

「《祝祭　記錄我自身的至大愚行及光明丘之始，或說仰賴大地之力克服疾病者的真實》（個人出版）權藤慧斗」

既無書籍條碼亦無標明售價，就連版權頁也沒有。畢竟是為了發配給信徒們而印製的書，要說這是當然的話或許也沒錯。

我再次把書翻開。不管是在攝影期間的空檔、移動中，還是這之外的時間，當我回過神來總是在讀這本書，拜此所賜，書的哪裡寫了什麼我大致上都記得。即使如此我仍會像這樣不由自主地打開它。

這本書的內容聚焦在特定的某段時期，是教主的自傳。

儘管像這類書籍有不少亂七八糟的東西，不過《祝祭》以簡潔的筆法寫成淺顯易懂的文章，要掌握內容相對而言容易許多，也能一定程度地理解登場人物的個性和情感。

權藤慧斗自己也用自嘲的口吻分析這是在「模仿娛樂小說」。事實上，對於這本書的用途毫無所知的讀者而言，最後的許多驚喜的確相當於在讀娛樂小說吧。可是，這毫無疑問是作者，權藤慧斗有意為之的手法。

《祝祭》一書中，並沒有寫到能夠讓人理解事件背景的重要情報，被省略掉了。或者該說缺少了這部分才對。

慧斗那些人是「大地之民」的信徒。

人稱「會長」的權藤為上一代的負責人。「爸爸」、「媽媽」、「老師」是成年人信徒的職務名稱，前兩者既非他們的親生父母也非養育他們長大的雙親，後者則是沒有取得教師證書。所謂的「學校」也只是信徒們如此稱之，實際上大概是公寓的其中一戶吧。

這些即使到了文章最後也沒被明確記載。想也知道，因為預設的讀者只有那些信徒，自然沒有特地說明的必要。

若是不了解這些事實，就有可能產生誤解，或者在閱讀過程中注意到好幾處令人在意的疑點。比如住在光明丘的人們，面對慧斗他們總是採取一種疏遠的態度、宇宙力場的教主和信徒將慧斗他們蔑稱為「邪教徒」；相反地，「野村老師」對飯田茜抱持異樣的嫌惡感。

牧商店的女性店主對慧斗展現敵意也是同個道理，雖說她似乎將大地之民和宇宙力場混淆在一起就是了。除此之外，還有好幾個人的發言「乍讀之下像是在說宇宙力場，其實講的是大地之民與其信徒」，這樣的段落出現過好幾處。

在被慧斗委託之前，脫教屋的優子就曾走訪光明丘。倘若在不知情的前提下讀到，可能會將這點看作某種機運吧，實則不然。我猜她很可能是為了從大地之民手中奪回信徒，才會過來做事前調查。搞不好早就有幾個成功案例了。根據慧斗偷聽到的「爸爸」和「媽媽」的對話，把其中提及的「木內和他一家人」、「園田」想成被奪回的信徒的話就說得通。

被慧斗找上門當面談判的水橋和優子，會大笑出聲也完全合理。那情境根本是被一個小孩，而且還是他們鎖定的大地之民信徒跑來提出工作委託。

「會長」積極恢復祭典更不是為了振興城鎮，而是為了讓光明丘的人們認同自己的宗教活動所下的對策。

並且這項嘗試獲得了成功。即使負責人交替，教團照舊拉攏一般人，一切運行都上了軌道。光明丘做為新興宗教根深柢固的宗教新市鎮而非宗教都市，現已享譽全國。縱然也有用負面目光來看待的人，認為他們可疑、詭異，不過可以說絕大多數的人們都採取靜觀其變的立場。當中亦存在正面看待的學者，將之視作在面臨人口外流問題的眾多新市鎮當中，演變出特異型態並蓬勃發展的稀有案例。

然而，我是知情的。

大地之民可不是那麼和平的一群人。

那些傢伙洗腦信徒，給予信徒肉體和精神上的痛楚，留下一生也無法癒合的傷害。況且不僅是信徒本人，在他身邊的人長期以來同樣身陷痛苦之中。

我自己就是證據之一。要說更客觀的證據，還有**這傢伙**。

我將視線投向身旁的男人。

他已經停止嘀咕了。從那張半張開的口中流下一條口水。雖然閉著眼，不過每隔兩秒眼皮就會痙攣一次。要是我現在做出清嗓子之類的舉動，他多半會再度跳起來啜泣吧，還會用責怪的眼神看著我。

男人名叫久木田祐仁。

是在這本自傳中登場的，慧斗曾經的同學。

## 2

我遇見祐仁是半年前的事。

當時由我一手包辦企劃、拍攝、後製的深夜節目《法外美食特搜報導》在網路上蔚為話題，而在受到許多媒體談論後不久便遇見了他。

那是一個風格迥異的美食節目，受訪對象包括黑道、地痞、流浪漢、離家出走的十幾歲少女、帶著孩子露宿車上長達兩年的女性、過去在陸軍開發化學武器現居垃圾屋的老人、被父母疏忽照顧連小學也沒上過的九歲男孩，整個系列的內容便是由我單獨採訪這類人們的生活，拍攝他們與她們的用餐光景。

那是我進入關東地區的電視臺工作四年以來，首次通過的企劃。對那些會謹慎評估企劃編排的人而言，我向來是個「老是提出無法在電視上播送的企劃的沒用傢伙」。《法外美食特搜報導》能夠通過審核可謂受到各方面幸運眷顧的結果。而在拍攝途中我也遭遇過各種麻煩，甚至好幾次都做好赴死的覺悟。

在接受其他電視臺與網路雜誌採訪的過程中，我不得不講述自己這麼做的原委以及這半輩子來的人生經歷，臉部照片也被廣為流傳。結果，在路上被人叫住的次數增加了，亦有被人多看幾眼、從遠處指著的時候。出外景和移動途中或者私人行程，不分時間地點都有遇過。

「你是矢口弘也先生對吧？關東電視臺的那個。」
「你是《法外美食》的導播對吧？那個節目很有趣！」
「期待你的續作喔！」
要說不高興是騙人的，不過我並沒有因此滿足。就算受人讚譽我也無法相信，在我聽來只覺得是諷刺，一般人的言論自是如此，連同記者或撰稿人的評論我也這麼想。唯一的例外是某次在鬧區被醉醺醺的中年男性搭話時，他說了這句話：「那個節目啊，看了看了。黑道在採訪黑道的節目對吧？」
雖然在同行間看上去不正經的人不少，不過聽說我在這當中又更勝一籌。無論我留了多乖巧的髮型穿多麼樸素的衣服，看起來都像是那一類人。路上被警察攔下來盤問根本就是家常便飯的事。
我的皮膚黑，眼神凶惡，而且身形消瘦。其他部分難以用言語形容，總之我的五官和所有舉止，似乎都讓我看起來像是屬於反社會勢力的人。
並非不能理解，不如說我挺能接受的。經歷過這種人生的人就會長成這副德行吧，自然也會渾身帶著一股匪類氣息。
所以，不曉得能否這麼說，不過被人直接指出我這副儀態的特徵時倒是一點也不讓人反感。我會聽見久木田祐仁那細如蚊蚋的聲音也是這個緣故。
「矢口先生，那邊那位看起來像混混的矢口先生。」
晚上十點。當時我正好經過人潮擁擠的新宿西口的吸菸區前面，一道微弱的說話聲突破喧囂傳入我耳中。我朝聲音的源頭——吸菸區的方向看去，在吞雲吐霧的人群中，有個男人正看著我。用老人來形容他或許比較適合。他嚴重佝僂，襯衫跟西裝褲均布滿皺褶，背在肩上的包包也到處脫線。

「啊，你果然是矢口先生，《法外美食》的，沒錯吧？」

男人眼睛依舊睜得老大，只有嘴巴擠出笑容，踏著顫巍巍的步伐走過來。我幾乎是下意識將身體轉向他。這是出於要保護後背包裡的攝影器材和筆記型電腦的反射性行為。

「我有收看貴節目喔，非常有趣。」

「謝謝。」

我答道。場面貌似不會危及性命，但對方不是可以長時間搭理的對象。我如此評斷這個男人。

「你在網路上說過，可能會拍第二季對吧？」

「嗯，不過做決定的是上頭。」

「你說想採訪邪教之類的地方宗教團體。」

忘了接受哪家雜誌採訪時是有說過這種話，應該也有被網路新聞轉載沒錯。

「那又怎樣嗎？」

「你曉得大地之民，沒錯吧？矢口先生。」男人滿懷確信說道。「應該曉得才對。你提到的想採訪對象，應該不是邪教這種含糊的統稱，而是明白說了大地之民。我有記錯嗎？」

我答不出口。

這個男人知道。他知道我的事才來接近我、與我攀談。我提高警覺，心臟跳得飛快，不過與此同時思緒也冷靜了下來。我將注意力集中到男人身上，以及周圍的情況。

從男人那雙圓睜的眼中，有淚水滑落。

「占用你一點時間，可以嗎？」

鼻水也流下來了。長了肉刺的指頭震顫著，儘管如此卻依舊保有笑容。我沉默著觀察他的樣子。隨後男人以沙啞的聲音進一步說：「一、一點時間就好……到那間咖啡廳，或我家都行。」

「跟我來。」我說。「有間我常去的店，到那裡談吧。不好意思，其他地方容我推辭。在那裡想談些複雜的話題也沒問題的。」

男人撲簌簌地掉著眼淚，並低聲說了句：「謝謝。」

那間我常去的店，位於友都八喜（註3）新宿西口總店多媒體館附近，是間連鎖KTV。我們被帶到三樓最裡面的包廂。我從走廊一角的飲料吧倒了點飲料，放到

註3 ヨドバシカメラ，日本知名大型連鎖量販店。

桌上。男人以新奇的目光打量房內擺設，在我遞出玻璃杯和吸管後鞠躬道了謝。

「是卡拉ＯＫ、嗎？」

「是的。」

「嘿，好懷念喔……那個，有寫曲目的東西呢？」

「你說的是？」

「就是那個、那個……很厚一本，像電話簿一樣的。」

男人呆站在沙發與桌子之間的狹窄空隙內，用兩根食指在空中畫了一個方形。

雖然不哭了，但那副不安的笑臉還是沒變。

「現在沒有那個了喔。點歌要用那臺機器來搜尋，也不需要再另外用遙控器輸入曲目編號。」

我指給他看插著麥克風的設備，男人卻歪了歪頭，貌似無法理解的樣子。

「我們不是為了唱歌來的。請坐。」

我示意他坐下後，自己坐到了桌子的對面。男人惴惴不安地靠到沙發上，一臉忐忑地抱著包包，隨後陷入沉默。

沉默持續了一分鐘左右。正當我考慮是否要委婉催促他時，男人總算開口：「我叫、叫作，久木田祐仁。」

「我是矢口。」

「我以前待過大地之民，是前信徒。」

「你說你是『前』信徒？」
「我脫教了，四年前的事。」
男人——祐仁嘿嘿一聲，發出卑微的笑聲。他打開包包，從中取出一本書。
「能請你讀一下這個嗎？」
「在這裡？」
「嗯，這個東西類似現任會長的自傳，也有寫到我的事情。記錄的情報對矢口先生你而言，照理說也有用處才對。」
我接下自傳，將它翻開。讀完整本書應該不超過三十分鐘。
內容令我大受衝擊。
調查大地之民至今，我竟然從不曉得有這本書的存在。裡面所寫的要不是頭一次聽說的事，要不就是足以佐證迄今為止我所得知的情報。只不過——
「首先我想確認，這上面寫的是事實嗎？」我一口乾掉杯中飲料後問道。
「當然、當然是。」祐仁回道。
「我和慧斗——和現任會長，從以前開始就一直很要好，一直待在一起，老實說……也有特別的情愫在。就像那裡面寫的一樣。過去我們做了件任性魯莽的事，非常亂來，而那件事成為了大地之民，以及光明丘的其中一塊基石。雖、雖然這是單看結果的說法。」
「可是——」我忍住苦笑說下去：「前負責人面對宇宙力場時的情節，比方說……裡面有提到他使用類似超能力的力量，致人於死地的描寫對吧？照字面來讀的話我是如此理解的，不過不好意思，我很難把這視作事實。那比起久木田先生你異常衰老的情況還讓人難接受好幾倍。」

「咦咦、欸欸。」

祐仁開始使勁刮弄他的包包。刺耳的噪音在密閉空間裡回響。從走廊上傳來一群年輕人放聲大笑的聲音。

「唔嗯……我明白你想說什麼。可是啊……」

祐仁用他發抖的手指戳了戳頭。

「我用這雙眼親眼看到了，我看到了喔。當時我在那座公園裡，和慧斗跟朋美她們在一起。御言他……宇宙力場的信徒們，所有人很痛苦，然後逐漸死去。我明白你不會相信，可是我的確看見了。這本書裡沒有杜撰的內容，至少有我出現的橋段寫的都是真的。」

他又開始流眼淚，然而我已經沒把這放在心上了。

「當時怎麼處理那些屍體？」

「我不知道。埋起來，或是用其他方式處理了吧。」

「其他方式是什麼？」

「我不知道，我不清楚這些事。」

祐仁揪住自己的頭髮，口中小聲唸唸有詞。我探身向前，仔細聆聽。

「……該怎麼做才好？該怎麼做？照以前那樣，一直待在大地之民才是對的嗎……」祐仁一邊發出嗚咽聲一邊自問自答。「應該繼續和那些討人厭的、比宇、宇宙力場還瘋的傢伙們，一起生活才對嗎……這是不可能，不可能的。欸，矢口先生你也是這麼想的吧？」

我保持沉默，他便繼續說：「我是偷偷脫離的，可是沒有用，我什麼都做不了，工作也是，日常生活也是，一件事都做不了。在那裡的日子已經深入我的骨髓。啊，就連思想、思考模式和其他一切都被徹底侵蝕殆盡了。」

他冷不防伸出手，抓住我的手臂。我沒有抵抗，而是選擇觀察他的樣子。祐仁的握力非常弱，甚至到了讓人同情的地步。

「不是只有我。被那些傢伙摧毀的人還有好幾個，其中也有在這本書裡登場的人。而且啊——」眼前的他衝著我咧嘴露齒一笑。「矢口先生，你應該也是間接地，被大地之民弄壞的人吧，所以才會想採訪那裡。裝作要錄製那個美食……美食什麼的節目，其實準備揭露他們隱瞞的事蹟。你就是這麼打算的，沒錯吧？我說得對吧？」

嘿嘿嘿，他發出狀似戲謔的笑聲。

祐仁說得沒錯。正因如此，從他提起大地之民的那一刻開始，我便讓腦袋切換成工作模式了。不這麼做感覺我很快就會失去理智。

在來到這間店的路上，我事先把手伸進後背包裡按下運動攝影機的錄影按鈕，並藏進運動外套的內側口袋，也有用錄音筆錄音。這是我經歷無數次臥底採訪迄今所養成的習慣。

「你有什麼目的？」

針對我的質問，他如此回答：「請利用我。這麼一來就能和他們接觸。」

# 3

大地之民。

這是在一九七八年，由權藤尚人所設立的新興宗教。但是最初名為「大地之會」，似乎只是個以到他住家跳他編出的健康體操為名目，屬於街坊鄰居的小聚會罷了。會將負責人稱作會長便是沿用了當時稱呼的緣故。

現在提及的這些情報有被刊載於二〇〇三年，由某家約莫是中堅規模的出版社所發行的新書《大地之民　新世紀・宗教新市鎮的全貌》當中。這是市面上流通的唯一一本，寫有關於他們事蹟的書。書中以權藤和信徒的受訪內容為中心，彙整了「他們的主張」，因而可信度讓人存疑，但在沒有其他更可靠的情報出現之前，不可不把這視為線索。

大地之民幾乎斷絕所有和媒體的接觸，官網的最後更新時間也停在十二年前，大部分的頁面都因為超連結失效而無法閱覽。《法外美食特搜報導》播出受到廣大迴響後不久，我便依照「contact us」頁面上提供的電子郵件地址寄出請求採訪的聯絡信，之後卻收到收件地址無效的系統回信。

《大地之民》那本書的作者大越隆彥，身為一名不挑工作的自由撰稿人，在出版這本書兩年後，便因病過世了。享年五十一歲。媒體從業者的早逝是常有的事，我身邊也有不少四、五十歲就過世的人。

單閱讀這本書的話，從初代會長——教主權藤身上看不出什麼特別異常的部分。權藤於一九四六年出生於長野縣，直到高中畢業前都在縣內生活，其後進入東京某所大學的醫學院就讀，在取得醫師執照後，他做為一名外科醫生任職於町田市的醫院。目前為止的情報皆已經過證實。

據說權藤出生於富裕的家庭，不過與雙親和手足的關係不睦。會成為醫生是基於父母的「命令」，其餘的所作所為均是他對父母的「反抗」——權藤在《大地之民》一書中強調過這種中心思想。大地之民之所以會否定血緣也是因此之故。都是為了「爸爸」和「媽媽」所做的反抗。讀過《祝祭》之後，能夠理解他具體想創立怎樣的共同體。實際上他也已經創立了。

成立「大地之會」是在他開始工作後的第五年，也就是三十二歲的時候。之後沒多久他就變更會名，並接受夥伴——信徒的捐款。

權藤遷居到剛落成的光明丘新市鎮是一九八六年的事。最直接的理由，好像是因為他的原住處已經無法提供足夠空間來活動的關係。與此同時他辭去醫院的工作，將新居大樓的其中一戶挪作「集會場」和「道場」來使用，正式展開新興宗教的活動。大地之民正式取得宗教法人的許可也是這個時期的事。

其教義的根本思想與細節，全都平庸到不行。採用出家制度的部分雖不會說不稀奇，可也不到獨樹一幟的程度。

與自然調和。

藉由修行來淨化靈魂。

《祝祭》一書中提到水橋揶揄宇宙力場「不過是把唯靈論跟新紀元運動等等的思想隨便東拼西湊出來」，同一句話套在大地之民上面也適用。

他們的特別之處在於，會積極和做為活動據點的新市鎮當中的居民交流，並且獲得成功的結果。大越在《大地之民》中下了如此的結論。大地之民不僅不強行傳教或勸人入教，還會透過無償的方式支援當地居民，具體例子像是權藤提供的醫療服務，以及「祭典」。這些都和《祝祭》中的敘述相符。

所謂的宗教不是本就該如此嗎？新市鎮不是本就該如此嗎——大越以此作結。簡而言之，他筆下的內容大致上是肯定權藤和大地之民的。

簡直是胡說八道。

早上十一點。眼看會比約好的時間早到很多，於是我們決定先在高速公路的休息站小憩片刻，其中也有積累的疲勞一口氣襲來的因素在。來到這裡之前，我先在羽田機場和祐仁會合並搭上計程車，車子沿著高速公路準備一路開往光明丘。這個日程安排對我而言並不勉強，然而我似乎在不知不覺中，因為緊張與亢奮而給身心帶來了負擔。

進到無障礙廁所內將身體擦乾淨後，我換上帶來的衣服。雖然從很久以前就不再會為了採訪而花心思注意儀容了，不過這回總有種不得不打理的感覺。

在吸菸室抽根菸之後，我回到廁所刷牙。儘管毫無食慾，但還是在自動販賣機買了兩個飯糰，在離開休息站到走回計程車的幾十公尺的路途中解決精光。司機戴著眼罩倚靠在座位上。祐仁還沒回來。

我坐進後座雙手交抱，思考接下來的事。

和大地之民的發言人會面的時間約在下午兩點，地點是位於光明丘的公民館分室，當中的二樓會議室。

能夠徵得採訪許可都是多虧了祐仁。

我從他那裡得知教團的郵政信箱，並寄了一封信過去，內容如下：目前久木田祐仁在我的保護之下。由於他的身心狀況出現不適，想回歸教團，我因此想帶他回去。做為交換，請問能讓我做採訪嗎？——這是依照他的建議所寫下的內容。

「為什麼要替我製造機會？」

到現在為止我問過好幾次相同意思的問題，而祐仁總是給出同一個回答。

「因為我憎恨教團。矢口先生，我和你一樣。」

寄出信件是在四個月前，收到回信則是半個月前的事。那天我幸運地因為採訪行程中有空檔而回家，讀完信的瞬間立刻喊了一聲「讚啦」。

回信上以秀麗的手寫字寫下問候及針對我保護祐仁一事的感謝之詞，並同意會面兼採訪的日期時間與地點，甚至還表示只有我一人的話，過夜兩、三天也可以，公寓大樓的其中一戶能夠做為旅館來使用，也會為我準備餐點。

**「大地之民衷心歡迎矢口弘也先生。宣傳負責人　敬啟」**

那封信我現在也帶著。我從後背包裡抽出信來，重新讀過一遍。祐仁還沒回來。

——你應該也是間接地，被大地之民弄壞的人吧。

腦海裡浮現在ＫＴＶ包廂時他說過的話。據說是他還在教團的時候藉由傳聞聽說過我，並留下了深刻的印象。

沒錯，我被那些傢伙間接弄壞了。

那些傢伙害我的人生打從一開始，就被搞得一塌糊塗。

養育我的人是我的外公外婆，但我是在上小學以後才曉得這算是罕見情形。不對，與其說是「養育」，不如說是「讓我生存下去」更正確。那兩人只給我勉強能果腹程度的飯菜，以及有屋頂的睡覺地方而已。開學典禮時穿便服出席的一年級新生只有我一個人，甚至穿的還是已辨識不出原本顏色的整套長袖運動服。不會讀寫，只說得出單字的人在學校裡也只有我一個。

我不怪那兩人。該怪的是明知外公外婆年事已高，只仰賴年金度日，連外出走動都有困難，卻依然把年僅兩歲的我丟給他們並就此消失的母親。

外婆每次一有什麼事，就會把針對親生女兒的咒罵發洩到我身上。她會把女兒的罪狀一一羅列出來，加以責難：生下不知父親是誰的孩子、馬上就因無力扶養而跑來這裡，隨後銷聲匿跡、為了養小白臉背負多筆債務，周轉不靈後最終逃到安全的地方——

那個逃亡地點就是光明丘，大地之民。

「新興宗教就是那種鬼東西啦。」

外婆時常把這句話掛在嘴邊。

「那個笨蛋啊，連我們的積蓄都不放過，全被她拿走跑路了，為了要去布施。大地之民就是靠這種錢來運作的，要不是從別人那裡偷來就是強行得手，再不然就是搶過來的錢。」

如果我對自己跟同學差太多的各種處境抱怨的話，外婆就會拿拐杖揍我。後來拐杖還和走路用的做區分，另外備有一根專門揍我的拐杖，那東西放在玄關角落，是拿不用的拐杖再削短一點做成的。外婆的腰腿孱弱，平時要去買東西都嫌麻煩，唯獨打我的時候才表現得精神矍鑠。當時年幼的我連可以逃出家門都不曾想過，只不停地重複上演在木造的狹窄平房內四處逃竄，然後被逮住，狠狠挨上一頓痛打的戲碼。

外公總是不發一語旁觀這一切。

「大地之民這些混帳！」
「都是他們害我女兒瘋了！」
「要是沒有大地之民，就不會發生這種事了！」
這幾句也是外婆的口頭禪。一旦我被打得動彈不得後，她又會緊緊抱住我，邊哭邊重複那些話。放聲慟哭的外婆聽起來是那麼地弱小不堪，那時候的我覺得她很可憐。
毫無疑問地當時的我就是個受虐兒。在日復一日的生活中承受痛苦，時常挨餓，可是我卻認為自己沒有逃跑的權利，也深信自己沒有像同學那樣生活的資格。
身為愚蠢母親的孩子，遭受這種待遇是應該的。該被憐憫的人不是我，而是在女兒受到大地之民教唆後被強塞下照顧孫子的責任，還被奪走積蓄的外公外婆。事情演變成這樣，也全部都是大地之民的錯。
那時的我如此深信不疑。
讀小學時我被大家排擠、霸凌，也因為認為這很正常而忍氣吞聲。如果忍無可忍反擊的話，這回就換成老師們對我貼上不良學生的標籤。
上中學後我理所當然地加入小混混的團體，學會偷五十西西小綿羊一類的東西來轉賣。接受輔導的次數可不只一、兩回，更數不清究竟被捲入暴力事件多少次。後來我很少去學校，家門則是完全不再踏進一步。這個時期的我值得反省的地方多了去，不過那也是現在才有辦法這麼想。

不如說我在當時很滿足。姑且不論心靈層面，至少肚子是。

靠著順手牽羊來的食物，和變賣贓物的錢買的食物填飽了胃。

而且唯有和那些境遇與自己相似的傢伙們混在一起的時光，才能讓我感受到些許安心。在學校裡身為異端分子的我，和他們在一起時只是個普通人。被父母遺棄、受到養父母虐待、無法正常讀書寫字、營養失調、靠稀釋劑排遣飢餓——

小混混中並不是沒有那種腦子不正常、讓人想直呼他瘋狗的人，被那些人盯上有時甚至會意識到死亡，不過會在團體裡的，本就幾乎是些沒怎麼受到教育、光是被容許生存都很勉強的傢伙。

我沒有升高中。如今想來那時過著既怠惰、愚蠢又危險的日子，可怎麼也好過童年的生活，我活了下來。直到某天發生了一件事。我在朋友家裡睡到過中午才醒，打算買個便當所以騎小綿羊去附近的超市。

「矢口。」

在賣場的便當區叫住我的人，是小學時和我同一屆的葛原英司，印象中也有同班過幾次。因為姓氏的緣故被取了像是廢物、廢葛或糞原這類難聽綽號。就算不稱之為霸凌，起碼他也是被人「捉弄」的對象。

我們同樣身為班內地位最底層的人，時常被算作兩人組，也交談過數次，但並沒有因此產生特別深的革命情誼。說起來，記得我們連聊天都談不到一塊去。葛原的家境相當富裕，從日常閒聊的端倪中就能感受出他與我的隔閡。

一想起當時的感受，便有股不爽的感覺折磨我的神經。我想我甚至瞪了葛原吧，但他毫不介意的樣子，還對我露出笑容。那副臃腫的體態再加上表情，簡直就像一尊大佛。他的聲音則高亢得宛若少年。

「好久不見。過得還好嗎？」

「嗯。」

「來買東西？等等接著吃飯嗎？」

「那又如何？」

我小小地咂舌一聲回問。葛原顯然膽怯了，可那張笑臉仍舊不受影響。

「方便的話我請客，到那裡用餐怎麼樣？」

他指向出入口附近的一個角落，那裡有間又小又破舊的速食店，裝潢成半吊子的美式風格，收銀臺上方掛著章魚燒和炸熱狗的巨大看板。沒看到店名標示在哪。

「啥？你幹麼要請？」

「沒啦，紀念一下重逢嘛。」

白痴嗎？雖然我這麼想，但馬上就改變心意了，能免費吃喝的話正合我意。剛好那陣子手頭緊，一天只吃一頓飯的日子已經持續差不多一個禮拜了。

那時候點的餐點我現在也還記得：章魚燒、什錦燒、薯條、法蘭克福香腸、可樂、霜淇淋。面對這個強迫人接受他心血來潮的善意，多管閒事的前同學，我毫不掩飾地趁火打劫。

然而。

葛原吃著他點的餐，一臉高興的樣子。理解到這點東西對有錢人來說根本不痛不癢後，我非常火大。感覺被瞧不起了。

「借我錢吧。」

「要多少？」

「五萬日圓。你身上有吧？」

剛才趁點餐的時候，我不露聲色地確認過他錢包裡放了多少。葛原略作思考後，從錢包裡抽出五萬日圓，朝我遞來。

就在我要一把抽走的瞬間，他倏然收回手。

「啊？你耍我嗎？」

「不是的，我沒有這個意思。」他邊微笑邊說：「我只有一個請託，或者說是想和你做約定。」

「你想怎樣？」

我嗤之以鼻。所謂的請託八成是想講最多只能給這些，不然就是希望我對他朋友保密吧。出於一時衝動答應施捨，卻在發覺自己根本是被壓榨後退縮了吧。有夠白痴。

「希望你答應我。」

「所以說你想怎樣？」

「請你把這些錢全部用在餐費上。」

「啥？」

「希望你別拿去花在吃喝以外的地方。」

那雙眼直視著我，葛原如此說道。對於預料之外的「約定」我啞口無言。要我守約的話，多少能對我設下一點限制，可是這對眼前這名肥胖的同學來說有什麼好處？我完全想像不出來。

「你在開玩笑嗎？」

「不是的。我是認真的喔。所以呢，怎麼樣？你可以遵守嗎？」

他舉起五張萬元鈔秀給我看。

我心不甘情不願說了聲「知道了」，隨後把那五萬日圓奪過來。葛原愣愣地眨了眨眼，不過很快就找回笑容並補充說：

「啊，當然也不能拿去買酒喔。」

「你從剛才開始就是什麼意思？」

我握拳重重捶上桌面，平衡不良的桌子因此劇烈搖晃，連帶讓喝完飲料的塑膠杯和吸管滾到了地上。

「到底想怎樣，說啊？讓我遵守那種事對你究竟有什麼好處？」

心裡想的不小心就這麼直接問了出口。

「沒有啦，沒什麼。」

葛原收起錢包，這回改取出手機說：「交換一下聯絡方式吧。」這之後好幾次不管我怎麼威迫恫嚇，他都絕口不提理由。

受他擺布、被他占了上風，這種不爽和憤怒的念頭即使到了隔週，我把五萬日圓花光也沒有消退。之後我理所當然又聯絡了葛原，叫他再給我錢，並在言談間暗示他沒有拒絕的餘地。

晚上七點。在約好的碰面地點現身的葛原，一認出我就問：「你有確實遵守只把錢花在餐費上的約定嗎？」

「嗯。」

我撒了謊。那些錢大部分都被花在買酒買菸，還有跟朋友們玩樂。

「太好了。那這次的份也交給你。」

他不可能沒察覺，卻依然和顏悅色地遞給我五萬日圓。我把錢搶過來後馬上騎上小綿羊，揚長而去。心裡半點痛快也沒有，不如說超級不爽，但等我開始思考個中原因已經是在這之後，第五次敲詐完那傢伙後的事了。

第四次和第五次只相隔三天，然而葛原連一點詫異的神色也沒表現出來。

我為什麼會有這種感受？前前後後一共拿了三十五萬日圓的我還有什麼不滿嗎？思考了整個晚上依然想不出答案，之後我回到朋友家睡覺，等到傍晚醒來，感受到肚子餓的那個剎那，疑問忽然就迎刃而解了。

那個五萬日圓全是為了餐費——而且還是為了我一個人的餐費而準備的。那段時期充斥在我心中的負面感情，換作現在的我能夠輕易用語言表達出來。

苛責我的正是罪惡感。沒有遵守和葛原的約定，一直令我心懷內疚。縱然當時不曉得那些詞彙，可情緒的起因和應對方法我是知道的。這次我花光五萬日圓是兩個月後的事了。我打電話給葛原把他叫出來，在老地方跟他會合。他表現出一如既往的態度將錢包拿在手裡。

「為什麼？」

「嗯？」

「為什麼只能用在餐費上？肯定有什麼理由吧。」

「沒有呀，沒什麼。」

「喂，廢物。」

我揪住葛原的衣領。

「你要我玩嗎？是那個嗎？你在享受用金錢力量飼養小混混嗎？」

「我才不會做那種事啦。」

他很快就恢復鎮靜，露出一直以來的笑容。

「給我說清楚，你到底打什麼算盤？」

「你不會生氣嗎？」

「啊？」

「不生氣的話我就告訴你。」

要痛揍他一頓嗎？還是把他按在地上暴打一通？我強忍下這股衝動。

「……知道了啦，你說說看。」

葛原面帶不變的微笑答道：「因為你好像老是餓肚子的樣子。聽說吃學校午餐也都會再添一份。有一次我盛了比較多給你，記得嗎？結果你狼吞虎嚥地吃完了喔。」

絲毫沒料想到的回答讓我無言以對。

「那次讓我印象非常深刻呢。我只有幫你盛過一次比較豐盛的飯菜，那讓我非常地、怎麼說呢，有種做了壞事的感覺。所以……所以，嗯，但這不是想贖罪的意思就是了。」

真沒意思。我垂下眉梢。

揍人的力氣都沒了。那隻揪住他衣領的手鬆開了，無關乎我的意志。

然後——

「讓你久等了。」

祐仁輕聲說道，我於是回過神來。在他嘴邊泛著唾液的水光。

「不好意思、不好意思耶，我剛開動就身體不舒服，所以去廁所吐了。」

他一邊用袖子擦嘴，一邊發出奇怪的咿咿聲，那既說不上是哭聲也不像笑聲。

即使我將攝影機對著他，他也彷彿毫不介懷的樣子。即是說，他正處在無力理會的精神狀態嗎？

司機坐起來發動引擎。開始動作的計程車慢慢加速，駛出了休息站。

「現在感覺怎麼樣？」

我用工作時的說話方式詢問，把攝影機湊近祐仁那張發黑的臉。

「問我怎麼樣……嘿嘿，那還用說嗎？糟到不行了。」祐仁瞪大雙眼。「因為只有在那裡我才生存得下去。只有身在那個光明丘才行。那些人把我變成了這樣的人。漫長的……花了漫長的歲月呢。那個要怎麼說來著，改造？應該不對。」

「洗腦嗎？」

「沒錯，是洗腦。洗腦。」祐仁用手指一下接著一下戳向太陽穴。「這裡啊，被動了手腳。對了，你記得的吧？那些除了我以外的脫教者。我就和他們一樣。不對，或許比他們要好一點。嘿、嘿嘿。」

他又一次流下眼淚。拍攝滑落臉頰的淚滴同時，我想起他所說的「其他脫教者」。

## 4

祐仁從教團帶出來的不只《祝祭》一書。另有一張清單寫有已脫教的前信徒的聯絡方式，他把其中一部分複印後帶出來，保管在手上。

清單上記錄了七十名前信徒的姓名與聯絡方式。時間有限的關係，我最終成功採訪到的，只有當中的兩個人而已。

一個住在大阪府某處的老街當中，一棟鮮苔遍布、朽爛破敗，即使有日晒也依舊晦暗的木造公寓裡，以旁觀的角度來看儼然廢墟。

公寓本身也很老舊。供水設備是共用的，要從出入口的地方脫鞋後進入。木地板鋪成的走廊上到處都破了洞，就算踩上沒破的地方也會發出響亮的嘎吱聲。稀薄的光線從走廊的小窗戶透入，映照出飄散於空中的無數塵埃。

該名男人的住處位於一樓最裡面。不管我還是祐仁去叫他都沒有反應，門一拉就輕易打開了。

屋裡是間六疊大的房間，話雖如此，判斷出房間大小也是眼睛習慣黑暗之後的事了。開門後的最初一段時間內，我和祐仁除了眼睜睜盯著一整片的暗無天日以外別無他法。接著我一邊留意切換到夜拍模式的攝影機畫面，一邊輕手輕腳踏進屋裡。

霉臭味益發強烈。屋裡垃圾四散，不過不到垃圾屋的程度，還能看見腳底下的榻榻米。棉被、寶特瓶、滿是摺痕的雜誌堆成的小山，這些東西上面沾黏了不少黑色汙點，是燒焦的痕跡。矮腳桌上擺了好幾個裝滿菸蒂的寶特瓶。

我拉了拉垂吊在頭頂的電燈拉繩，然而燈泡絲毫不亮。

縮在房內一角低著頭的男人，此刻將頭抬起來。那是一名上身赤裸的老人，下半身則被報紙和雜誌埋住。我在繃緊神經的同時也鬆了口氣。雖說屋裡的氣味狀況讓我早有心理準備，不過能夠避免踏入孤獨死的現場、不用面對腐爛的屍體仍然讓我感到慶幸。

攝影機畫面中的男人呆滯地張著他沒有牙齒的嘴，往這裡看過來。那張枯瘦的臉上唯獨一雙眼睛亮著光，可是並沒有對焦。

「請問是小野寺忠雄先生嗎？」

男人沒有回話。

祐仁拉開窗簾，落日餘暉從窗口斜射進屋內。頓時男人發出呻吟用手遮住臉，甚至鑽進雜誌和報紙堆成的小山裡。我把攝影機切換成一般拍攝模式，並朝他靠過去。

「小野寺忠雄先生？」

男人依舊沒有回應。我邊盯著螢幕畫面，邊用腳碰了碰應該是男人的腳所在的位置。隔著雜誌與報紙的柔軟觸感底下，的確有某種細如樹枝的東西，兩根並排在一起，是腳沒錯。我現在碰到的大概是小腿吧。這段期間我用攝影機對準男人的臉，只拍攝他的臉。

接著我慢慢踩上男人的腳。

「嗯嘎啊！」

男人發出胡鬧似的慘叫。從畫面中的影像看起來只覺得他是因為極端的恐懼才發出怪聲，想以此威嚇我們。

「別緊張，我們什麼都不會做。你冷靜點，冷靜下來。」

「嘰咿、嘰咿咿咿！」

「你怎麼了？什麼東西讓你這麼害怕？」

「嘰、嘰嘰嘰、腳……」

「腳怎麼了嗎？」

我挪開踩著他的腳後，改拍攝那座由雜誌和報紙堆出的小山。新聞都是些八卦小報，雜誌有半數是益智類的主題，剩下半數是成人向，也就是色情書刊，而且還是制服女高中生的題材。

把眼前的景象拍夠本後，我自言自語裝傻說道：「可能是被老鼠之類的東西咬了吧……現在還有被咬嗎？狀況如何？」

「啊啊、啊。」須臾之後男人挪動身體說：「沒、沒問題、沒問題。已經跑掉了，跑掉了。」

「是嗎？總之你先過來這裡吧，不然可能還會被咬。」

「嗚啊啊、嗚嗚。」

男人擠出呻吟般的應答聲，從印刷物的小山堆裡爬出來。髒汙味、霉味，加上其他難以言喻的惡臭味，緊接著在狹小的髒房間裡蔓延開來，強烈得幾乎令人懷疑能用肉眼看見臭味粒子。我皺著臉繼續拍攝他。

我朝祐仁使眼色讓他收拾矮腳桌面後，讓男人坐到裡面去。裝滿菸蒂的寶特瓶和燒酌的利樂包、色情書刊被隨手擺放、堆疊在男人背後。過著貧困潦倒生活的孤獨老人與其居所隨後一一呈現在攝影機的畫面當中。

我製作的節目內容絕對沒有捏造的成分，只是把事實加以編輯並強調而已。唯有賣弄這種程度的聳動畫面，才能吸引到差不多百分之一觀眾的關注。儘管可悲但這就是現實。

思考這種事的同時我也迅速做好了準備，隔著矮腳桌坐到男人對面。此刻能夠冷靜應對，大概是多虧過去曾有一次採訪住在垃圾屋的獨居老人的經驗吧。老人將待在陸軍時製造武器的回憶當作精神支柱來維生，為了應對他那些充滿專業術語的獨白，我讀了不少戰爭時期的資料與化學方面的專書，連續好幾天生活在那間屋裡。

相較之下，現在這場拍攝要簡單多了。

男人小口喝著我們為了拜訪送的杯裝酒。像一隻沒有牙的長臉猴子，他給我這種印象。頭上幾乎全禿了，餘下的油膩白髮任意生長，緊緊服貼在耳朵周圍。從嘴角溢出的酒水弄溼了他久未整理的蓬亂鬍子。

直到我透過眼神判斷對方恢復了一點點理智，才詢問第三遍：「你是小野寺忠雄先生嗎？」

「嗯啊……」

回覆聲中混雜了嘆息，男人——小野寺出聲應話。在我做完自我介紹後並未得到像樣的反應，於是決定直接切入主題問話：「你曾經加入大地之民的信仰對吧？」

「嗯啊。」小野寺面無表情答道。

「看來從你脫教到現在，似乎吃過不少苦頭呢。」
攝影機鏡頭朝房間的各個角落拍攝。
「嗯啊。」
「根據我這裡的調查，小野寺先生，據聞你過去在教團裡待了二十五年之久。」
「誰知道。」
「為什麼會脫教呢？」
「誰知道。」
我耐住想嘆氣的衝動，瞪向小口小口喝酒的小野寺。
祐仁蹲縮在房間一隅。
「你不記得了嗎？」
「太久以前的事了。」
他放下酒杯，一雙空洞的眼神看往矮腳桌，接著慢慢地一動也不動。他的大腦大概陷入某種類似電腦延遲或當機的狀態了吧。呈現在攝影機螢幕上的他宛如一幅靜止畫面。
這種採訪內容不能用。無論我怎麼費盡脣舌怎麼陪同演出，只要從本人口中撬不出話來就是白費工夫。眼下的情況，攝影機記錄到的並不是大地之民的脫教者，不過是個準備孤寂地結束人生、將死的老頭子罷了。符合前信徒的要素、與教團相關的要素一個也沒——

我忽然靈光一閃，從後背包裡抽出《祝祭》，放到矮腳桌上。「這是權藤慧斗的自傳，裡面有寫到跟宇宙力場發生過的糾紛。」

這本書應該是在小野寺脫教後經過一段時間才寫成的，不過講述的事件對教團而言具有重大影響，要是能成為引子讓男人想起些什麼就好了。

小野寺一副不感興趣似地以單手打開書，一頁頁懶散地掃視過去。片刻後他的瞳孔開始激烈地左右震顫，捏著書頁的手指出現力勁。他把內容讀進去了，在理智運作之下把文章吸收進去了。我沉默地替他拍攝。雖然明白這樣長時間攝影並沒有意義，可貿然插嘴會引起他的忌憚。

與最初開始翻閱時同樣，突然地，小野寺灌了一大口杯裡的酒，緊接著劇烈嗆咳，咳嗽的撕心裂肺程度幾乎讓人擔心他會把喉嚨咳斷，整間晦暗的屋子裡都充斥著那種聲音。

我拍撫他的後背，等待小野寺冷靜之後，問道：「覺得如何？在你讀過之後。」

「慧斗……」

小野寺面露痛苦。

「那個孩子，那個孩子她——」

男人再度咳嗽起來，不過這次咳完幾下後就止住了。把黏稠的痰隨便吐到榻榻米上後，他說：「真、真的是，究竟幹了些什麼好事……」

「你指的是？」

「誰說得出口！」

小野寺冷不防捶了矮腳桌一下。那股力道和聲音不算什麼，但與他到目前為止的緩慢動作相比起來簡直判若兩人。

他一邊喃喃唸著慧斗、慧斗，一邊闔上《祝祭》，用髒兮兮的手指沿著書名和作者名字描摹，細微的沙沙聲輕輕震動了我的鼓膜。在攝影機畫面的右下方，顯示音頻的電平計正在晃動，讓我確定聲音有被收錄進去。

「在這個時候……」小野寺開始說話了。「在這個時候，明明還是個好孩子。坦率，可愛，也聰明。我記得。我記得的。」

「你和她說過話？」

「有啊，上面有寫到吧。」

「咦？」

「就跟這上面寫的一樣。那個孩子雖然坦率，有時也會頂撞我們。你沒讀過嗎？那孩子不是有和我說話嗎？」

我絞盡腦汁分析他所說的話，直到理解的那個瞬間才接著問：「這是你有在這本書裡登場的意思對吧？」

「對啊，我在家裡。」

怎麼回事？這是什麼意思？我瞄了祐仁一眼，後者張大嘴巴僵在原地。

「難道是……難道是……」從那張顫抖的口中發出沙啞的聲音。我立刻把鏡頭轉過去，他邊落淚邊說：「爸、爸爸？那個時候的？」

「嗯啊。」

小野寺點了點頭。咚咚兩聲，往《祝祭》的書封戳上去。

「這時候、這時候，很讓人傷腦筋的喔，那個孩子真的……原本是這種感覺才對的。要是沒有會長在的話，事情究竟會變成怎樣……」

「爸爸」。

在負責養育信徒們的小孩的部門當中，擔任父親角色的人。儘管也有消極主義的一面，但仍然會擔心慧斗的溫柔父親的「角色」。沒想到他就是眼前這位，名叫小野寺忠雄的人。

「看來你完全不記得了，見到面也沒認出來，是這麼回事吧？」

我語帶譏諷地詢問祐仁，不過他沒有反應，只是呆若木雞地緊緊注視著小野寺。

「你們，是要去見慧斗嗎？」

好像總算明確理解了我們的存在似的，小野寺說道，那句話聽上去是在提問，可從他的表情看來卻像是驚訝的表現。他把杯裝酒乾完以後，用右手的食指與中指摸了嘴唇好幾次。我把隨身帶著的香菸和打火機放到矮腳桌上。

等小野寺再次開口，是在抽完一整根菸之後。

「從這個時期開始，怎麼說，那個……就有徵兆了吧。現在想起來。」

「徵兆？你指什麼？」

「就是她企圖篡奪會長的地位喔。」
「篡奪？」
小野寺點燃第二根菸。在桌面捻熄第一根菸的菸頭後，就這麼放著不管。燒焦味隨之逸散開來。
「拉攏所有人，孤立上一代……就連和上一代結婚也在她的算計之內吧。從信徒開始，幹部、會長夫人……最後是會長的位置。」
「她的權藤姓氏果然是那種意思嗎？」
「嗯啊。」
他呼出一口白煙。原以為還會再說點什麼，可是不管等多久，小野寺始終保持沉默。
「現任會長是怎麼樣的人？」
「那個孩子是……」
男人很快又閉口不語。他把只抽了一點的第二根菸掐滅，旋即銜起第三支。
「關於你說她篡位，這部分是？」
沒有回答。
「剛才你說『誰說得出口』，又是發生了什麼？」
依舊沒有回應。
「前任會長引退之後，怎麼樣了？」

小野寺的臉扭曲了起來，呼吸凌亂。電平計正幅度微小地上下起伏著。我忍住想重複提問的衝動，選擇等待。

在不知道第幾次的吞雲吐霧後，他用嘶啞的聲音說話了：「回歸大地了喔。」

「意思是指？」

「過世了。沒什麼好奇怪的，沒有，這很普通。」

「那是什麼意思？」

「大家最後都會回歸大地。前任會長也只是遵循這個道理罷了。」

「不好意思，我不太明白……」

「沒有什麼好奇怪的！」

小野寺又一次捶上矮腳桌，這回他的拳頭一遍又一遍落下，菸蒂飛到空中，菸灰與灰塵噴散到了四周。祐仁發出小小的慘叫聲抱住頭。

小野寺想站起來卻失去平衡，往榻榻米摔了一跤。我關心了一句「你還好嗎？」同時繼續替他拍攝。他躺倒在骯髒的榻榻米上，如同胎兒似地蜷縮起來嘟囔著什麼。我將攝影機湊過去。

「……逃跑了。明明逃跑了。我逃跑了啊！那、那種地方，誰、誰待得下去，那種恐怖的鬼地方！」

逃跑是怎麼回事？恐怖又是發生過什麼？

「啊、啊……慧斗。」

手邊的紙屑和報紙紛紛被他抓過去，掩蓋住那具身體。小野寺的說話聲逐漸減弱，變得無法聽聞。

「小野寺先生。」

之後無論我怎麼喊他、對他提出疑問，都沒有再得到他的回應。就在我和祐仁面面相覷，準備站起來結束拍攝之際——

「啊——啊，他媽的。」

小野寺陡然出聲，而後重重吁了一口氣，聲音聽起來急躁且敷衍。那與他目前為止表現出的怯懦模樣大相逕庭，是恢復理智了？

「發生什麼事了嗎？」

「搞什麼啊，該死。這種無聊的……」

依舊是這副口氣。他避開我的視線和攝影機鏡頭，用紙屑把頭也給覆住。

這之後直到我們打完招呼離開房間，不管對他說什麼，小野寺都沒再回應過一次，只是把自己埋躺在紙屑堆底下。

## 5

另一位前信徒是名女性。與小野寺忠雄不同，她和家人同住在一起，住處位於埼玉的東武東上線東松山車站附近一帶，是棟樸素的獨棟建築。

那天下著雨。

迎接我們進入屋裡的是那位前信徒的母親。她駝著背，年邁得連走路都很勉強。至於那名曾是信徒的女性，正身處一間面向庭院的又窄又髒的佛堂裡。她穿著過大的老舊運動服蹲坐在地，倚靠在起霧的玻璃拉門上。一頭半白的頭髮恣意披散，另外能隱約窺見她鬆弛的臉。是張滿是汙垢的油膩面孔。相較之下嘴唇則相當乾燥。據她母親的說法今年四十二歲。

「請問是尾村美代子小姐嗎？」

我的問話沒有得到回應。她半垂著眼望向玻璃拉門外面，雨不停下著。

就算朝她扔出其他問題、拿《祝祭》給她看、把攝影機貼近她拍個不停也得不到反應。裝在攝影機裡的兩張SDXC記憶卡也只記錄到這些內容：隔著玻璃窗的朦朧雨聲、看上去像是五十多歲的女性毫無反應坐著，以及我空泛的提問。

她的母親坐在壁櫥前一張有扶手的無腳靠椅上，靜靜守候著自己的女兒。

繼小野寺之後這名女性也一樣，無法正常的對談。我對此感到煩躁，但是心裡懷抱更多的卻是某種奇妙的期待。祐仁、小野寺、美代子，這三個人無一例外都變得不正常了，這不就說明了大地之民裡肯定有什麼隱情嗎？

曾經的成員現在都異於常人，這不就是我蒐集到的證據嗎？

腦袋裡考慮這些事的同時，我不經意地放低視線。

美代子散漫地屈膝坐著，雙手輕輕交握在腳踝前面，指甲從運動服的袖口露了出來。她的指甲被修剪整齊，在燈光底下反射出光澤。指甲表面塗有透明指甲油，唯獨左手中指塗了酒紅色，並貼上好幾個仿造成珍珠形狀的萊茵石。

在她這副死氣沉沉的模樣當中，只有指甲充滿生氣，散發出一種不協調感。當我拉近鏡頭拍攝時，她忽然把指頭縮回袖子裡。

有反應了。面對我的行動首次出現了明確的反應。

「那個指甲——」

「是我。」她母親的聲音在房內響起。「你是說指甲油對吧？是我幫她塗的，因為塗得漂漂亮亮的話她就會很開心的樣子。」

「很開心？」

將攝影機轉向老婦人後，她嚇了一跳縮起身子，隨後戰戰兢兢地上下點點頭，做出塗指甲油的動作給我看。那雙手發抖得厲害。

「對啊、對啊。很開心的樣子……還會笑。只有那種時候才會。我丈夫也幫她塗過幾次。沒錯吧，孩子的爸？」

她朝佛壇說話。上頭擺了張老人的遺照，腮幫子大的面相一看就感覺很頑固強勢。

「如果可以的話，容我來替她說吧。畢竟我們家美代，現在是那種樣子。」

「不會造成妳麻煩的話。」我略帶猶豫答道。

我暫停拍攝，為了讓母女能一同出現在鏡頭內，而請她們變換坐的位置。老婦人坐近前，美代子坐後方。那位老婦人甚至連站起來也很費力的樣子，卻出奇地健談，一直說個不停，從孩提時期的美代子、學生時代的美代子，說到現在兩個人的生活——

「不好意思。」我舉起手打斷她的話。「由於是為了電視節目的取材，希望能在開始拍攝後再談論。」

她瘦小的身軀縮得更小了，隨後傳來一聲道歉：「對不起。」

我再度啟動攝影機，對老婦人訪談。最初的話題是美代子成為大地之民信徒的經過。當事人原本期望上大學，然而遭到她的雙親反對，據說是看不出讓女兒鑽研學問有何意義的緣故。

父母與女兒之間發生了爭執。後來該說是理所當然的事嗎？在經濟方面占有壓倒性優勢的雙親吵贏了。他們讓美代子進入朋友的企業就職，美代子也聽話並認真工作了好幾年的樣子。

「狀況出現變化是在……我要替她作媒的時候。」

美代子毅然離開家裡，也把工作辭了，戶頭裡的存款全被提領出來。即使家人申報了失蹤人口也完全沒查到她的下落。判斷等警察的消息不是辦法後，他們僱用偵探，才總算追查到美代子人在光明丘。這時候距離她失蹤已過去兩年。美代子出家並與其他信徒共同生活在一起。

說實話，是個隨處可聞的故事，一點錯綜複雜的內情都沒有。可是，光要說明這種程度的事，老婦人就顯得十分苦惱。她說得斷斷續續，時而陷入沉思、時而沉默，說出「嗯……」和「那個」的次數多如繁星。雖然能明白她是為了我才說這些的，但以影片素材而言可說是很差勁的內容。

當她又一次沉默不語時，我不著痕跡地催促她：「那麼，她是如何脫離教團的呢？」

「唉呀，關於這一點……」

老婦人安靜下來。十秒過去，二十秒過去，她布滿皺紋的眼皮緊閉著，微微顫抖。

場面變得尷尬。等到我打算出聲喊她的時候，有道聲音說：

「……教、屋。」

聲音微弱而含糊，但我沒有聽錯。電平計也確實有所反應。

「脫教屋。」

這次我聽得一清二楚。脫教屋，腦海裡浮現了這三個字。

是美代子。美代子看著她的母親，第三次脫口：「脫教屋。」

她持續出現反應，這一回從聲帶發出聲音。我現在應該要向美代子搭話嗎？正當我感到迷惘的時候。

「啊，對對！」美代子的母親一手握拳敲在另一手的掌心上。「沒錯，我們委託了脫教屋，請他們把美代，從光明丘帶、帶出來。讓她坐上車，帶到一間借來的公寓裡。事先準備的呢，那間公寓是事先借好的。」

她舔拭乾燥的嘴唇。

「那個呀，是脫教屋要求我們，所以才借來的公寓。然後他們把美代關在裡面，好幾天、好幾個月。後來美代回到了這裡，可是、可是……」

老婦人一面注視著天花板一面繼續說：「讓她回歸社會的部分，有點，那個。這部分沒能成功。就算去打工，也很快就會和人發生糾紛……美代好幾次跟我和她爸爸起衝突，好幾次自殺未遂，後來，這、就變成這樣了。」

美代子的母親發出嗚嗚的低泣聲，宛如耗盡電量似地低垂下頭，搓弄手指。

美代子看向鏡頭。

她母親的那些話，與我至今調查到的邪教知識連結在了一起。

讓信徒強制脫離邪教，從而對信徒的精神方面帶來不良影響似乎是常有的事。一度被灌輸過特殊的思考與思想後，就是精通心理學的專業人士想將之屏除也難乎其難。更遑論是沒有這方面知識，單從物理距離層面著手把人拉離邪教的「脫教屋」，他們施行各種亂七八糟的手段，其結果便是讓原先的信徒們失去精神上的寄託、心靈患病，如此繼續深陷痛苦中的案例據說不在少數。

尾村美代子貌似也是那種惡質生意之下的犧牲者。

我理解了來龍去脈，同時也感到失望。她變成這副模樣原來不是由於教團，而是外行的脫教屋害的。當然，提出委託的雙親也有錯。不，追根究柢起來，可以說其雙親正是導致美代子去信教的元凶。

「妳對美代子的事有什麼看法？對於令嫒——變成這種樣子。」

我開門見山問道。

一時半刻間老婦人維持垂首的姿勢，須臾後才絮絮叨叨地開始說：「……的話就好了。讓她做想做的事……其實只要這樣就好了，一開始就……」

那張委靡的臉上顯露懺悔之情。

「可是我家老公呀，我家老公說他無論如何都……怪我為什麼站在美代子那邊……許多事都要人照著他的意思做，讓美代子喘不過氣來，就是因為這樣才會入教，可是他連這一點也要剝奪……」

那雙微睜的眼中被淚水溼潤。

美代子的母親長嘆出氣：「哈啊——」

「脫教呀，反洗腦什麼的呀，那些事、那些事明明就只是綁架監禁才、對……」

「稍等一下。」

在思考前我便先脫口而出。

我往在佛堂角落縮成一團的祐仁瞪過去。他注意到視線後忍不住發出咿一聲小小的慘叫。

「怎、怎麼了嗎？矢口先——」

「為什麼會知道？」

「咦？」

湧上腦袋的混亂搞得我困惑不已，但我仍繼續問：「**為什麼教團會知道被綁架監禁並受到強制脫教的信徒的聯絡方式**？寫在你帶出來的名冊上不是嗎？」

祐仁睜大雙眼，咿啊啊地從喉間擠出說不上是笑聲還是哀號的聲音。

我暗暗咒罵自己的愚蠢。早該在提到脫教屋的時間點就察覺才對。

「為……為什麼呢？」

「是我在發問。」

我對祐仁說話的口氣不再客氣，也沒了顧慮尾村母女的餘裕。很詭異。這一點明顯很詭異。

祐仁把自己的頭髮抓得一團亂。

「這是為什麼呢？我不曉得。那是我偷偷溜進辦公室，倉、倉促中帶出來的。所以不是我。我什麼也不知道。」

「能想到的可能性有兩種。不是你在說謊——」

我面向美代子的母親。

「就是她在說謊。」

並如此斷言。

雖然不明白撒謊的理由，但能夠推測出的就只有這兩種可能。

「嘿嘿，不是我喔矢口先生。說那種謊有什麼好處呢？我不可能說謊的。不是說了要協助你嗎……對、對了。」祐仁用兩手往包包上一拍。「可能教教、教團的情報網很、很、很厲害的關係。說不定他們很早就掌握了美代子小姐的住處，只是一直在觀望而已。不是有句話說『去者不留』嗎？或者他們認為能夠確認、確認人還健在，就足、足、足夠了也說不定吧。」

他邊笑邊哭著說個不停，全是些毫無根據的說法。

美代子的母親一臉茫然的樣子，不發一語。看來她需要一點時間來消化眼下發生的情況。

「所以我是冤枉的，矢口先生。請你相信我啦。嘿嘿、嘿嘿嘿嘿。」

我維持手持攝影機的姿勢，視線在祐仁與老婦人之間交互打量。是哪一邊？果然現在是祐仁——

「……斗。」

又是那種微弱的說話聲。

不知道什麼時候，美代子半站起身，踩著搖搖晃晃的步伐彷彿隨時會跌倒似的，往這裡靠過來。她的母親回過頭喊了一聲：「美代。」

「……力、量。」

「美代子小姐，怎麼了嗎？」

我留意著自己的呼吸，安靜地深吸了一口氣，同時將攝影機轉向她。

「妳能分享些什麼……」

咚。美代子踏出一聲響聲。

「大……」

她發出猶若呻吟的說話聲。

「大地、之力。」

經過適當的間隔之後，我繼續向她打聽，順便瞥了眼擺在旁邊的《祝祭》。

「大地之力。這本書的標題也有提到呢。還有『會長』使用的那股奇怪力量，也被慧斗這麼稱呼。」

「慧、斗。」

「美代！」

她母親出聲得非常不是時候。美代子焦慮地咬緊牙關，露出來的牙齒比我想像中乾淨，齒列也很整齊。她乾澀的嘴唇囁嚅著。我站起來朝她靠近一步。

「大地之力究竟是什麼？在這本書裡被形容得像超能力一樣。」

「祕密的力量。」

「咦？」

她低聲嗚咽著說：「什麼都、能辦到的力量。負責人的力量。可以救人，也可以摧毀……甚至殺人。我看到了。」

「看到？」

「在我眼前，死掉了。御言，和幹部，都在痛苦中死去。是會長，用大地之力殺掉的。不是只有治療。」

「怎麼可能。」

我不假思索說出口，然而腦中一片混亂。美代子重重地吁出一口氣。那張緊張的臉上浮現悲傷的神情，一雙眼注視著她的母親。

「……媽媽。」

「美、美代。」

「已經、可以說了吧。不用感到害怕唷。大地之力……大概、影響不到這裡。就算影響得了，也已經、沒關係了。」

她展露微笑。下脣裂了開來，滲出鮮紅色的血。美代子筆直地凝視著我。

「……這是怎麼一回事？」我問。

「我很害怕。」她答道。

「這個、是被慧斗、弄的。透過實驗。」

「時彥……實驗？」

「沒錯。」

她拭去流到下頜的血。

「慧斗，非常地、可怕喔。」美代子說。

陡然間她翻了個白眼，身體大幅度地失去平衡。

美代子當場倒在地上，砰一聲響，宛如嬰兒一般蜷縮起四肢。無論她的母親怎麼哭著喊她、爬過去緊緊抱住她，美代子都沒有反應。

一邊拍攝這對母女，我一邊陷入思考。各種疑問在腦袋裡攪得一團混亂，狂跳的脈搏始終平靜不下來。

有關脫教屋的部分是假的嗎？她其實是正常退出的嗎？這樣的話教團留有聯絡方式也說得通。可若是如此她又為何會崩潰？

是被教團摧毀的嗎？

美代子，還有小野寺，難道都是因為崩潰才被捨棄的嗎？

被大地之民，不對，是被慧斗。被慧斗持有的「大地之力」搞到崩潰了。

《祝祭》裡那些荒誕無稽的描敘，難不成——

別說蠢話了，那是杜撰的故事。

即便我試圖這麼想，一度湧上的不安也沒有因此消失。

「客人。」

司機的說話聲讓我回神過來。計程車在等紅燈。祐仁正閉目養神中。

「去光明丘的話，從這裡一直往上走就會到了。」

「嗯。」

「可能是我多管閒事也說不定，不過先把相機啟動比較好喔。」

「你的意思是？」

司機往這裡瞧了一眼。

「能看到那些人了不起的傑作喔。我聽對話知道了您是電視臺的導播，也有拍攝的打算，不好意思。」

他說道。雖然是面無表情的樣子，可總覺得散發出一股期待的氛圍。看起來過去曾載過其他客人去到光明丘的樣子。

「謝謝提醒。」我最小程度地道完謝，隨後按下攝影機的開機鍵。

## 6

計程車駛上山坡。雖說這一路上都是爬坡，但現在明顯能感覺到坡度變陡了，而且還是逼近髮夾彎程度的連續彎道。山路是單向單車道，左右側各有一條人行道，不管哪條柏油路都有不少隆起、龜裂的現象。由於汽車無法開快，所以我用肉眼看得一清二楚。

這裡自從被開發成新市鎮以來貌似一次也沒維護過的樣子。居民組成持續高齡化，人口減少，近年來無論哪座新市鎮皆存在這種「老化」的問題，並受到議論。縱然社會上普遍評價光明丘為繁榮的例外，但看樣子城鎮本身的老朽化是避無可避。

我將鏡頭對準車外，心裡卻打了個問號。司機想讓我看的，就是這幅光景嗎？被外界評為繁榮的宗教都市，實際上是破舊不堪的敗絮——他想表達的潛臺詞是這個嗎？

儘管能理解他的主張，不過很可惜我不會採用。

哪怕是現在這種慢速行駛的狀態下，攝影機拍攝出的畫面也會出現抖動，無法將龜裂和隆起的路況好好呈現出來。雖然很感謝司機的貼心，不過他高估我這臺手持攝影機的性能了。

就在我準備放下攝影機的這個節骨眼上。

「你看。」

司機說道，往右前方指去。此時車子剛要往左邊轉彎。在人行道的另一側——外側一帶林木成蔭，而在那些群樹之間有個東西。

「哦？」我不由自主叫出聲來。

那裡立了一具巨大的人偶。

高三尺，不對，將近四尺的草紮人彷彿要撥開群樹前行似地聳立著。腿與手臂約莫能被一個成年人環抱，軀幹本身既沒有腰部曲線亦沒有胸脯，尺寸更是足有手腳的三倍粗。

至於那張臉——

在我能清楚辨認以前，人偶便從視野裡離開了。我覺得很浮誇，可也有種大吃一驚的感覺。

「接著是那一邊。」

司機指向左前方，計程車則開始往右拐。

一具外型比剛才矮胖的草紮人，展開雙臂出現在眼前。這回我確實地讓攝影機對焦在那張臉上了。

人偶戴著面具。應該是用木頭雕刻，再貼合在一起製成的。上頭有雙巨大的眼瞳，以及比它更為巨大的一張嘴巴。又長又粗的舌頭垂至胸口。以暗藍色為底，各部件的邊緣另外上了一圈赤紅色。蓋住頭部的稻草束看起來儼然像是武士頭盔上的吹返（註4）與護頸。

那固然是件體積龐大的作品，可說不上精巧。然而也沒有那種用材簡陋的感覺，不像是這一兩天才趕工出來的東西。

「看吧。」

司機說了一句語意曖昧的話。我選擇老實提問。

「那個是什麼？」

「是那些人的神明喔。」

應該是指阿蝦摩神吧。在《祝祭》中提到的古老神明。被那夥人找出來借用的神。我試探著問：「那是什麼樣的神明？」

「據說是從前存在這座山上的神明，也不知真的假的。好像現在被復活過來了什

註4 日本武士頭盔旁的兩片盔甲，通常呈捲曲狀。

麼的吧。」

他的用詞未免也充滿太多不肯定。才剛這麼想我便修正自己的想法。以日常對話而言這種口氣才是普通的吧，是電視臺圈子的說話方式過度追求斷定性才對。

第三具人偶位於右手邊，突然就冒出來了。這次人偶的胸前掛了面大型看板。

**「歡迎來到光明丘」**

白色板子上用黑色文字書寫，鑲在雕紋華麗的木框當中，像是早期畫框會有的風格。

「他們完全把這裡當作自己的城鎮了呢。」

我心中的想法在同個時刻，被司機以精準而穩妥的措辭代為說出口。那種摻雜進少許諷刺的口吻可真耐人玩味。儘管對他心懷感謝，我卻態度曖昧地應了一句「是嗎」，裝作不甚同意的樣子。

「呃啊啊……」

祐仁發出一種分不清是嘆氣還是呻吟的聲音。他注視著接連進入視野內的巨大草紮人，眼球充滿血絲，口水都流到下巴去了。我把攝影機朝向祐仁問道：「你怎麼了嗎？」

「啊啊、啊、不好意思。」

「嗯？」

「不好意思。」祐仁用手摀住臉。「事到如今才回來，不好意思、不好意思……」

我知道他是在演戲。

這是為了讓他回來這裡而編的劇本，祐仁開始演起「雖然脫教了卻無法融入一般社會，向偶然遇到的電視臺的人求助後，萬幸之下總算得以回到光明丘的信徒」的人設。這傢伙竟然給我擅自採取行動——雖然我也不是沒有這種想法，但我馬上便配合他演了起來。

「別這麼說。對久木田先生來說這裡是最適合生活的，所以我才會帶你來啊。」

「啊啊，我明白。那種事我明白的。我無法在這裡以外的地方生存。我已經是只能喝光明丘的水的人，喔不——已經是只有在這塊土地上才能扎根的人了。」

他那件褪了色的休閒西裝褲上，出現好幾塊被淚水打溼的痕跡。

「那怎麼會是『不好意思』呢？你總算能鬆口氣，這是好事不是嗎？」

教團方面對於久木田祐仁的這種「迷途知返」表示歡迎。從宣傳負責人回信中的字面來看，儘管官腔歸官腔，不過絲毫看不出有任何一點嫌他棘手的意思在。

「那樣的話……啊啊、嗯嗯，我現在感到很安心喔。我想說，我回來了喔，我辦到了喔！我現在就是這麼地信心十足。」

「信心十足，是嗎？」

他說的話很快就前後矛盾了。我停止演戲，不再說話。

祐仁弓著背，心神不寧地盯著沿路經過的幾具草紮人。我拍了他的這副模樣一段時間後，再度把鏡頭朝向車窗外面。

草紮人的數量相較於一開始明顯增加了，不僅如此，造型也更具變化。好幾具不到一尺高的圓胖人偶張開手腳，吊掛在樹上；也有高與寬都將近兩公尺，但只有臉的人偶。草紮人的頭部以稻草編成，戴著與先前見過的造型相同的面具。外型、尺寸、動作，這些草紮人有著各式各樣的變化，唯獨頭上皆配戴一樣的面具。沒戴面具的草紮人一具也沒有。

視野中的林木與道路面積逐漸減少。山坡趨於平緩，能看見天空了。我把攝影機對準駕駛座與副駕駛座的中間，等待即將呈現在眼前的光景。

視野開闊了起來。

車道增加為單向二車道。

人行道的寬度也幾乎多了一倍。

並沒有什麼特別醒目的東西。街上有的不過是一棟棟的獨棟房舍，還有至今路上都不見蹤影的路燈和電線杆，以及人行道上有老人在走動罷了。從路人的外表與舉止看上去，沒什麼奇怪的地方，只是名隨處可見、約莫七十多歲的散步中的老人。中央分隔島上的灌木叢蓊鬱蒼翠，另外每隔一段距離便種了一棵樹。那是銀杏嗎？是的話未免也太早就掉光葉子——

霎時我倒抽一口氣，緊接著打開車窗探出身子，將鏡頭對過去。

那不是樹。

差不多十幾公尺高的人偶有好幾具，並排擺在中央分隔島上。人偶的材料不限於稻草，還有木材、布料、鐵板和輪胎，被人用複雜的方式堆放、組裝、重疊在一起。頭部一樣配戴了前面提過的面具。

上頭圓瞠的眼正瞪視著我們。

「好猛。」

我不自覺喃喃說道。完全不是為了節目效果，也沒考慮到剪輯後的事就脫口說出來了，單純是發自內心的驚嘆。

「對吧？第一次來的人全都嚇到了喔。」

司機說著，這回沒有隱藏自己興高采烈的樣子。我坦率地表達贊同之後，便繼續拍攝那些人偶——不，是神像才對。

祐仁縮著身體不停往車門擠過去，渾身發顫。

「歡迎來到光明丘。」司機朗聲說道。

在道路的前方能看到好幾棟公寓大廈一字排開。

# 7

計程車從光明丘的正中央橫穿而過，也就是我們正駛在中央大道上。並排在左右兩側的獨棟房舍有不少都是舊房子，無論我們這條車道抑或對向車道上都只有零星幾輛汽車，卻不會給人蕭條的感覺。步行的人們也絕對算不上多，那麼這股寧靜的生機究竟從何而來？

是因為有大地之民在的緣故嗎？

因為有那些人在此活動，才讓這座城鎮朝氣蓬勃嗎？

如今在世人眼中似乎是這麼認定的，但我並不想認同。假設這之中當真存在一絲真實，那道真實也必定只會指向他們迫害過為數眾多的人這件事。

我就是其中一人。我的外婆，還有祐仁亦同。小野寺與美代子大概也是如此。

計程車的行駛速度逐漸減緩，往左側靠去，最後停在髒兮兮的護欄的接縫前面。左手邊聳立著一棟三層樓的建築，外觀為深灰色的四方形設計。不知怎麼的不會給人「灰色」的印象，莫非也是因為能感受到從建築中散發出活力的緣故嗎？

近前的矮樹叢裡立了一根石柱，上頭刻著「公民館分室光明丘社區中心」的字樣。

旁邊坐了一具五十公分左右，戴面具的草紮人。根據色澤與材質韌度能看出是新做成的，然而擺在那裡一點也不突兀。彷彿草紮人從最初就存在於那裡似的，極其自然地依傍石柱而坐。

下午一點五十分。我和祐仁就像字面上形容的，踏足於光明丘的土地上。腳下踩的只不過是普通的柏油人行道而已，卻有種難以取得平衡的鬆軟觸感。

因為我在緊張。有夠蠢。我是小鬼頭嗎？

我在心裡暗暗痛罵自己，隨後穿過公民館的自動門。

告訴櫃檯公司名稱、姓名與來訪目的後，旋即被告知了會議室的地點。櫃檯表示負責人還未抵達。我們搭乘移動速度非常溫吞的電梯上到二樓，穿越靜謐的走廊，來到最裡面的房間前面敲了敲門。確認裡面沒有回應後便進到了室內。

我眨了眨眼。

祐仁發出一聲「啊哈啊」的奇怪聲音。

房間本身是間平凡無奇的會議室，六疊大小。中央有張白色桌子。網狀靠背、附輪子的黑椅子總計六張。房間裡面有面白板，角落擺了ＤＶＤ播放器與電視機。每樣設備的型號都很老舊，不過上頭沒有一絲灰塵或指紋。

異常的部分在於，教團的海報像要把牆面覆蓋殆盡似地貼滿各個地方。

當中有半數以上都是把神像照片放大製作成的設計。有簡單放上一張完整神像照片的版本，也有拿十幾張照片鋪滿版面的，或是將去背的神像置於宇宙空間的設計。下方註明了教團名稱以及郵政信箱的地址。

公共空間內嚴絲合縫地貼滿新興宗教的海報。就在我被這種異樣景象震懾不已之際，目光停留到其中一張海報上。

海報的角落列了一串不顯眼的文字。

**生命自大地降生，汙濁大地也　歸於大地終將再度自大地降生**

**委身於此輪迴環，乃常人宿命　來吧，是時候讓我等親手主宰**

縱然換行的位置不同，可的確與寫在《祝祭》開頭的是同一篇詩文。是篇獨有氛圍壯闊，內容卻空洞的詩。硬要把每行字數湊到一致這點也彰顯出一種外行人的味道。對這種東西感恩戴德的人的心情我是不會懂的。我實在無法忍受有人受到依附這種東西的傢伙們擺布，還因此遭到傷害。

坐入上座的祐仁恍惚地直直盯著空無一物的地方看。我將攝影機放到桌上，拍攝紋絲不動的他。

攝影是很暴力的。拍攝這段時，我並沒有特地考慮要用在哪裡。

我正對祐仁施以暴力。將瀕臨崩潰的人類愚蠢的模樣殘忍地記錄下來，藉由這種暴力手段，我才得以發洩湧上心頭的憎惡之情。

攝影機運作的聲音在無意間傳進耳裡一陣子後，遠處便傳來電梯開門的聲音。緊接著是小跑步的跫音愈靠愈近。

就在我暫停錄影的瞬間，會議室的門被人用力推開。

「不好意思！」

洪亮的聲音響徹公民館。

身著套裝的嬌小女性上氣不接下氣的，朝我們鞠躬賠罪。她把一本檔案夾和裝滿東西的塑膠袋咚一聲扔到桌上，隨後整個人癱坐下來。

「非常抱歉遲到了……真的……讓你們久等了……」

女人趴在桌上道歉。塑膠袋裡裝的是飲料和輕食。

祐仁抱著頭蹲縮在角落。

現在時間是一點五十九分。

「不會，來得很剛好喔。我們也才剛到。」我以公式化的口吻說明。

一時之間，那名女性就這麼維持臉朝下趴在桌上的姿勢。會議室中只聽聞到她喘個不停的聲音。而在祐仁提心吊膽抬起頭的同一時刻，女人倏地站了起來。

「對不起，看來我搞錯好多事情。」

她嘿嘿傻笑著，搔了搔頭。

我感到困惑。也意識到自己的眉間擠出幾道皺紋。

女人看上去過分地年輕。

體格本身是成人女性的樣子，然而五官稚氣未脫，下巴也很小。或許已經能算作美少女的程度了，至於對方簡單把頭髮束成一束、不怎麼上妝的打扮似乎反倒更凸顯出那種年幼的外貌。她應該不到二十五歲，不對，可能十五歲以上不到二十歲的年紀吧。

教團難道讓小孩子擔任宣傳負責人嗎？還是說因為是電視採訪，所以派小孩子來？肯定是後者吧。無法想像眼前的少女會認同那種詩文。

「恕我直言……」

「你是矢口弘也先生，沒錯吧。我是大地之民的宣傳負責人，飯田茜。初次見面。」

她一開口，便誇張地行了一個禮。

我頓時語塞。

即使努力想要冷靜下來，腦袋也還無法接受眼前的情況。

飯田茜。出現在《祝祭》中的重要人物。

被慧斗稱作「邪教之子」，相當於「被囚禁的公主」的女孩。書的開頭清楚記載她才「十一歲」。

那本書裡寫的，有很高的機率是發生在一九九〇年代前半期的事件，發生在這之後的可能性很低。因為那個狐狸女——教團外部的人沒有使用手機。從事那類工作的人，不可能不帶手機在身上。哪怕我很難認同《祝祭》裡描述的全部都是事實，可一時也想不出需要捏造登場人物年齡的理由。如此單純一想，飯田茜應該介於四十到四十五的年紀之間吧。

然而眼下的情況——

「飯田……這麼說是《祝祭》裡的？」

「咦！」她那雙大眼睜得渾圓。「啊，你已經讀過了嗎？怎麼會？咦、啊，對了是久木田把書帶出去了，對吧？咦、這個人是誰？這位老爺……啊，久木田先生嗎？」

「嗚嗚……」

「這不是久木田先生嗎——你過得還好嗎？啊，不好才對吧，所以才會回來的嘛。抱歉唷。對了，你把《祝祭》帶走了嗎？不可以啦，那個是禁止帶出光明丘的喔。」

「嗚嗚嗚……」

「不好意思打斷妳……」

「啊，不好意思。我就是那位飯田茜。原本待在宇宙力場的。啊，不過以我自身的意思而言，完全不認為當初有入教就是了。」

「現在沒坐輪椅了嗎？」

「已經治好了。」

女人邊拋媚眼邊握拳擺出勝利姿勢。祐仁像是痙攣似地不停上下擺晃腦袋，好像是在點頭的樣子。那張臉明明確確是老人的面容。

祐仁已是老態龍鍾，精神瀕臨崩潰。

茜則是年輕貌美，也治好了疾病。

兩人有著極端的差異。究竟是怎麼回事？

難不成，這也是這群人所持有的，大地之──

一股發涼的寒氣竄上我的背脊。腳下使力踩著的地板有種隨時要坍塌的虛浮感。

我感受到一陣前所未有的不安。

我現在，正身處偏遠的異界裡。

至今認為理所當然的常識在這裡並不適用，這個世界藉由有別於一般社會的道理與法則來運行，而我在稀里糊塗中闖了進來。

一旦考慮過度就很難擺脫這種想法。盯著這兩人的期間更是如此。

我設法保持理性，說：「我是《法外美食特搜報導》的導播矢口。感謝貴教團本次答應我這邊提出的採訪攝影的請託。」

「彼此彼此。」茜咧嘴一笑。「我有訂閱貴節目收看喔。那個被父母疏忽照顧的男孩子，真的很可憐耶。那個，叫什麼名字來著？記得是個相當獨特的名字……」

「妳說皇牙嗎？」

「對對，那個孩子，現在過得還好嗎？」

「差不多在節目剛播出前後的時間點，被送進兒少安置機構了喔。起碼一天三餐有獲得保障。」

「太好了。」

她做出擦眼淚的動作。不，實際上真的哭了。僅僅數秒的時間，她的眼球便布滿血絲，泛出淚光。

吸了吸鼻子後，茜伸手指向椅子示意。

「請坐，能接獲像你們這樣誠實報導節目的採訪邀請，實在是我們的榮幸。」

「不會……妳過獎了。」

「沒有過獎。會長也非常高興的。」

「會長——是說權藤慧斗女士？」

「是的。」

茜又一次用手比向椅子。

我剛確認是否能在這裡攝影，便立即獲得許可。她也表示只要不是過分的要求，要還原「進入房間」、「打招呼」一類已發生過的場景是沒問題的。

「那麼，我就從進房間那段重新來過囉。遲到的部分也需要還原嗎？」

「原本妳就沒有遲到，沒有奔跑的必要。我只是需要讓影像連貫的畫面，並不是想在這段畫面加入什麼特別的含意。」

「原——來如此！」

茜興高采烈地抱著隨身物品，匆匆跑出房間。門外的腳步聲漸漸遠去。

「……她真的，是飯田茜嗎？」

「嗯。」祐仁在哭臉上擠出猙獰的微笑，「沒有錯。我想起來了。我想起來了喔。只不過……我不知道為什麼她是那個樣子。和我為什麼是這個樣子一樣，搞不懂。」他說。

# 8

錄影開始。

攝影機有兩臺。一臺是放在我手邊的手持攝影機，另一臺是架在電視機旁的運動相機。後者能運用接近魚眼的超廣角視角，將房內所有人納入鏡頭之中。

飯田茜剛做完自我介紹。透過攝影機鏡頭來看，只覺得畫面中是名高中生在扮演成人，有股濃烈的違常感，但很快我就換了一個方向思考。

就是這樣才好。讓人一目了然這群人的異常。話雖如此，卻不是什麼會令人不適的畫面，飯田茜的外貌看上去是名美少女。

意識到自己總算切換成平時的工作狀態後，我開始提問：「冒昧請教，妳今年貴庚？」

「四十一歲。」

茜回答時臉上絲毫不顯厭惡之色。這麼說來可以確定《祝祭》的時空背景是在一九九三年。我的猜測是對的。

「妳看起來相當年輕呢。」

「你說我的樣子嗎？這是現任會長的力量給予的恩賜唷。」

「妳是指……」

「大地之力。是現任會長所持有的了不起的能量。拜此所賜，我們才能夠維持生命。啊，當然吃飯和睡眠也有照常喔，畢竟我們只是凡人嘛。像那些靈學或新興宗教的人，不是動不動就會說些跟神仙一樣的話嗎？說什麼『我只吃番茄！』這種顯而易見的謊話。這種事怎麼可能嘛。」

對吧？她微笑著說。

訪談剛起頭馬上就提到「大地之力」這個關鍵字，甚至還拍到這些人理所當然接受對於一般大眾而言難以理解的事物的模樣。那種對同類相斥的表現，也很符合這類人給人的印象。

就在我因為預期外的收穫而暗自叫好時，茜開口說：「本次實在感謝你對我們的同胞伸出援手。」

「不會，妳太客氣了。」

「聽說你們是偶然碰到的？」

「對，我在新宿街頭看到祐仁跟個流浪漢似地徘徊遊走，就向他搭話了。」

我照著事先擬好的劇本說明。茜一點也沒起疑，對我回道：「很幸運呢。這也是大地之力的指引吧。真的……幸好你回來了呢。」

她朝祐仁報以微笑。後者已變得語無倫次，索性低下頭去。

「我真的好高興，對矢口先生你只有無盡的感謝。」

她的眼中再度盈滿淚水。感動的再會、感謝之詞的畫面應該這些就夠用了吧。

我繼續提出下一個問題：「來這裡的路上我看到神像……有不少大型草紮人偶，那個是？」

「噢，是被我們稱為『阿蝦摩神大人』的神明。有點毛骨悚然的感覺對吧？外觀凶神惡煞的。」

她刻意皺起臉，縮了縮身體。

「那不是你們崇敬的神嗎？」

「崇敬嗎？嗯——不好說呢。祂的確是我們大地之民的象徵之一沒錯，不過說實話也只是借來的神明而已。」

「借來的？」

「你讀過《祝祭》了對吧？這樣的話應該曉得才對？」

「那個，該怎麼說。」我放下攝影機，「不好意思。電視節目的內容是無法由拍攝方來解釋的，畫面會無法成立。」

「呀哈哈哈！」茜發出奇妙的笑聲。「說得也是呢。電視臺是中立客觀的嘛！呀哈哈哈，不好意思我還沒習慣，呀哈哈哈哈！」

她把腰都笑彎了。

很明顯是在挖苦。

裝作中立的樣子把別人的言論剪接拼湊，後製成為自己所用的情報。這就是你們這些電視臺的做法——我迅速會意過來她話裡的潛臺詞。

然而，她謹慎措辭，讓自己從頭到尾的發言無論被我如何編輯，都無法將其中的惡意斷章擷取出來。這個瞬間至關重要。

我重新集中精神，告誡自己別大意了。

這是想也知道的事才對，眼前的女性只是看起來像個小孩，可不是真正的小孩。比我還要年長許多，也更有閱歷。肯定還比我遠要來得精明且難以應付，甚至能言善道。

若無其事地深呼吸後，我再次托起攝影機。

「所謂的借來的神是什麼意思呢？」

「本來，阿蝦摩神是只存在這個地方的信仰。你曉得『來訪神』嗎？」

「不曉得。」

「粗略來說就是一種生剝鬼（註5）唷。從常世——從另一個世界前來，帶來財富與災厄的存在，一般被認為是農耕之神呢。主要在東北地區、九州和沖繩一帶受到信奉，還有四國也是。雖說過去曾一度斷絕香火，不過在這種關東地區的深山內也存在信仰，實屬罕見。哎呀，說起來據說昔日的這裡也是座農村，或許沒有這麼稀奇也說不定。」

「確實是呢。」

「然後，在前任會長多方打聽、查閱文獻的努力之下，才讓阿蝦摩神和祭典一起復活過來唷。只不過，現今的做法不完全和以前一樣。遵照原先的禮法，以扮演神明的人們在鎮上遊行，造訪各個村民的家中與屋主交談、和小孩問答為主要的流程。很像生剝鬼對吧？這是祭祀來訪神會有的共同儀式。接下來，按習俗人們似乎會到舞臺或廣場上跳些簡單的舞步，但是復活後的儀式取消了逐戶拜訪，只剩下遊街的環節。重頭戲改為在球場上舉行的祭典。」

註5　日本文化中的鬼神，形象類似惡魔，會粗暴地拜訪家戶。

「為什麼改變做法？」

「呀哈哈。」茜又笑出聲來。「真要挨家挨戶拜訪完這一帶的所有大樓住戶的話，你以為會耗上多少天呢？有和現實相沖的部分、需要改變的部分就要酌情改變。不對——是更新才對。這才是真正的傳統。」

「傳統……把借來的神，稱作傳統嗎？」我冷冷地諷刺。

「明明不是基督教徒卻慶祝聖誕節的大有人在，畢竟這裡就是這種國家嘛。」

茜也淡然回以諷刺。雖然是陳腔濫調的批評，但的確是事實。

「人死了就死了，不過身邊的人大多數都會遵循過去自印度發祥、經由中國傳入的佛教禮法舉行葬禮。那種葬禮流程演變成現今的做法，實際也才經過六十年而已喔。如今看到的正是借來的宗教禮儀，最新的版本。」

「妳是想表示，妳們自己的神才更正派更有來歷嗎？因為是本土的來訪神？」

「究竟如何呢？關於生剝鬼也有一說是起源自中國的道教。阿蝦摩神說不定也一樣呢。」她露出潔白的牙齒咧嘴一笑。

「哎呀，細微末節的部分就別提了。我們只是希望能成為住在光明丘的人們的寄託，無關他們是否為大地之民的信徒。不是有些新市鎮會以大樓社區為單位舉辦夏日祭典嗎？還有給小孩子同樂的聖誕晚會之類的，把我們的祭典想成是那種活動更正式的版本就行啦。」

「那麼成果如何？」

「非常成功。」

茜張開雙臂。擦在她手上的白與珍珠粉色指甲油光彩奪目。

「如今每年，大家都很習慣夏天舉行我們的祭典。雖說對於我們以外的一般人而言，這只是一種相當於可以免費吃喝的活動吧。畢竟擺攤的全是我們的人，也沒有向大家收取費用。至於讓人跳些怪異的舞步，或者唱誦由教義譜寫成歌詞的詭異歌謠之類的事，我們一件也沒做。」

她攤開那本厚重的檔案夾，啪噠啪噠地迅速翻頁，從中抽出幾張照片。

「這是祭典的紀錄。關於我們大地之民的歷程——當中也彙整了過去的歷史沿革。稍後我會把資料一併交給你。」

「麻煩妳了。」

「外頭見到的那些『阿蝦摩神大人』的草紮人，並非全靠我們自己搭建而成，還多虧了浮世的各路人們無償幫忙。況且在此之前，我們就已經先徵得在公有土地上設置的同意了。說起來，像那樣製作神像本身既不是本地的傳統，也不具備什麼特殊意義。其他地區有以鹿島大明神和鍾馗等等的道祖神為形象製作的草紮人，阿蝦摩神大人的便是仿效那些做成的。那是秋田的風俗呢。」

「意思是，你們也會吸收其他地方的習俗？」

「是呀。」茜泰然自若地答道。

「所謂的浮世是什麼？」

「指其他不屬於大地之民的人。像矢口先生也是，對我們來說屬於浮世的人。啊，對了，我形容得精準一點吧。那些居住在光明丘的浮世人們的態度呀，實際上是這種感覺喔：『這也沒辦法吧，那有需要幫忙嗎？』『是也沒什麼不可以啦。』類似這樣。」

「所以並不是全面協助，或鼎力支持……」

「差不多是願意幫點忙和默認的程度吧。對了對了，這些海報也一樣。『什麼都不貼也未免太單調』、『反正也沒其他能貼的東西』，那些人差不多是抱著這種心態。」

我將鏡頭拉遠，對焦到她身後的海報拍攝。

「實際狀況其實挺隨便的呢。」

「正是因為這樣，我們才認為也有多虧浮世的人們願意接納的部分在。說到底我們沒有傳教，也沒有募款。」

「原來如此。」

「嗯，不過當然了，我們也隨時歡迎有入教意願的人。捐款也是。」

「你們尊重一般人的自主性與自發性，是這個意思嗎？」

「是的，這是當然的。然而其他地方無一例外，似乎都做不到這種基本的事就是了。」

我鎖定住她語帶驕傲的這個瞬間。

「關於有家庭因為那種『自發性』的入教和捐款而毀滅這件事，妳怎麼看？」

我打出手裡的一張牌。

茜的表情文風不動。「你說的是？」她以問句回答我。

我稍作深呼吸後開口：「將近十年前的事了。曾經有個富裕的家庭，是醫生世家，父母和兒子一共三人的小家庭。在此之前沒碰過什麼大問題，一家人過著幸福的生活……」

「嗯。」

「直到那家人的太太捐了一大筆錢給你們。存款自不用說，她甚至賣掉家當只為了變現捐錢，就連原先規劃給兒子繳學費用的基金也一點沒剩了。那位太太聽不進家人的勸，日以繼夜發生爭執。她老公開始對她暴力相向，於是有天她便反擊回去。用菜刀朝胸口噗滋一聲，插進去。」

我對著她那張稚嫩的臉拍攝，並繼續往下說：「老公當場死亡。」

「哎呀。」

「那位太太的精神陷入恍惚，當即又被兒子殺害。她的兒子奪過菜刀刺殺她，隨後兒子上吊自殺。第一個發現這起事件的人是兒子的朋友，原本是個人渣不如的小混混，因為受到那個兒子的恩惠才得以更生，發憤圖強上了大學，那時正好是他打算讓至今以來狗屎般的人生重新來過的時候。」

我好不容易才克制住激動起來的情緒。

「事件的當事人姓葛原。葛原一家人。應該有捐獻過高額的款項給貴教團沒錯。由於葛原家的父親極力隱瞞，捐款的事並沒有曝光，不過我從他們家兒子聽說了。就在我趕到醫院的時候，那名兒子曾經短暫地恢復意識。大地之民……葛原的確是這麼說的。」

分外慘白的病房內，分外慘白的病床。然後是葛原那張灰白的死相，以及沙啞的嗓音，我一邊回想當時的情景一邊說到最後。警方完全不受理我的證詞，這起事件沒有得到徹底搜查，就被以家族間的糾紛定案。我無論如何也無法認同負責搜查的員警們有在認真辦案。

大地之民摧毀了我的家。不僅如此，還奪走了我的恩人，同時也是我唯一的友人。

「那件事……」

茜說到一半打住，以一種曖昧的表情陷入沉思。太快採取反應的話反而顯得虛假，這種舉動對教團沒有益處。她貌似是這麼判斷的。

「恕我冒昧詢問，那些情節有多少屬實呢？單靠你所說的我無從判斷。」

這回的說話口氣顯得沉著冷靜，與她目前為止展現的態度截然不同。其容貌姿態無一改變，然而突然之間就給人老成的感覺。

就像覆上了其他面具一樣。剛才的我有點流於感情用事，可對手卻不是輕易就會亂了陣腳的對象。

我深深吐了口氣，重新擺正攝影機。

「……類似這樣的怨懟妳大概也聽聞過吧？但凡與俗世間有所來往，就勢必無法避免衝突。即便是像貴教團這般擁有高明的應對手腕，也很難想像發生過紛爭的次數會是零。」

我用牽強的轉折歸結出一般的觀點。

「正如你所說的。」

茜點了點頭。

那副穩重的笑容與沉著的口吻，彷彿要將萬物包容接納似的。就好像她是在配合我拙劣的攻防戰術。

「我也是在經歷過那種紛爭後才來到這裡的。小的時候，我待過一個非常奇怪的邪教團體。嚴格說起來入教的並不是我，而是我的母親，為了籌措捐款，我也被迫跟著四處奔走。這全是為了治好我的病。由於現代的醫療技術醫不好我，其他替代療法也不見效果，我的母親就改將希望寄託到靈修的力量上了。那個邪教最早以開設講座課程起家，叫作宇宙力場。」

她敘述自己待在宇宙力場的時日，並在言談間拿捏有度地透露出當時的悲慘。許多情節都能從《祝祭》當中推測出一定的程度，儘管可憐，卻無法讓我同情。倒不如說這只徒增了我的敵意。

這個女人得救了。我和葛原卻沒有。

「不過，拯救那時的我的人正是現任會長。」

「會長？」

「是的，權藤慧斗。是和我同年的女性信徒。後來的她繼承了前任會長的大地之力，能夠將那股力量運用自如，是獨一無二的存在。」

「請問，那位慧斗女士，她和前任會長是什麼樣的關係？」

「用浮世的話來說，就是夫人唷。他們也有向政府遞交結婚申請書。不過嘛，以那兩位過去鶼鰈情深的程度，那種形式上的東西其實怎樣都無所謂呢。」

她咿嘻嘻地笑著，露出潔白的牙齒，態度逐漸恢復到最初見面時的模樣。

「『過去』鶼鰈情深的意思是……」

「前任會長過世了。已經有二十年了。所以小慧斗才會登上會長的位置。」

「小慧斗？」

「嗯，我最早是這麼叫她的。那是當初我被她拯救，並加入這個大地之民的時候的事。」

「能請妳詳細地談談，關於妳被拯救的部分嗎？」

「當、然囉！」

她完完全全地重新戴上原先那副假面具，以一派輕鬆愉快的樣子，講述被慧斗救贖的原委。和寫在《祝祭》中的內容一模一樣。這意味著在講到「會長」行使「大地之力」那段令人費解的橋段時，她也照著書上所記原封不動地描述。

我耐著性子等她講完後，如此詢問：「關於大地之力的那一段，我不是很懂耶。究竟發生了什麼？」

「你問發生什麼……因為那股力量，宇宙力場的所有人都回歸大地了唷，包含我母親在內。」

「回歸？不好意思，我還是聽不太懂。」

「沒辦法使用你們浮世的詞來代換說明耶。『回歸大地』就只是回歸大地的意思。啊，當然不是『殺掉了』或『使用暴力』這類詞語的換句話說喔。是像『執行頗瓦（註6）』、『Helter Skelter（註7）』那種感覺的。呀哈。」

茜搶先一步封住我能採取的質疑，用讓人笑不出來的玩笑話做哏收尾。不對，正確來說那完全不是哏。她是認真的嗎？或是刻意岔開話題？

我緊追不捨追問：「那麼，能否請妳打個比方來說明……」

「就算不理解這部分應該也不構成什麼妨礙吧？」

「這是什麼意思？」

「因為呀，這是來採訪我們用餐情景的節目沒錯吧？」

---

註6　日本邪教奧姆真理教內部使用的詞彙之一，原為「殺害」的藏語，在奧姆真理教中代表轉移靈魂。

註7　披頭四於一九六八年發行的歌曲，後被美國知名邪教「曼森家族」超譯，作為末日預言之名。

她故意做出一臉不可思議的表情。

要在這個時機點使出我最萬用的一張手牌了嗎？

「啊，說得也是，光是在這裡談話，可無法拍成一集節目呢，畫面太一成不變了。再說久木田先生應該也想呼吸一下外面的空氣了吧？對吧？」

「咦，嗯嗯。」

祐仁發出傻不隆咚的聲音。茜展露笑容：「說得也是呢——」

「久木田先生，你想去哪裡？學校？食堂？以前你住的地方已經有新的住戶遷入了，但只是去看幾眼的話完全沒問題唷。」

「唔、唔。」

「啊，還是要稍微休息一下嗎？看你已經很累的樣子呢。」

「啊啊……說、說得也是呢。」

「那這之後我們再到其他地方去，要去哪裡就慢慢決定吧！」

「嗯嗯。」

「抱歉耶祐仁。啊說錯了，是久木田先生。呀哈哈，我也真是的，不小心就會用那時候的口氣來說話。」

她將臉湊近祐仁，說：「曾經發生過很多事呢。那個時候謝謝了。」

一雙大眼溼潤動人。

女人對於重逢感到懷念，同時也對無法融入「浮世」而變得面目全非的他感到哀憐，此外還隱約透露出其他各式各樣的情感，兩人至今的關係引人遐想。此刻的畫面構築出這種意味。

不對——

是她刻意讓我拍到這種畫面。

我提問的機會被茜擋了下來，連下一步的走向都被先發制人。只要以「前信徒・祐仁的回歸」為節目主軸，取得操控他的韁繩，場面的主導權就會掌握在茜的手中。在精神方面有所障礙的祐仁，不可能凡事都如我所願行動。

直到剛才的我一點也不夠冷靜。我對於茜——對於大地之民在意過頭了。

一邊拍攝她和祐仁，我一邊在心裡懊悔地跺腳。

## 9

在茜吃過幾口帶來的輕食後，我們跟隨她的帶領步出社區中心。一樓大廳的椅子上坐了五、六個像是小學高年級的小孩，正在讀書和聊天。櫃檯那處則有兩個像是低年級的女孩，與工作人員談笑風生。

這裡的生活應該很和平吧。在經濟方面也讓人感到滿足吧。不管哪個孩子的外表都很整潔，髮型也被梳理整齊。這些平時不會留意到的小地方，在此刻格外引起我的注意。

「旋傳姊姊！」

稚嫩的聲音響起。櫃檯處的兩個女孩跑向茜。後者笑著揮揮手說了聲「妳們好」。女孩們想說的是「宣傳姊姊」嗎？

「琉璃，妳奶奶的身體還好嗎？」

「很健康喔。吃飯都大口大口吃。」

「那就好。明依妳的奶奶呢？」

「不太好。」

「這樣啊？」茜特意做出悲傷的表情。「是腰在痛嗎？或是腳？」

「腳，她一直嗚嗚哀號，好像都睡不著。」

「哎呀，感覺很嚴重耶。這樣我再轉告會長吧。」

「嗯！」

名叫明依的女孩子點點頭。

「琉璃也是萬一有發現什麼不對勁的事，要馬上聯絡我唷。不只是妳奶奶，也要關心爸爸和媽媽，還有小響唷。」

「我知道的啦。」

琉璃鼓起腮幫子，一副嬉鬧的模樣。

與女孩子們揮手道別後，茜向我道歉：「耽誤了一下不好意思。」

「妳們感情很好呢。」

「是那些孩子們願意和我友好相處唷。她們的父母從前也是。」

穿過自動門，走上人行道後，她轉向我這裡。

「雖然是稀鬆平常的道理，不過父母怎麼看待一個人，在家中如何說話，孩子不就會用相同的態度去對待他人嗎？像我們這裡尤其如此。」

「這是拜那位神明大人之賜嗎？」

我移動鏡頭，朝坐在石柱旁的小型草紮人拍攝。

「的確是呢。也許是神明大人讓光明丘的人凝聚在一起吧。」

「妳和那些孩子說了些什麼？」

「跟她們家裡有關的事。」

「這點我也曉得，不過妳們的聊天內容……就好像妳有提供看護還是醫療方面的服務似的？」

「是醫療喔。我單純是在關切那些孩子，她們家人的健康狀況而已。」茜一面走上上坡，一面轉過半個身子回道。

「醫療……？不好意思，請問是說替代療法嗎？」

「咦？為什麼這麼問？」

「畢竟很難想像不是醫師的人會從事醫療行為，也就是所謂的現代醫療，所以我才想妳指的應該不是這個。」

我對於自己的立論胸有成竹。

替代療法。

從針灸和中藥等等，這些雖然在科學上沒有根據，但按照過去經驗被認為確實有效的療法，以至其他可疑的民間療法，涵蓋的範圍甚廣。舉凡瑜伽、冥想、靈氣療法、順勢療法都算在內。這一類療法和靈學、邪教一類的信仰十分相配。

這群人之所以能和一般居民交流、共處，多半就是因為他們為「浮世」的人們施作這類替代療法，藉此取得信任的緣故吧。上一代——權藤尚人最早不也是透過這個做法來取信於附近的居民嗎？從剛才茜她們的對話來看，似乎把老年人的照護擺在優先序位。

老化、衰老，然後死亡。正是針對現代醫療也束手無策的領域著手，這群人才會有可乘之機。

茜能夠康復搞不好也是拜替代療法所賜。不，想必就是如此。也就是說，大地之力的真面目就是一種替代療法。退一步來說，至少他們施作在飯田茜身上的力量就是這個。

稍微能夠看出來了。儘管還只有一點點端倪，不過多少能看出他們的手法了。

「……抱歉。」

茜調皮地笑起來。

「我沒說過呢。我呀，持有護理師的資格喔。雖然現在不在醫院工作，但相應的技術是沒問題的。啊，也不是只有我，大地之民中有許多人都持有醫師證照或護理師的資格。目前差不多有二十個人，約占了全部人當中的一成。」

預料之外的回答頓時搞得我不知無措，而我也馬上設法重整態勢。

「約占一成，這麼說起來……」

「是的，在這裡生活的同胞一共有兩百零七人。其中成年人有一百五十一人，未成年人五十六人。這十年來幾乎都維持這個人數呢。」

我想打聽的情報從茜的口中主動送上，完全不拖泥帶水。待她說完後接著便朝祐仁搭話。這正是我想拍的畫面。

「久木田先生，你走得動嗎？不會很吃力嗎？」

「啊啊，嗯，沒問題。」

「真的嗎？可是你都已經是個老爺爺了耶。」

「沒有……不是這樣的。」

「不過，實際上這一帶都是坡道不是嗎？之所以會脫離這裡，可能也是覺得山上生活很辛苦的緣故吧？大家有猜想過這個理由喔。」

「是嗎？」

「吶，你當初怎麼會脫離這裡呢？實在發生得很突然耶。」

「那是因為……」

祐仁沒有再說下去。

這兩人幾乎是並肩走在一起。

我從祐仁的斜後方拍攝他們。為了讓祐仁的駝背和茜的臉出現在同一個畫面當中，我調整了一下距離和角度。

「是為什麼呢？哈哈、哈。剛才說到的，到處都是坡道，並不是原因喔。我也沒有這麼常外出。」

「那是為什麼？」

茜臉上的笑容絲毫不減，然而從口氣裡能聽出強烈的困惑，和些許的憤怒。從我站的地方看不見祐仁的臉，但看得出來他的背駝得更厲害了。整個人緊緊縮成一團，還能耳聞微弱的呻吟聲從他口中發出。

我屏住呼吸。視線完全地從液晶螢幕上離開，改盯著祐仁的後背看，並凝神聆聽。同時可以窺見茜的表情變得僵硬。

「啊啊、啊……」祐仁再次開口。「……等我，冷靜下來以後會說的。我會說的。」

「這樣嗎？也好。」

「不不、不好意思。我現在還是、這個狀態，要想好好說話也、有一點困難。」

「不會，該道歉的是我喔。抱歉耶，不小心就把你逼急了。都是因為看到你回來我很高興的關係。」

「唔唔。」

茜輕輕碰了一下祐仁的肩膀。霎時祐仁嚇得抖了抖身子，但很快就恢復平靜。

他的肩膀上擱著茜的手，而他將自己顫抖的手覆蓋上去。

兩個人維持這個姿勢，不發一語繼續登上斜坡。

我鬆了口氣的同時繼續拍攝這兩個人。中途經過幾個背書包的小學男生，紛紛用好奇的目光注視祐仁與茜，臉上還浮現下流的奸笑。

男生們沒多久便注意到我，於是很快斂起笑意，低下頭快步離去。

見到他們膽怯的神色後我才第一次意識到，自己走路時緊鎖著眉頭，露出一臉生人勿近的模樣。

我們進入公寓大樓林立的區域，以地址來說就是光明丘四丁目。在靠近我們這一側的大樓一樓，能看到一間小商店。稍微間隔一段距離的地方還有一座公共電話亭。

「那間店是？」

「牧商店。從以前就在這裡了，是間年代久遠但優良的私人商店唷。對孩子們來說是雜貨店，對大人而言是替代便利商店的存在。」

我一邊回想《祝祭》中的描述一邊提出疑問：「你們現在和這間店也處得好嗎？」

「是呀，非常好喔。」

「以前好像並非如此？」

「在我加入大地之民的時候的確是這樣呢。也有被那位老婆婆店主說過我們是形跡鬼祟的邪教集團之類的話，所以當時的我們不會想去那裡買東西。」

「那是為何會改善關係？」

「老婆婆過世了喔。差不多是我進來後過了三年……四年左右的時間點吧。繼承店鋪的女兒是個慷慨大方的人，後來雙方經過慢慢的來往深交，就一直維持到今天。」

「你們也有對她做醫療問診之類的服務嗎？」

「是呀，不過那位女兒身體很健康，頂多只幫她做了點按摩呢。往後想讓她和我一樣——」

茜突然閉口不語。我同樣沉默著示意她繼續，但顯然她毫無重啟話題的打算。

「怎麼了嗎？」

「和我一樣，一起來做體操！我最近在邀請她唷。」

茜揮動手腳，扭了扭身體。臉上掛的是裝模作樣的假笑。

我錄下她的裝傻演出將近十秒之後，就把鏡頭朝下暫停拍攝。

隨後來到牧商店接續採訪，那名女兒——現任店主如同茜的證詞所述，是個開朗豁達、背脊挺直，看上去很健康的老婦人。哪怕我用攝影機對著她也絲毫沒露出嫌惡的表情。

「好咧好咧，不介意我這種老太婆皺紋很多的話想拍多少盡量拍。哈哈哈哈！」

「呀哈哈哈！」

狹小幽暗的商店迴盪著兩人的笑聲。店主在回答我提問時的態度之親切，甚至到了親切過頭的程度。店家和大地之民關係良好，客觀來看不覺得他們有奇怪的地方，所以她也用稀鬆平常的態度來面對。這些道理不管是做人還是做生意都是很基本的——她反覆說出帶有這種意涵的語句。

茜開心地頻頻頷首認同。

這兩人偶爾會把話題拋給祐仁，聽他磕磕絆絆地說話。

我淡漠地、公式化地拍攝這幾幕場景。

「接下來，可以麻煩兩位先到外面等候嗎？我想拍下店裡的全貌。」

等到談話中斷的時候，我若無其事地引導。茜和祐仁離開店裡，走到公共電話亭旁邊的長椅並肩坐下。

悄悄確認過他們開始閒聊後，我便向店主發問：「可否容我再次請教妳尊姓大名？」

「好的好的，我叫牧仁繪。今年七十二歲。」

「節目播出的時候可以公開姓名嗎？」

「可以的。」

「妳對大地之民實際上是怎麼想的？」我用和先前一樣的口吻詢問。這個人是不可能在茜的面前說真話的。尤其她還在這種偏僻地方，經營一間小小的私人商店。

「如果不希望露臉的話接下來的訪談就只會保留聲音喔，而且會經過變聲處理，不會被認識的人認出來。」

「變聲？」

「像是處理成尖銳高亢的聲音，或者反過來變成低沉的聲音。一種把聲音變得機械化，讓說話的人不會曝光的加工方式。」

「喔喔，是那個。」

店主——仁繪露出牙齒笑了起來。

「完全不需要。他們很普通喔，跟我剛才說的一樣。為什麼要問這個？」

「我有聽說以前……前一位店主對他們印象不太好。」

「喔喔，對呢。我媽媽很討厭他們。」

「有什麼樣的理由嗎？」

「啊，原來如此，是這樣呀。」

仁繪發出哼哼兩聲鼻音。

「她沒被做過什麼喔，也沒聽說有起過糾紛。不過啊，她說他們是把詭異的、莫名其妙的東西帶進這座和平小鎮的傢伙們。好像把他們叫作異類來著？」

「這麼說起來，令堂從以前就住在這裡了？」

「住在山腳的地方呢。在這裡變成新市鎮以前、從這裡被命名成光明丘前就開了這家店了。」

「以當地的……以熟人為生意對象？」

「沒錯沒錯。她就是一直經營著這種狹隘生意的人，所以才會更加地視那些人為奇怪分子吧。」

「原來是這樣嗎？」

「抱歉耶。」

仁繪摀住嘴角，欠身說道：「你想要的是那種衝突！爭吵！感覺的內容吧，我明白的。正因為從前辛苦過才有如今的和平！像這種的，做為收尾很適合呢。我沒有想對電視臺的人說什麼難聽話的意思，不過採用大家熟悉的劇情編排，做起事來也比較輕鬆吧。」

仁繪用抖擻的說話聲和語調滔滔不絕地說著，令人難以想像她都已經年過七十了。雖然她顯然是誤會了，但也沒有否定的必要。我稱讚她：「妳很了解呢。」讓話題就此打住。

「那麼妳也曉得大地之力的事嗎？」

「喔喔，那個呀。」

仁繪皺起臉來。她將手托到頰邊，歪了歪頭。就像圖畫上會出現的那種感到不解與懷疑的動作。

是從我來到這之後第一次見到的態度。

「……只有那個我不清楚。不如說你能告訴我嗎？噢，不對。你看起來也不曉得的樣子。不管問誰都是這樣。」

「一般社會上沒有相對應的詞能用來解釋，他們有說過類似這種話。」

「喔喔，那個。好像有聽說過。」

老婦人癟了癟嘴。

「一開始我以為是像理念？教義？那類的東西。要不然就是靈氣什麼的。那種……哎呀，就像那種有的人就會有的能力嘛。沒有的人就沒有。」

「嗯。」

「可是你看，他們所有人……不是都那樣嗎？」

我不懂她的意思，反覆思考後還是沒有會意過來。

「妳指的是？」

「他們都很年輕吧？從臉看上去的感覺。」

「喔，的確。」

「也不是所有人，只有比較偉大的人才這樣就是了。那些地位比較高的人。」

「高層的人嗎？」

「是呀，不只是女人，男人們的皮膚也都很光滑有彈性。那個聽說也是因為那股力量的緣故呢。」

「這麼說來，會長當然也是？」

「你沒見到嗎？」

「對。」

「會長呀……這個嘛。」

仁繪擺出困擾的表情。這個反應令我猝不及防。

原本只是隨口問的，想當然對方會給出「對啊」的回答，然而卻不是如此。

「會長和大家不一樣嗎？」

仁繪壓低音量說：「會長很普通。跟她的年紀一樣唷。」

「竟然嗎？」

「是呀，很不可思議呢。不曉得他們內部是怎麼安排的，不過一般像那種情況，不都是由階級最高的人來帶頭的嗎？」

「嗯，是啊。」

其實也不盡然，但我也能理解仁繪覺得不可思議的想法。我還沒開口接話，她忽然說了句「啊，但是」並睜大了雙眼。

「大地之力可能對當事人無效吧。你看，就像占卜師也無法預測自己的未來那樣。這麼說起來，上一代的外表也很普通。」

「原來如此。」

「但是呀，我覺得不是這樣耶。」

剛建立的假設馬上就被捨棄，仁繪把臉往我湊近。

「怎麼說好，那個叫什麼來著……態度差異？」她以竊竊私語的音量說。

「妳的意思是？」

「不是那個意思啦，會長人很好的。沒有奇怪的地方，也很溫柔。年輕的時候是個幹練的人，有種會把信徒壓榨殆盡的感覺。」

「聽起來是這樣呢。」

「但是現在不一樣了。大概是這十年間吧，變得很圓滑了喔。」她呵呵地輕笑出聲。「所以才沒起過什麼風波，很普通的。該說是她經營教團的手段巧妙嗎？不過……」

仁繪將視線移開攝影機。

「要說有看不慣的信徒，當然也是會有。」她用勉強能讓人聽見的聲音說道。

「那到底是……」

「矢口先——生。」

茜站在出入口的位置。那張稚嫩的臉上浮現天真的笑容。

「你們在聊什麼呢？哎呀，該不會是想打聽我們的負面傳聞吧？」

「沒有，不是那樣的。」

「就是啊！他叫我說你們的壞話！」仁繪賊兮兮地笑著說。

「所以我就跟他說了，你們是個超喜歡毒氣的恐怖組織，因為哈米吉多頓大戰就要來了所以企圖讓人類滅亡！啊哈哈哈！」

「好過分——！仁繪婆婆——妳都說了什麼呀！」

茜跑過來，假裝朝仁繪身上不斷揮拳。我盡量把鏡頭對準她們，然而連瞥到畫面一眼都不想。

## 10

大地之民的住處和設施分布在公寓大樓群的各棟樓內。大樓一共有十棟。教團從中各買下三到七戶，總計四十三戶房。其中三十五戶被超過兩百位信徒做為名為「家」的起居空間，餘下七戶規劃成集會場所和辦公室、給兒童信徒學習用的教室，還有倉庫等教團的公用設施。

茜解說到這裡就打住了。她走上兩側林立公寓大樓的斜坡，表現出一副說完了的樣子，並行的我拍下她的側臉。

總覺得從她指尖延伸到我嘴邊的位置，能看見一條操縱人的絲線。我不耐煩地提問：「還剩下一戶呢？」

「當然是現任會長，權藤慧斗的住處啊。」茜一臉得意洋洋地說。

「這麼說來，她一個人享有一整間的屋子？」

「是呢，不過以前是和前任會長住在一起。」

「然而其他信徒都是好幾個人一起……用那種所謂的合住的形式共同生活？」

一邊回想《祝祭》中的敘述我一邊詢問。裡面沒有詳述的關係可能有理解錯誤，但印象中像慧斗那些小孩子是在同個房間裡生活的樣子。

「是的。」

「小孩子也一樣沒錯吧？」

「是的，孩子們和負責監護的男信徒與女信徒一起生活，由那兩名男女信徒將好幾個孩子集中起來一起照料。我也是在這種環境下長大的。久木田先生也是，對吧？」

「啊啊、啊啊。沒錯喔。」

走在後面的祐仁露出僵硬的微笑。

我適當附和地說著原來如此原來如此，便繼續問：「你們是怎麼選出負責監護的人？」

「依照每個人的能力特質。」

「由誰來分析那些能力特質？」

「現任會長和資深的信徒唷。我到目前為止也做過好幾次。」

「被稱為『老師』，負責教育的信徒也是這樣選的？」

「是的。」

「負責監護的人，實質上就是代替雙親的角色對吧。也就是說沒撫養過孩子的信徒有機會擔任雙親的角色，而既沒任職過老師也沒從事過補習班講師的人也可能擔任負責教育的職務囉？至於選出他們的那些人，說到底也是一群無法被稱為專家的普通人吧？」

「關於這點我無法否認。」

茜聳了聳肩。

「把信徒和浮世——俗世間的聯繫控制在最小的程度，讓他們待在只由信徒組成的團體內生活，在這類出家型的宗教團體當中，通常容易發生信徒虐待和疏忽照顧孩子的情況。而把孩子們帶離父母身邊，不讓他們接受義務教育，並打著指導和教育的名號暴力相向，甚至連吃穿住方面的基本需求也給得不完善，這種案例亦不在少數。」

「確實呢。」

山岸會、奧姆真理教、Life Space。至今為止曾引起社會騷動的宗教組織名稱在我腦海中逐一閃過。我想起有提及那些人的孩子的許多書籍。在那些被與世隔絕、沒受到妥善照顧的孩子們的心中，存在巨大的創傷，也有很多孩子的自我發展因此受到阻礙。

這些情形不僅限於出家型的宗教團體。比如耶和華見證人中的父母就像字面上的意思，被允許鞭笞他們的孩子。此乃基於教義而為的教育一環——這種說法其實不過是些好聽話，實際上的狀況純粹就是虐待而已。

受害的都是孩子。在這類和宗教扯上關係的案例中最先受苦的，往往都是孩子。

「不過——」茜面對鏡頭說：「我們不會犯下那種愚蠢的行為喔。至今以來不曾有過，往後也不會發生。不如說我們還會為了拯救面臨那種遭遇的孩子而行動。矢口先生已經讀過負責人寫的書了，應該很了解這部分才對？」

我刻意露出挖苦的笑容回答她：「就算告訴我因為負責人這樣寫所以就是事實，要我接受這個說法，這也有點困難呢。」

「說得也是呢，呀哈哈。」她又發出那種笑聲，隨後說：「那麼，我先帶你到孩子們所在的家參觀吧。至於『學校』方面……由於今天已經下課，等明天再去。這樣安排如何？」

「好的，就這麼辦。」

這些恐怕也在她的計畫之內吧，但我並沒有就此氣餒。我單純對於孩子們現在怎麼樣、過著什麼樣的生活感興趣。雖然我不期待看到惡劣的環境，不過只要有任何一點奇妙或者異樣的地方，我絕對會毫不留情提出質疑。就由我來記錄下一切播送出去吧。

「那要從哪裡開始呢……嗯，這邊。這邊這棟大樓的六樓，有一戶住了五個小孩的家。」

茜指向右前方的公寓大樓。

我托起攝影機，仰看整棟大樓。以防萬一我也拍了後面的大樓，還有隔了一條馬路的對面大樓。每棟樓內都住著大地之民的信徒。他們緊鄰一般人們的旁邊，偽裝成穩健的宗教團體。

浮現在腦中的是槲寄生的形象。一種逕直從其他樹木身上吸取養分，卻不自行在地面扎根的寄生植物。

這個想像與大地之民一詞毫不相稱，我過了一會才注意到。可我並不覺得有哪裡不對。你們這群人，終究是個將俗世的人做為糧食才得以存續的集團。藉由名稱隱約給人壯闊和穩重的印象來糊弄人，實際上也不過是個區區的邪教罷了。

就在我想到這裡的時候，仁繪說過的話驀地浮現在腦海裡。

——但是現在不一樣了。大概是這十年間吧，變得很圓滑了喔。

——所以才沒起過什麼風波，很普通的。該說是她經營教團的手段巧妙嗎？

這群人竟然還籠絡浮世的人，讓人說出有利於教團的評論嗎？可是說起來仁繪當時表現出的情感很真實，我一點也不覺得那是在演戲。

我一邊起疑的同時一邊結束公寓大樓的拍攝，接著跟在茜的後面繼續往下走。

六〇三號室是間配有四房、一客廳、一飯廳、一廚房的整潔屋子。舉凡西式臥房、日式臥房、陽臺、廚房，每個角落均被打掃得一塵不染。室內擺設缺乏一致性，浴室內擺了滿滿的生活用品，但沒發現什麼特別奇怪的地方。

五名孩童被分到一進玄關馬上會看到的左右兩間房間。四疊半的房間給兩個人，六疊的房間分給三個人。一般而言這樣的空間絕不狹窄，更說不上擁擠。

五名孩童都是小學生，每一位都待在家裡。他們在各自的房間裡看漫畫、打手遊。穿著與頭髮均打理整齊，也沒有體臭。即使將鏡頭對過去也沒怎麼勾起孩子們的興趣，多半是他們正沉迷於眼前遊戲的緣故。以一般小孩會有的反應而言，沒有不自然的地方。

擔任「爸爸」的四十二歲男性，與擔任「媽媽」的四十歲女性，同樣沒有特別奇怪的地方。沒有奇裝異服，臉上也不會擠出虛假的笑容。客觀來看就是群「普通」的人。

茜與我的拜訪對他們而言似乎真的很突然，起初兩人說著「咦，要來拍我們家嗎！」「應該不能穿便服入鏡對吧？」顯得十分著急，要說服他們讓我拍攝真實的樣子就好，可花了我一點時間。

重新說明一遍節目主旨之後，首先是「爸爸」開口確認：「也就是說，你是想拍攝我們家晚餐的用餐情景，對嗎？」

對方是個頂上毛髮已相當稀疏、外表纖瘦的戴黑框眼鏡的男性。他露出不知所措的表情透過鏡頭看著我，而後望向一旁的「媽媽」。那名女性個子嬌小但體態豐腴，有種讓人想喊她老媽的親切感。

「平常你們都是在這裡下廚用餐的嗎？」

「是的。」那位「爸爸」答道。

「孩子們也一起嗎？七個人共同用餐？」

「基本上是的。」

「這樣的話想麻煩你們讓我拍攝。當然了，要是對這邊這位——『母親』會造成不便的話，我再拜訪其他地方也無妨。」

「啊，不好意思，做飯的人不是我唷。」那名「媽媽」露齒一笑，指向旁邊的「父親」，「這個人這個人，是他負責下廚的，他真的很會煮菜喔。雖然我很喜歡整理收拾方面的家務，像洗碗啦、打掃啦、顧小孩之類的，可是該說是不擅長做飯嗎？或者說是討厭。」

「總之，好像就是因為這樣才任命我和她來擔任這個職務。」

「沒錯喔——」茜輕快地說。

我頓時陷入茫然之中，但還是接著他們的話說道：「……這麼說起來，你們不是依照男女來分配職務的，是這個意思？」

「是的。」「爸爸」答道。「當初大概就是包含這點在內，讓我覺得這裡不錯，因此萌生信教的念頭吧。之前任職的職場風氣非常陳腐，類似男人要去吃喝嫖賭才是天經地義的感覺。我因為這樣身心出了問題……」

「那真的是辛苦了。」茜又一次用明亮而溫柔的嗓音附和。可不能就這樣被她的步調帶著跑。我馬上改對那位「媽媽」拋出提問：「妳呢？」

「我在很多事情上都很累了。」

「媽媽」用一句話結束說明。「爸爸」摸了摸他寬大的額頭，說：「話說那個啊，我做的東西不會給出什麼衝擊性和趣味性喔。每餐都只是用冰箱裡有的東西，趕快煮好上桌而已。」

「沒關係的。」

我說。關鍵的還是要看實際狀況如何，以及攝影機拍攝出的效果如何。要是端出如狗食般粗糙的飯菜，對節目效果而言可是大豐收。另一方面，我其實抱著一種近似祈禱般的感情。希望至少能煮些像樣的食物，讓這些孩子們吃飽——

「說起來這個時間點吃晚餐還太早了對吧。」

茜邊看手錶邊說。我於是問她：「到飯點前能讓我和孩子們聊聊嗎？」

「好呀，請吧。」

她對那兩位「爸爸」和「媽媽」半開玩笑說：「煮些平常在吃的雜菜粥，再燉點地瓜的根鬚就可以囉。」那兩人笑了出來，而我想當然耳沒有笑。

## 11

重新將攝影機對準孩子們、朝他們搭話之後，哪怕當初他們還很冷淡，現在也慢慢對我這裡產生了興趣，甚至會回答我的問題。待在三人房的孩子們只要一逮到機會就想碰我的攝影機和背包，我不得不一再假笑著，用開朗的口氣提醒他們。

接下來到兩人房和小孩們隨便閒聊了一段時間後，我提出問題問他們，並在孩子們的面前半蹲下來。

「你們覺得在這邊的生活怎麼樣？」

「怎麼樣喔……普通啊。」

一名叫作結人的十歲少年率先回答。

這間房內還有另一個叫作修吾的孩子，正靠在牆邊看漫畫。男孩有張長臉，手腳也都很長。他說自己十二歲，差不多是開始瞧不起大人的年紀了吧。和結人比起來反應也較為淡漠，還裝作不在乎我這裡的樣子。

「普通是哪種感覺？快樂嗎？還是辛苦？」

「可以說實話喔，結人。」茜說。

「嗯——」結人思考一陣子後說：「不知道耶。很快樂？」

男孩邊說邊搔搔頭。實在是很有小孩子風範的回答。沒有什麼奇怪的地方，這種反應隨處可見。

「『學校』呢？」

「嗯，很快樂。」

「有其他跟你上不同『學校』的小朋友在吧，在這棟大樓裡，有好幾個。」

「這個嘛——嗯。」

「你們會一起玩嗎？」

「會。」

「偶爾才會。」

修吾補充的同時依然埋首漫畫書中。

「你們有吵架，或被欺負……」

「沒有。」

結人用力點了點頭。無論表情還是動作，全看不出有不自然的地方。男孩一副難為情的模樣搓了搓人中，邊搓邊盯著攝影機看。

祐仁窩在房間角落，緊鄰門的旁邊，弓著背好像很不自在的樣子。茜端坐在他的隔壁。

這兩人——姑且先讓茜離場比較好吧。能躲過她的監視的話，說不定孩子們會表現出不同的反應。我一邊尋思要用什麼藉口，一邊拋出感覺會被阻止的提問：

「你父母呢？」

「嗯？」結人笑得更開心了。他指向起居室的方向：「爸爸跟媽媽，不就在那邊嗎？剛剛叔叔你有跟他們說過話不是嗎？好怪喔。」

好怪喔、好怪喔。他不停重複嚷嚷。

「喔，我不是說那邊的『爸爸』跟『媽媽』。」我稍微思考過後，說：「我是指在你來到這裡——來到光明丘以前的父母。」

結人的臉上依舊掛著曖昧的微笑，偏了偏頭。那些舉動有著符合他年紀的稚嫩與可愛。而正是這點給人奇怪的感覺。

不對——是很異常。

我激動了起來。對這個總算降臨的大好機會感到既緊張又興奮。他被洗腦了。這名笑咪咪對著鏡頭的天真無邪的少年，正受到邪教那些莫名其妙的教義和用語的支配。

果然這個孩子，是邪教之子。

茜好像還沒發覺教團的陰暗面已經被我拍下來了，仍然掛著笑臉看向結人。接下來問什麼好？要怎麼提問——

「大叔，那個問題對結人來說沒有意義喔。」

修吾毫不客氣說道。

他用手指啪噠啪噠地隨意翻弄手上的漫畫書，同時繼續說：「結人是在這邊出生的，所以沒有『來這裡之前』的事喔。」

「嗯。」結人應了一聲。

我差點咂舌出聲，但忍住了。我太蠢了。已經有在此出生的世代存在，他們繁榮的程度就是到了這種地步，我在事前竟然完全忘記把這些納入計算。

「那他親生的父母呢？」

「我們這裡沒有那種東西喔，導播大叔。」

修吾比結人先一步回答。他把漫畫書砰一聲闔上。

「小孩是大家的小孩。要方便點解釋的話就是『爸爸』和『媽媽』的小孩。」

「可是，就算這樣說……」

「結人是被誰生下來的，他應該不知道。對吧？」

「嗯，我不知道。」

結人又一次歪著頭說。修吾對這名年紀比自己小的室友投去溫柔的眼神，但很快就變回一臉無精打采的表情。

「不過，這也沒什麼不好啊。」他敷衍地說道。

我在感到困惑之餘仍繼續拍攝他們表現出的真實模樣，這回換茜開口說：「你覺得很奇怪嗎？」

「嗯，是有點。」

「這是當初教團成立時就有的理念唷。大地之民將血緣相連的共同體——也就是將所謂的親屬關係瓦解。不該用血緣間的聯繫將人與人綁在一起。那樣的東西不過是種束縛而已。」

「這是前任會長的價值觀嗎？」

「好像是呢。前任會長自己的家庭環境也是這個樣子，在來到這裡以前，他在任職的醫院內好像也曾目睹過親屬間的糾紛，或是反過來對家人漠不關心的例子。你看，這種事不是很常見嗎？比方小孩把父母送進醫院還對醫生大放厥詞，說什麼『沒到真的快死的時候不要隨便聯絡我』，類似那種案例。」

結人呆呆地仰頭盯著茜，不久後倏地站起來，走到房間一隅。他從收納櫃裡拉出一只大紙箱，似乎是玩具箱。

「那邊的修吾弟弟，是和他母親一起逃到這裡來的。因為受不了父親對他們母子的家暴。」

「向警方提出被害申請不是比較好嗎？」

「提出了喔。然後他們一個沒注意，就把母子兩人前去避難的住址告訴了那位父親。那位父親後來對他們做了什麼，我就不多做解釋了。」

修吾依然靠在牆上，看往這裡。在他右邊眉毛的正中央，橫亙著一道引人注目的白色傷疤。手臂和小腿上，也有好幾處像是蟹足腫的疤痕。

茜的表情在不知不覺間嚴肅起來。

「真正奇怪的究竟是哪邊呢？是我們的家庭，還是浮世的家庭？」

「究竟如何呢。」

我避開正面回覆。腦中想起自己的外公外婆，還有小時候經常挨餓的日子。

咚，一聲巨響響起，結人把一只裝著棋盤遊戲的老舊盒子擺到我們面前。上頭寫著「人生遊戲　平成版II」。盒子的邊角破破爛爛的，整體顏色都褪掉了。

「來玩吧。」

結人說。也不管我的回應就手腳飛快地攤開遊戲版圖，依序排起棋子和代替紙鈔用的紙片。

「這是……」

「我來這裡的時候就有了喔。」回答的是修吾。

「好懷念喔，我以前也很常玩唷。」茜瞇細眼睛說道。

距離開飯還有一點時間。雖然剛才茜所說的事具有一定的說服力，可無法用來證明這些孩子們沒有受苦。必須再打聽出一些情報才行——正當我這麼想的時候。

「來玩嘛。」

結人又說了一次，還用閃閃發光的眼神抬頭看著我。從那副表情看來，他大概從來沒想過會被拒絕吧。

我讓攝影機繼續拍攝，隨後盤腿就座應了一聲：「喔。」修吾一臉嫌麻煩的樣子站起來，坐到結人旁邊。

我與茜和祐仁，以及結人與修吾。聚集了三名大人與兩名小孩的人生遊戲，過程玩得相當起勁，而後以和平收場。

結人和修吾表現出的樣子非常普通。走到賺錢的格子就高興，虧錢的格子就懊惱。當然修吾比起結人要來得話少，態度也比較冷淡，不過以十二歲的年紀來說很正常，他的所有反應與情緒表現全是一般常見的樣子。

最後結算時獲得最多資產的人是結人，第二名是祐仁。結人開心得拍拍手，祐仁卻顯得不知所措。修吾和茜同樣在負債數億日圓的情況下抵達終點，兩人嘴上說著「好爛唷」、「爛透了」，臉上反倒露出愉快的表情。

我是第三名。結了婚，生下三個小孩並成為政治家。名下財產四千多萬。沒有任何一處和現實的我相符。這個太過愚蠢的結果令我發笑，但其他人好像以為我只是坦率地樂在其中而已。結人說了句「啊，導播叔叔笑了。」起鬨得益發高興。

之後就算進入用餐環節，這個節目表面上的重頭戲，這群人也沒表現出讓人覺得不自然的地方。白飯、加了豆腐和海帶芽的味噌湯、豬肉炒豆芽菜、油豆腐微波加熱再淋上蔥花和薑與醬油，一桌菜要說樸素的話確實樸素，儘管是這般毫無特色的晚餐，也被孩子們大口大口吃下肚。結人和修吾比他們的「爸爸」、「媽媽」看起來更放鬆。看來先前玩棋盤遊戲時也繼續維持拍攝的做法，從結果而言似乎發揮了良好的作用。

相較之下「爸爸」和「媽媽」自始至終都露出生硬的笑容，對話也只流於表面。或許是年紀這麼大的兩個成年人緊張的樣子實在太滑稽的關係，途中還拍到結人捧腹大笑的一幕。

我和至今為止做過的採訪一樣，請這群人分出少許的晚餐讓我嘗味道。口味和想像中的一樣清淡，但莫名有種令人安心的感覺。

呈現在我眼前的是一群人團聚在一起的畫面。一群陌生人宛如家人或親戚那般圍著桌子，邊聊天邊用飯，就好比圖畫裡會出現的一家團聚的風景。

飯後，拍攝完七個人一起享受電視節目的模樣，我便和茜跟祐仁離開六〇三號室。外面天色已相當昏暗。

「接下來要到集會所參觀看看嗎？」

走在走廊上的茜問道。她裝作詢問的樣子，實則早就盤算好了這一步，那點心思全被我看出來了。

我果斷說：「不了。」

「那要帶你到只有大人居住的屋子參觀嗎？用的餐點應該也和剛才的不一樣。」

「那也不用了。」

「那麼接下來要去哪裡？」

我瞥了祐仁一眼後說：「久木田先生好像很累了。」

「咦？啊啊，嗯。」

祐仁吸了吸鼻子，有氣無力地笑著說：「因為發生了很多事嘛，嘿嘿、嘿。」他那個只要一激動就會流眼淚的毛病已經全然不見蹤影，是消耗太多精力的緣故嗎？

「希望先帶我們到能讓他休息的地方。」

「這樣呀，我明白了。」

「記得在決定好住的『家』以前，久木田先生會先待在客房沒錯？」

「是的，我馬上為你們帶路唷。」

我對按下電梯按鈕的茜說：「趁久木田先生休息的期間，我想自己一個人到幾個地方採訪。」

「沒問題唷。只要是在許可的時限以內。」

「這樣的話，希望能讓我採訪擔任現任會長的權藤慧斗女士。」

「沒有辦法耶。」

茜一口回絕。無論她的語氣還是表情都展現出開朗的樣子，然而寄宿在那雙眼中的卻是冷然的拒絕之意。

「好像說是現階段的大地之力對於與矢口先生之間的機緣顯示出負的向量。雖然不是我這種身分能夠理解的感覺，不過一旦出現這種啟示，會長可就怎麼也勸說不動了。明天我會再和她談談看，只是別太抱期待比較好唷。」

「這樣嗎？」

我有料到會被拒絕，也考慮過對方會提出宗教方面的藉口，好讓我這邊難以反駁，所以並沒有因此感到失望。

我目不轉睛地面對她，並說：「那麼……有名叫作矢口櫻子的信徒，能讓我見見她嗎？是我的老媽。現在應該還在這裡。」

感覺茜出現了一絲細微的動搖。

## 12

祐仁被分配到的客房位於隔壁棟大樓的頂樓——十三樓。雖然是三房加上客廳、餐廳、廚房各一的配置，可每間房內都只設置了符合最低需求的簡陋家具，毫無生活感可言。這裡實際上是做為客人留宿用的房間，看得出並非臨時才準備的。

我只短暫地拍了一下他的言行舉止，很快便從房間離去。

我被茜帶往位於同一棟大樓二樓的一間屋子，據說被用來做為集會所使用。這裡的配置與祐仁那間相同，但各個房間裡只擺了桌子與椅子而已。廚房的大垃圾桶裡塞了各種用過的茶包、空寶特瓶和零食的包裝袋等等，不過還沒到髒亂的程度。

「用完的垃圾要集中起來扔到垃圾收集點去，這裡是這樣規定的說。」

茜聳聳肩抽出當地的自治團體指定的塑膠袋，將垃圾重新分類。

「話說回來呀，矢口先生，我沒想過你會是我們同胞的小孩耶。原來還有這種巧合呀。」

我沒有答話。房裡只迴盪著空寶特瓶相撞的聲音。

「看你似乎也有不少隱情的樣子呢。你對我們也沒有什麼太好的印象吧？」

「沒有這回事喔。」

「你又這樣說了——」茜把裝滿的垃圾袋口綁起來，說：「拍攝用餐樣子和採訪我那些的，只是名義上的行程對吧？接下來的行程——和令堂會面才是你的主要目的。」

「那個是……」

我一句話也說不出來。茜的臉上浮現做作的笑容，我則挪開了視線。

這大概才是，我原本的目的吧。

我是因為想見到母親才會來到這裡的吧。拿工作當藉口、利用祐仁。就為了這種孩子氣的理由。

我盯著牆壁捫心自問。

茜一邊洗手一邊擺出一副明白人的模樣說：「對自己的事情瞭若指掌的人並沒有那麼多。大家正是因為搞不懂才會有迷惘的時候，而這種人當中的一部分就會來造訪我們大地之民。」

「或許如此吧。」

「櫻子小姐——令堂多半也曾經迷惘過吧。我覺得，絕對不是因為她認為矢口先生你是個累贅的緣故喔。她不是那樣的人。」

「她是怎麼樣的人，我會自行判斷喔。」

只有這一句我可以斷定回答。

用手帕擦完手的茜，冷不防擺出不可思議的表情。

「可是矢口先生，這樣真的好嗎？從頭到尾假裝成普通的採訪，表面上由我來隨機選出一名信徒和你做一對一的談話，讓事情就這樣揭過。」

「嗯。」

這部分我也能肯定地回答。儘管我向茜表明了自己的身分，目前卻沒有打算要以兒子的身分會面。

「感動的重逢場面——不會出現這種安排嗎？」

「不會有。」

「這麼說來，是預計要在中途坦白嗎？」

「我也不會這麼做。對觀眾來說只是件雞毛蒜皮的小事罷了。」

我說出以導播的立場而言合理的論調。

就在我將攝影機擺到餐廳角落確認拍攝角度時──

「那麼容我暫且告辭。我會請櫻子小姐結束後聯絡我，到時候請先在這裡稍等，我再來接你們。」

茜如此說完，便抱著垃圾袋出去了。門砰的一聲闔上。

房內沒有聲音了，也沒有其他人的氣息。祐仁跟茜都不在，完全只剩我一個人。雖然我從旁邊有人時的緊張感中得到解放，不過現在正換成別種緊張感狠狠纏繞住我的身體。

母親是個怎麼樣的人？會用什麼表情、哪種聲音、哪種方式來說話？

我見到母親後究竟打算幹麼？

這原本是為了逃離茜的監視，讓我能夠隨心所欲採訪大地之民真實樣貌才打出的一張牌。雖然我也覺得太早使出這一招了，不過這全是為了避免採訪全程都在她的控制之下，所採取的行動，我刻意先提出要見慧斗，這種想必會被拒絕的要求，好營造出和母親的會面是妥協方案的感覺。

然而，此刻重獲自由的我卻陷入進退兩難的處境。想不出任何計畫，僅僅一味地手足無措。就算在我還是新人的時候也從來沒這麼慌亂過。

對了，要備份資料。還得更換攝影機的電池才行。

我把目前為止拍到的影像資料載入筆記型電腦裡，再備份到外接的ＨＤＤ硬碟內。將電池裝進充電器後，接上插座讓它充電。

就連這種基本的事都差點忘記了。我只是沒有自覺、沒有變得情緒化而已，但現在的我果然還是迷失了自我，陷入混亂之中。

就在我一邊深呼吸一邊望著電腦顯示的畫面時，叮咚，一道聲音在屋子裡響起。是型號有點舊的門鈴聲。

我拿起對講機的話筒，這個在最近也很少見了。

「妳好。」

中間隔了一段停頓。

『敝姓矢口，矢口櫻子。那個，關於電視採訪的事，我聽負責宣傳的飯田小姐說了。』

「好的，我馬上去開門。攝影機已經在拍攝了，這部分還請妳多擔待。」

我秉公傳達完，便收到一聲微弱的回覆：「好的。」把話筒歸回原位後，我拿起攝影機。

手上滿滿的都是汗。呼吸節奏很亂。

迷惘的感覺在這個時間點逐漸擴大開來。

「工作了。」我小聲說道。

按下錄影鍵後我朝玄關走去。

在門的另一側，是名長頭髮的女性。

矢口櫻子是個「淡薄」的女性。白髮相間的髮絲很細，髮量少的關係，分線很明顯。幾乎沒有眉毛，眼睛很小，嘴巴緊緊抿成一條線。連點像樣的妝也沒有化。與其說她瘦，不如說是身體沒有厚度。穿在身上的衣服寬鬆，更加凸顯了那份身材的單薄。從客觀的角度來看，絲毫沒有與我相像的要素存在。

我帶她到餐廳的椅子就座。在我自我介紹並說明完要拍攝的內容後，取得了她的同意。不論進到哪一個環節，她全都沒有和我對上視線，亦沒有看鏡頭一眼。即使在知道我們同姓後也毫無反應。

「那麼可以再請教一次妳的姓名與年紀嗎？」

「……矢口櫻子。五十歲。」

「是什麼時候加入大地之民的？」

「應該是在三十年前左右。二十九年前？又好像是二十八年前的樣子。」

「這之後一直都待在這裡？」

「是的。」

她的說話聲很小，很難聽清楚。表情依然毫無變化。嘴邊擠出的笑容徒具表面，一雙眼直往我的軀幹一帶盯著看。茜留下的教團提供的寶特瓶飲料在桌上排排放好，然而她連伸手去拿的舉動都沒有，只是縮在椅子上。

我把攝影機放到桌面，自己拿了一瓶寶特瓶，喝了一點給她看。

「妳好像很緊張耶。」

「嗯，有一點。」

她說。僅僅朝擺放在一起的寶特瓶瞄去一眼。「請不用客氣。」我示意完便站起來，在房間裡來回走動，假裝在檢查固定攝影機的樣子。

「晚飯吃了些什麼嗎？」

「今天是……味噌湯、飯，和配菜。」

「配菜有哪些？」

「馬鈴薯燉肉。還有一些小菜，青菜跟油豆腐的。」

「和平常的菜色比起來怎麼樣？樸素嗎？或是奢華？」

「差不多。其實有魚比較好，不過到處都賣得很貴。」

「你們的生活費好像是按月領現的樣子？」

「是的，照住戶來分配。會計讓我們用這些錢自行安排。」

「做法都和以前一樣嗎？比方每月一次領現的部分，或領到的面額之類的。」

「對呢。」

她的口氣放軟了。

朝她的方向看過去時，她已經打開裝有綠茶的寶特瓶在喝了。我繼續站著，提起結人與修吾家端出的晚飯。

「我自己也吃了，要老實說感想的話，很樸素。」

「是呢。」

「遇到喜慶的日子時，會享用些什麼好料嗎？」

「這也是根據每家的做法而定。」

「妳是叫矢口小姐，沒錯吧。在現在住的家過得如何？」

「沒什麼變化，一直以來都一樣。飯菜由住在一起的年輕人來準備。雖然說是年輕人，但也四十歲左右了。對方好像不太擅長下廚的樣子。」

「平常妳會自己下廚嗎？」

「我完全不會做菜，所以不能夠有怨言。」

她微微一笑。我也回以淺淺的笑容。

「那我們來聊可以抱怨的話題吧，先把負責做飯的人的手藝暫時擺到一邊……你們的預算，說實話會很吃緊嗎？」

「……是還不到那種程度。」

「不會吃外食嗎？」

「有餘裕的話會吃的。我，還有跟我住在一起的三個人都是。」

「假如要在外面吃飯的話會去哪裡？」

「之前這附近原本有間烏龍麵店，可是倒掉了。現在可能會下山再走一段路，去那裡的一間家庭餐廳吧。主打漢堡排的那家。」

「會買現成料理嗎？」

我興起一種奇妙的感覺，同時仍然繼續詢問有關食物的問題。以流程而言與迄今為止——過去製作的節目相同，只是在問些關於金錢價值觀、飲食習慣一類，順理成章的問題罷了。

這種情感是什麼？在理出頭緒前我換了一個話題。

「來這裡之前妳從事什麼？」

「……事務性的工作。短大畢業後，就做了那份工作。」

「怎麼會來這裡？」

「果然，會被問這種問題呢。」她輕輕地哼了一聲。「為什麼會唸短大、為什麼做事務工作，明明都不過問這種問題。」

「妳說得有道理。」

我冷靜地露出悲傷的表情。

「可是，坦白說這就是觀眾會感興趣的部分。」

「是喔。」

她看向我。

「因為那部分，和一般人不一樣對吧？因為覺得我們很異常對吧？」

「怎麼會。」

「電視節目就是這種東西啊。」

她的口氣中明確地帶有敵意與嘲諷之意。雖然我想說點什麼，但還是閉上了嘴，避免因此激怒她。我並不感到畏懼，倒不如說我很高興。她總算一點點地敞開了心房。我回到她對面，坐進椅子裡。

「我可以明白妳想表達的，可惜事情並不是那樣。這些人和自己一樣嗎？不一樣嗎？一樣的話為什麼一樣，不同的話有哪裡不同。想了解這些的觀眾比想像中多很多喔。這些所謂的『普羅大眾』求知慾的旺盛程度，總是能讓我們節目製作人感到驚豔。我自己是因為想要回應大眾的那份求知精神，才會製作這個節目。」

我所說的這份心情半點不假。

無論是內容再怎麼冷僻的節目，只要花心思拍攝、好好做、好好傳達的話，就會出現眾多願意死守電視前和放映螢幕觀賞的人，或是與我們毫無關係卻願意幫忙四處宣傳的人。會有這些人現身。這是在我這個節目蔚為話題之後，我自己打從心底體會到的真實感受。

所以——

「矢口櫻子小姐，認真想了解妳的事的人是存在的。不是將妳視作某個來路不明的新興宗教的奇怪信徒，而是做為一個人來看待。」

「真的嗎？」

「是的，會有用有色眼光來看待的人存在是事實沒錯，不過當中也存在果斷屏除偏見的人，再者，也有試著一點點放下成見的人在。」

她不發一語地偏了偏頭。

「若說是要讓雙方互相了解接納，這種形容就太誇大了呢。也有人是單純抱持看熱鬧的心態，而看完節目後還停留在這種想法的觀眾自然也有，卻不是全部的人都這樣。」

我到底是為什麼會變得這麼多話？為什麼要如此喋喋不休地鼓勵她、讓她提起勇氣？現在脫口而出的說詞，不管哪句都不是經過考慮後才說的。不對，我並不是沒有在思考，而是這並非我平常的思考方式。

「這樣嗎？」她思考了一陣子後，說道：「或許是因為不順利吧。」我回想自己先前問了什麼問題。

「哪方面呢？」

「全部，首先是我父母吧，還有工作吧。朋友和男人也是。我曾經想過存了錢的話總會有辦法的，可是最終那也只是徒勞。」

「妳是怎麼知道這裡的？」

「走在路上的時候被搭話，就知道了。」

「有什麼……像是決定性的契機嗎？」

「這個嘛……」

她又一次陷入沉思。雖然是低著頭的姿勢，但比起最初進來這裡的時候還要挺直了背脊。從她發出「嗯——」的聲音之中，也能感覺出少許的氣勢。

我保持沉默等待她。按捺住想催促她的心情，故作鎮定，盯著放在桌面的手持攝影機的液晶螢幕看。

矢口櫻子抬起了臉。

「生下孩子的那個時候吧。」

那張臉上浮現看似寂寞的笑容。我的心臟重重地跳了一拍。

「那是和當時交往的人生下的孩子。我當然是想生的，可是對方非常排斥……後來就聯絡不上對方了。這件事我無法向父母開口，想著那就一個人努力養大孩子吧。」

她放在桌上的雙手手指不停交叉摩挲。

「很勉強地工作到最後一刻，就算被公司的人挖苦還是請了產假，在那天傍晚破了羊水，抱著腹痛趕去醫院後……生下來的。」

「這樣啊。」

我盡可能機械性地答腔。初次聽到自己出生時的故事，一種異樣的緊張感油然而生。沒有感動的情緒，亦沒有憤怒的感覺。然而我開始無法保持冷靜。這回換成我難以和她對上視線。

出現在液晶畫面中的她開口說道：「雖然小孩沒多久就死了。」

「咦？」

我下意識看向她。總覺得她的臉上流露出某種似是懷念的、悲傷的神情。

「死掉了。完全沒有哭聲，就那樣……」

話只說到了這裡。那張臉上的表情一點點褪去。她的嘴半張著，起先忙碌地動個不停的手指也在不知不覺中停下了動作。

我結結巴巴地接連提出疑問：「過……過世了，是嗎？可否、可否再說得詳細一點給我聽？」

「不對，還活著的。」她的表情仍然空洞，口中嘟囔著說道。

「啥？」

從我的口中發出那個聲音。

疑問轉瞬間變成了焦躁，腦袋與胸口急如火焚。

「恕我冒昧，請問是還活著嗎？還是已經死了？」

「還活著。還活著喔。復活過來了。是奇蹟喔！大地之力！」

她的聲音放大了一倍，馬上又繼續說：「我的寶寶。非常可愛的寶寶，卻讓我感覺到沉重，所以在把他託付給我爸媽後我就到這裡來了。那時真的很辛苦，可是我沒有辦法了。誰叫我這麼懦弱，只想著逃跑。跑來這裡，在這裡……」

她一口氣灌下寶特瓶裡的綠茶，接著劇烈嗆咳起來。

又是「大地之力」嗎？而且這一次，說得彷彿能讓死去的嬰孩復甦似的。連那種事都可能辦到嗎？

況且那還牽涉到了我的出生嗎？

「究竟怎麼一回事？」

我詢問仍在咳嗽的她。她擦了擦嘴角，說：「復活過來了。並沒有死掉。咳。」

「大地之力是什麼？」

沒有答話。咳嗽停下來了，她卻一副張皇失措的模樣。

「那那、那個……」她忽地站了起來，「對不起，說了奇怪的話。已經、已經可以了嗎？」

「還不行。」我想也不想就說，擋在準備走向走廊的她面前。「剛才說的事，希望妳能再一次說明得讓我……讓觀眾能夠理解。妳的孩子在出生後沒多久就死了，又靠大地之力復活過來？這是怎麼一回事？」

「已經可以了吧。」

「不可以，採訪還在進行！」

「不要拍了！請你結束！」

「不行，不能就這樣結束。」

「讓開！」

她把我撞到一邊去。起居室與走廊間相隔的門是開著的，我的背硬生生撞上去，發出一聲巨響。那一下產生的衝擊與痛楚並不是特別大，然而我沒能重新站穩，摔得跌坐在地上。

矢口櫻子跨過我，腳一踏進鞋裡穿上就跑出集會所了。其反應之敏捷，幾乎要讓人懷疑那股力量究竟是從那具單薄身子的哪裡冒出來的。

走廊上奔跑的足音消失後，過了一陣子。我在重返寂靜的房內緩緩站起來。收好攝影機，準備收工。本想往門口走去，卻打消了這個念頭。我想起茜會在收到她的聯絡後過來的安排。

腦袋一點一點開始運作了。情緒逐漸湧上。

剛才那是怎樣？

她到底在搞什麼？

重要的事一件也沒交代，只又一次隨便胡扯些大地之力什麼的怪力亂神的東西。結果我還是無從搞懂任何事。任何的。一件也沒懂。就連將她和我聯繫在一起的，那唯一一件事也是。

咚。一聲巨大的聲音響徹整間集會所。

右腳傳來疼痛，我才意識到自己狠狠朝地面踩了一腳。

## 13

前來迎接的茜什麼話也沒問。採訪中斷的事，還有矢口櫻子從房間裡奪門而出的部分，她似乎都沒有聽說。這麼說的話，自然沒有由我主動提出的必要。

我裝作沒事的樣子一邊確認明天的預定行程，一邊跟在她的後面走。

給我過夜的客房，位於和集會所同一棟大樓的七樓。

「那就明天見了。」茜說完離去以後，我先將被中斷的採訪矢口櫻子的影像做備份，並替攝影機充電，也把影像素材上傳到了雲端。

確認上傳完成後，我一併確認過玄關門和窗戶是上鎖的，將貴重物品放入密保諾夾鏈袋才帶進浴室，沖澡洗掉一天下來流的汗。穿上便於活動的衣服，用能量補充飲充當正餐後，把牙齒刷乾淨。這裡並不是位於發展中國家的貧民窟便宜旅舍，也並非被黑社會占據的飯店。只是個坐落在郊外的新市鎮當中，一棟公寓大樓裡的一戶房子而已。話雖如此，可不能就此掉以輕心。

小小一臺冰箱裡放了好幾罐罐裝飲料。茜說這是客房服務，但我不打算去碰。

我一邊抽菸一邊面對筆電，隨意瀏覽到目前為止拍下的影像素材。流下眼淚的祐仁、在陰暗骯髒的屋子裡畏首畏尾的小野寺忠雄、手被包在塑膠袋裡的尾村美代子、蜿蜒的上坡、並排的巨大草紮人、面帶笑容的茜、始終戰戰兢兢的祐仁、牧商店的店主。

矗立於山谷間的公寓大樓群落、樸素的飯菜。

開心轉動代替骰子的輪盤的結人、看著他的修吾。

——不對。還活著的。

在鏡頭前悵然若失的櫻子。

大地之民果然很奇怪。從她的言行舉止中同樣能感受到這一點。可是到底是怎麼樣的奇怪法，我還沒能深入到那決定性的部分。以節目而言現有的「能用畫面」還算應付得過去，但就我個人而言的收穫可說是微乎其微。明天該怎麼辦才好？

正當我疲於籌劃之際，手機響了。是祐仁打來的。

「這麼晚了不好意思耶。」

經他這麼說我才意識到，時間已過晚上十一點。門窗緊閉的緣故，香菸的煙霧全盤踞在天花板附近。

「怎麼了？」

我問。發出的聲音陰鬱低沉得連自己都嚇了一跳。

「你和令堂相處得怎麼樣了？」

「只有採訪而已。我們沒談到其他複雜的話題。」

「嘿——是喔。」

「所以，你有什麼事？」

我把菸蒂捻進菸灰缸裡，點燃新的一根後，把腳翹到桌面上。

「那個呀……我回到光明丘之後，走訪了各種地方，和人們交談了對吧。」

「嗯。」

「還有和其他信徒們一起用餐、和小孩們一起相處。」

「嗯。」

「或許是因為這些讓我的腦袋得到刺激的關係吧……我一點一點地、明白了喔。回想起來了。關於我是什麼人、為什麼變成這個樣子，現在待在這裡。」

我盯著從菸頭裊裊升起的煙霧陷入沉默，手忙腳亂地開始錄下通話內容。

「你說你回想起來了，對吧。具體來說是哪些事？」

「那個啊……呵呵呵。」

從手機裡傳來吸鼻涕的聲音。祐仁那張邊哭邊睜大雙眼微笑的衰老面龐，在我腦海裡鮮明地浮現出來。

「會、會長來過了。幾個小時前，來了這裡。被飯田小姐帶來的。」

「會長……權藤慧斗嗎？」

「是的，起先我還沒認出她是誰。實在很難堪。在說話的途中才想起來的。哈哈、哈哈哈……」

「有什麼好笑的？」

「有帶你來真是太好了。」

「啊？」

「這說不定是大地之力的指引。不對，是相反才對嗎？我違抗了大地之力。不對不對，不應該是這樣，實質上這正是大地之力給予的引導。為了徹底擊潰那些人捏造的、顛倒是非編出來的力量。」

「我聽不懂你的意思。」

「這裡是地獄。」他以虛弱的聲音說道。「不僅是這裡。要不了多久，除了這裡以外的地方也會變成地獄。本來我以為這只是個玩笑，只覺得奇怪而已。可是我錯了。」

「你到底在說什麼？」

「矢口先生，請你來阻止吧。」

「我說啊，久木田先生——」

「請你阻止會長，阻止慧斗。」

「久木田先生！」我站起來，在房內來回走動。「請你別再說些意味深長的話了，只會讓事情變複雜。重點呢？根據呢？你想要我幹麼？告訴我這些就夠了。」

「啊啊，慧斗。」他沒有回應我的要求，只是發出狀似呻吟的聲音繼續說。「慧斗、慧斗。她究竟都做了些什麼……」

「喂，久木田先生。」

「慧斗、慧斗、慧斗，喔、喔。」

「你怎麼了？」

「咦，啊啊……」祐仁好像回神過來了，他用虛脫的聲音說：「不好意思，我慌了手腳。而且還、這、這麼晚打電話給你。啊啊，非常抱歉、非常抱歉。」

從手機另一頭傳來像是慌亂中碰撞到東西的聲音。

我再度回想起《祝祭》中的描述。那個儘管溫吞卻很理智，關鍵時刻很可靠，身為慧斗同班同學的祐仁。書中的形象與現在通話的他相比未免也太懸殊。

「我現在去你那邊打擾方便嗎？是在十三樓對吧。」

「不，明天……明天早上再談吧。我會去你那邊。今天已經很晚了。拜託了。拜託你……」

我嘆了口氣後答應他，結束通話。我們之間的對話只有單向的輸出，還是我單方面一味地受到擺布而已，然而比起要奉陪他的長篇大論還算好一點。來到這裡後冒出的疑問是有增無減。明明採訪都有在確實進行。

總之明天先和祐仁碰面談談吧。下一個果然還是要見慧斗一面才行。根據能否進攻到這一步，節目的可看性也會有所不同。再重新和西交涉看看吧。

身體已經很疲憊了，不過我仍在持續思考。就算抽光了帶來的香菸，睡意漸漸變濃了，也還坐在椅子上繼續盤算。採訪的事、祐仁的事。還未見過面的慧斗的事，以及矢口櫻子的事。

在感覺似乎聽見警笛的聲音後，我睜開雙眼。

從窗簾尾端依稀透出清晨的微弱光線。時間來到早上六點多。看來我坐在椅子上睡著了。這麼說的話剛才的警笛聲是做夢嗎？我一邊轉動發疼的身體一邊打開窗簾和窗戶。室內混濁的空氣被冷冽的風一口氣沖散開來。

泛著藍色調的光明丘公寓大樓群間，迴盪著吵雜的聲音，也有車門猛烈打開關上的聲響傳來。以這個時間來說並不尋常。如果是在市中心的話姑且不論，但很難想像那會是這種深山地區的常態。

我急忙走出陽臺，張大雙眼查看。

前方的道路上聚集了許多人潮。救護車和警車停在路旁。柏油路上有塊大面積的黑色汙痕引起我的注意。人群紛紛避開那一處。在稍隔了些距離的地方有個像是白色豆腐的東西躺著，附近的一個人在察覺後馬上閃避到一旁。

該不會——

思緒一瞬間閃過腦海，我抓起運動攝影機準備飛奔出房間，隨即又打消主意，返回陽臺上。約莫拍了腳下的人群和那塊汙痕二十秒之後，我才急急忙忙出了房間。

搭電梯下去再用跑的離開大樓。從人潮的內部傳出年輕的聲音：「好了，請大家退下，請退下。」是個感覺不到二十五歲，臉色白皙的制服員警。

我朝旁邊一位穿著起滿毛球的毛衣、頭髮睡得亂翹的老人搭話。

「發生什麼事了？」

「跳樓喔，有人跳樓。」

老人刻意面色凝重地回答。從自己口中說出那些話感覺很新鮮且雀躍，碰到這樣千載難逢的機會實屬愉快——看得出他正努力壓抑住那種情緒。

「請問是誰？是住在這裡的……？」

「不曉得，只知道是大地之民的人喔。」

「對呀對呀。」

附近的一名老嫗轉過頭來。對方原先似乎在健走中的樣子，身上是一套貼身運動服配遮陽帽的打扮。

「不曉得怎麼了呀，明明最近都挺平靜的。」

從他們說話的樣子來推測，多半是浮世的人吧。

「那個，有人跳下來是多久之前的事了？」

「大約十分鐘……十五分鐘前吧。發出『咚——』的一聲。」

我完全沒聽到，無法相信自己竟然熟睡到了這種程度。不安與焦躁感以嚇人的速度一口氣壯大起來。我對眼前的兩人提出那個至關要緊的問題：「請問是大地之民的哪一位過世了？」

「這麼嘛……」

老人歪了歪頭，老嫗瞥了他一眼後回答：「一個叫久木田的人喔。」

一種頭部遭到毆打的鈍痛感襲來。腳底下忽然重心不穩，我勉強才維持住站姿。

在人潮的另一頭能看到警察們在談論些什麼。剛才那名年輕的警察正向另一名黑皮膚的方臉中年警察問話。他們的對話越過人群的吵吵嚷嚷，傳進了我耳裡。

「和飯田小姐聯絡一下會比較好嗎？」

「小茜嗎？喔喔，姑且要吧。」

「那位會長應該會很受打擊吧。」

「是啊……好了，請大家離開。請離開。」

中年警察朝人群舉高手臂取開距離，蹙起眉頭。從他那張寬大的嘴巴中流露出悲傷的聲音：「慧斗受的打擊應該會比任何人都要大吧。畢竟是唯一有血緣關係的親人過世。」

## 14

祐仁是在早上六點左右，喝個爛醉後為了吹風走到陽臺，沒穩住平衡才掉下去摔死。根據掉落在陽臺和遺體旁邊的涼鞋，還有房內找到的好幾瓶空啤酒罐顯示出這個結論。

現場理所當然地沒有任何起過爭執的跡象。經過粗略的檢查後，也沒在身上發現不自然的外傷。接下來會移送司法解剖，但恐怕也只會檢驗出酒精反應吧——

在警察結束以上說明的那一刻，我提出詢問：「也就是說，沒有他殺的可能性的意思嗎？」

此時我們正位於住宅區的入口處，沿著中央大道能抵達的一間寒酸派出所內。兩名警察聞言皆張開嘴巴一愣，但很快便恢復嚴肅的神情。

「解剖結果是的話就會是那樣吧。還不能斷定就是了。」

年輕的警察說道。當我在人潮中表明身分時明顯被他們警戒，也被拒絕拍攝，不過他們既沒有拒絕我來這裡，針對問題也都認真給予答覆。

「話是這麼說，但假如不是意外的話可能就是自殺了喔。沒有發生那種電視臺的人會期待的，引起社會動盪的事件。雖然確實是起悲傷的事故。」

「說什麼傻話。」

「如果這是起事件的話你會開心嗎？」

「沒有這回事。」

我立刻否認，不過內心裡幾乎是同意的。

一時之間我還難以接受這是事實。有想告訴我的話、有想坦白的事情，才剛這麼說過的祐仁，卻選在這個時間點自殺，怎麼想也教人難以置信。再說我也沒有他喜歡喝酒的印象。

中年警察大大地嘆了一口氣。

「久木田先生，好不容易才回來了說。這真是遺憾。慧斗也一直掛心著他的。」

「是啊，這實在是……」

「關於那點，我也想請教。」我連忙提出懇求。「先前兩位在現場提過的，唯一有血緣關係的親人是什麼意思？」

「這位小哥。」中年警察一臉吃驚的樣子，用問句回答我的問句：「你一直密切跟在大地之民旁邊沒錯吧？說起來，不還是由久木田先生帶你過來這裡的嗎？」

「關於這部分的事我全部沒聽說過。雖然有做採訪，但他們的防備森嚴，我連會長也還沒見過喔。」

他面露懷疑地看過來，不久後坐到了椅子上。

「久木田先生，是**慧斗的父親**喔。」中年警察說。

我頓時說不出話來，也絲毫無法理解話裡的意思。

「不對吧，可是、他們應該是同學才對？」

「咦？啥？」年輕警察的臉上浮現出鄙夷的神色。

「慧斗……現任會長和他在同個時期來到這裡，一起上學，一起在同個屋簷下生活。我聽說的是這樣，也讀過這樣描述的文章。是久木田先生給我的書。現任會長的親筆傳記。」

「這樣嗎？原來如此。是因為慧斗那樣寫的關係。」

中年警察露出苦笑，瞧了年輕的警察一眼。

「同學的部分並沒有錯。我是不清楚那是他們的教義還是紀律，雖然覺得滿奇妙的，但也只有這樣。說到底也不是什麼不好的事。」

這是怎麼回事？我按捺住想問出口的衝動。催促反倒誤事。對方聽起來等等就會解釋了。而且不僅是我，那名年輕的警察也正專注地聽他娓娓道來。

「大地之民否定血緣關係，這部分你曉得嗎？」

「是的。」

「所以那群人把因應年齡和血緣產生的輩份關係全部廢止，唯一會拿來論資排輩的只有信徒的資歷而已。如果在同個時期入教的話，即便是親子也算作同屆。上了教團所謂的『學校』的話，自然就會是同一屆的學生了。唉，就是這麼回事。」

「咦，抱歉。請問是怎麼一回事？」

年輕警察問道，然而年長的員警沒再做出更多的說明。大概是他透過表情察覺到我已經理解的緣故吧。

《祝祭》裡對於本該交代清楚的情報有所欠缺，視情況會隱瞞教義——或者說是以教義為名的虛假身分。我以為自己已經有所領悟了，已經看透了文章的一切，卻沒料到會連實質上的親子關係都被隱瞞。

在《祝祭》當中慧斗與祐仁的關係，感覺上只是比一般的同班同學更為要好而已。彼此欣賞，藉由強烈的信賴感將兩人連結在一起。只不過要說是戀愛關係的話，卻有種特別明顯的不自然感。我並不是沒有在意這點，最終卻只草草讀了過去。最能讓我信服的莫過於祐仁的容貌。倘若是年過六十的歲數，以祐仁那個外表來看就一點也不奇怪了。即使不拿大地之力來說，他的老化程度也不過是符合那個年紀會有的樣子罷了。

對於事到如今仍在書中內容與事實之間來回受到擺弄的自己，我實在厭煩得不行了。

「他們不是有『爸爸』跟『媽媽』嗎？那個簡單來說也是為了否定血緣關係吧。上一代在這部分做得很徹底，過去的慧斗也一樣。」

「可是，現在不也是這樣嗎？」年輕警察說。

「唉，因為慧斗很喜歡小孩子的緣故啊。她為了這件事和上一代會長發生過不少爭執吧。聽說每次懷孕就會起口角，上任會長總是強迫她墮掉什麼的，但其實她偷偷把孩子藏起來給人家收養了，之類的有很多傳聞。」

都是傳聞啦。中年警察再次強調。

「發生過爭執……是說他們之間有過糾紛對嗎？」

「所以說那也是聽說的啦。電視臺的人果然會對這種事窮追不捨哩。」

中年警察直言不諱地挖苦，但我一點也不在意。因為我正為了又得知一項《祝祭》與現實相吻合的地方，而感到小小的興奮。

依照剛才警察的說明，可以印證《祝祭》中對於前任會長採取的否定性描述。然而另一方面，在《祝祭》一書裡提到的教條本身，都是遵循上一代所訂定的教義來執行的。慧斗在執筆當下的複雜心情由此清晰可見。

我越來越想見到慧斗本人了。見不到的話什麼事也做不成。我不打算與我那膚淺的母親再碰一次面，倒是無論如何都想和慧斗說上幾句話。不這麼做的話也無法做出能播的節目。

擺在灰色辦公桌上的白色話機響了。年輕的警察拿起聽筒。我若無其事地保持一段距離，本想把手插進口袋裡卻作罷。能感覺到中年警察的視線，但我絕不與他對到眼，就這麼走去外頭。

口袋裡放著仍在拍攝的運動攝影機。打從我來到這裡開始就一直在錄影，就算沒有影像起碼也有聲音。

「是的、是的。原來是這樣。啊，這樣啊。好的。」

在年輕警察的嘴邊，浮現明亮的笑容。

「我明白了。咦？他在喔。好的，請稍等。」

他一副不可思議的樣子將聽筒從耳邊放下，略作猶豫之後遞給了我。

「找我的嗎？」

「嗯，負責宣傳的小——更正，是大地之民的飯田小姐打來的。」

總覺得有種滑溜、惹人厭惡的空氣黏附上我的皮膚。是教團察覺到我到處打探消息所以發來警告嗎？例如用大地之力來直接感應——我驅散腦海中浮現的愚蠢想像，握上聽筒。

「我是矢口。」

「你好，我是飯田。」

茜的口吻平易近人，不過似乎刻意壓低了聲音。在我回想剛才年輕警察的笑臉的同時，總之先道了一句哀悼：「請節哀順變。」

「太好了，不是祈禱冥福。」

「什麼意思？」

「因為在我們的世界裡不存在冥土，所以冥福——冥土的幸福自然也不存在。人們只是從大地降生，再回歸大地而已。祐仁也回歸大地了。沒什麼好奇怪的，這只不過是件自然而然的事。」

她說到這裡便陷入沉默。能聽見沙沙的雜音傳來。茜連嘆了幾口氣。

「矢口先生，不好意思。能讓我更改一些原定的安排嗎？」

「什麼意思？」

「在等候遺體送回來的期間，我們打算先做好準備。按佛教儀式來說就是守夜吧，雖然現在還是白天。為了在遺體回來後，能夠馬上順利地送別。」

順利，這個詞讓我印象深刻。是個不適合惜別的用法。我為了不讓她察覺自己的疑心，簡單回了一句：「好。」

「當然了，矢口先生想採訪的話完全可以。我認為這也是個絕佳的機會，來讓人們了解我們的存在方式，祐仁肯定也會很高興的。」

絕佳。高興。

「其實祐仁啊，說不定也想早一點回歸大地吧。他不是個會自己選擇死亡的人。我一直是這麼認為的，不過這幾年以來他的身心狀況已然崩潰，這同樣是事實。單憑信仰已經無能為力了，或許是這樣也說不定。」

「大地之力並非萬能，是這個意思嗎？」

「這不是當然的嗎？」

茜發出吸鼻子的聲音。聽她交代完地點和時間後，我問她：「會長也會前來嗎？」

「不會，據說是力量的機緣不佳。」

又是這樣嗎？

「就算過世的是親生父親？」我立刻反問。

「誰曉得呢。」她回了一句難以解讀的話。「不管怎麼說會長就是不會來。雖然很抱歉但還請你見諒。不過哪怕只能取材到回歸的儀式，也是相當珍稀的畫面唷。」

珍稀的畫面。

心裡徒有反常的感覺不停積累。我道過謝後，將聽筒還給年輕的警察。

# 15

這群人將守夜稱作「籌備」。祐仁住過的客房就地變成了靈堂。警察只做了最低程度的調查就回去了。據稱所有地方均沒有發現異狀。儀式開始是在早上十一點的時候。

「籌備」的禮儀本身極其單純，沒有任何的繁文縟節存在。在作法方面大概比較偏向神道教的儀式。客廳牆邊設置了三層式的祭壇，祭壇上鋪有白布，供奉鮮果與乾貨。

來弔唁的訪客——我不確定能否用這個詞來稱呼，總之前來拜訪的人們一一跪坐在祭壇前雙手合十，並和旁邊的信徒們三言兩語簡單交談，又或者僅僅不發一語地行禮。有很快就回去的人，也有到餐廳小聊的人。祭壇上還擺了祐仁的大頭照，外頭鑲上一幅樸素的相框。

感覺上不是什麼奇妙的場景。整體而言大致是普通的守夜，甚至比起一般守夜還更容易讓人接受。祭品裡有馬鈴薯燉肉、烤魚和鳳梨，雖然讓人在意，不過這或許是在無形中受到佛教儀式影響的緣故吧。

這種場合不該端出大魚大肉、不能端出大眾的家庭料理、南方國家的水果也不行——無論哪一項禁忌都沒有科學的根據。雖然在佛教當中有些嚴謹的規範，可也沒人確認過是否有相關的規定，然而，不知從何時起，人們便迷迷糊糊地開始深信「守夜與葬禮就是那樣的形式」。

我認為自己是無信仰的人，對宗教本身感到厭惡，可看來我也沒有做到完全地割捨這方面的思想。

我和茜商量之後，拍下「籌備」的樣子。雖然被告知服裝穿著自由，不過我還是從替換用的衣物裡挑了套黑色系的衣服穿上。

來拜訪的客人不限於信徒。浮世的人們同樣極為自然地走進屋內，在祭壇前雙手合十。當中或有對著祐仁照片說話的人，或有流淚的人，亦有遞出奠儀給那些信徒的人。信徒們會做個樣子先拒絕，再一點虧也不吃地收下。

照片裡的祐仁比起我知道的他還要年輕不少。大概是在四十五歲前後拍下的照片吧。雖然朝著我們擺出生硬的笑容，仍舊看得出來當時的他還很正常且健康。我很難立刻將這樣的他與那個在自己面前邊哭邊笑、說話結結巴巴的男人連結在一起。

這時有道嗚嗚的低泣聲傳入我的耳中，我將臉從攝影機的液晶螢幕上抬起來。一位身材圓胖、短髮的中年女性站在走廊上，直直注視著祭壇。從那對突出的大眼睛裡抖落豆大的淚珠，滑到雙下巴上。

女性踩著僵硬的腳步走到祭壇前，跪坐下來，靜靜地闔上雙掌。信徒們擺出沉痛的臉色低下頭，每個還留在餐廳的浮世的人們同樣沉默不語。

「祐仁……久木田先生他啊，也深受浮世的各位信賴呢。」處在角落的茜平靜地說道。我把鏡頭轉向她。「該稱他是我們之間的橋梁嗎？明明沒有被任何人拜託，但他很自然就主動接下了這個角色。」

「看來他曾是個了不起的人。」

「對呀，但就是太認真了吧，才會把心理狀態弄壞，從這裡離開。」

「不是因為見證了教團的黑暗面之類的關係？」

「您真會說笑。」茜抽搐著半張臉，說：「我們以和平的方式在運作。只不過是生活方式多少有些不同的地方，但與浮世沒什麼太大的區別。有區別的在於——」

她的話只說到這裡。

剛才那名胖女人從皮包裡取出袖珍面紙，發出很大的聲響在擤鼻涕。注意到我之後便道歉說：「對不起。」一雙通紅的眼不可思議地眨了眨。

「請問是在攝影嗎？」

「是的，如果方便的話麻煩稍後在允諾書上簽個名。就放在那張桌子上。」

「是為了節目對嗎？不是要做紀念什麼的。」

「是的，其實我這邊應該事先說明才對的。非常抱歉。」

我只有口頭上道個歉。從「籌備」開始以來，就遇過好幾個來參加弔唁的客人有相似的反應，但全被我用同一套說詞應付過去。

「當然，想拒絕也沒問題的唷。屆時我也會再請電視臺讓我們做事前檢查。」茜補充說道。

女人說了句「這樣啊」便低下頭，握緊手中的佛珠，接著曲起膝蓋站起身，拖著腳步朝餐廳走去。她似乎沒有想當場答覆的心情。另外三位在場的浮世的人——每一位都是年邁的女性——紛紛向茜表達弔慰之詞。新進來的年輕信徒有兩名，皆走到祭壇前面雙手合十祭拜。

「並不會給人獨樹一幟的感覺呢。」我直截了當地闡述感想。

「的確是呢。」茜的目光停留在祭壇的方向，同樣直截了當地回答。「回歸的儀式——告別式或許會特別一點。雖然目前還在與警方和葬儀社的人接洽，不過明天早上遺體就會送回來了。如此一來應該能馬上舉行告別式。你會做採訪對吧？」

「是在上午舉行嗎？」

「午餐是事先訂好的外送餐盒，但儀式本身我覺得很有拍攝的價值唷。」

「相當趕呢。」

「沒有這回事唷。只是一般的安排。」

茜筆直地凝視著鏡頭。我帶著半分較勁的心思，順勢拍下她那副道貌岸然的表情。想必可以傳達給觀眾吧，看她這個不自然的、遮掩應付的樣子。

位於餐廳的四位浮世女性傳出竊竊私語的談話聲，不時將視線投過來。一旦我回看過去，她們便急急忙忙地避開目光。

「那個，小茜。」

怯生生舉起手的，是那名肥胖的中年女性。

「怎麼了嗎？」

「抱歉耶，我不是有意要偷聽的……不過剛才說要明天舉行，真的不會太趕嗎？」她似乎很不安地詢問。

其餘三人也一樣，以視線與頭部動作的角度表示贊同。信徒們則面無表情仰頭看向茜。

「這怎麼會呢。」茜微笑以對。「以前也有過相同的日程安排唷。我不認為有特別趕。」

「是這樣嗎？」

「是呀。還請妳放心。」

「可是……果然沒辦法在一時半刻間就整頓好心情吧。不是嗎？」

胖女人往其他浮世的女性和信徒們看去。浮世的女性們各個都點了點頭，信徒們則露出模稜兩可的表情。

「我非常能明白妳捨不得和祐仁道別的心情喔，我也覺得胸口很苦悶。現在是因為面對攝影機，所以才像這樣，盡量表現得普通……」

茜停下話語，隨即用手搗在胸口上。我益發覺得詭異，然而其他人卻不做此想。每個人不是一臉困窘，就是一臉悲傷地將頭低了下去。

「我還想和祐仁，再說些話的呀……」

茜一吸鼻子，臉馬上皺了起來。一雙大眼睛含著水光，嘴唇發顫。那副表情的變化被攝影機全程捕捉下來。

「抱、抱歉耶小茜。」胖女人站了起來。「說得也是呢，妳不可能會無動於衷的，像現在也是，明明很難受卻還幫忙主持籌備。」

「沒關係的，畢竟是工作。」茜擦了擦眼睛，挺直背脊，但很快又垂下了頭。「抱歉，我離開一下。交給你們了。」

她對祭壇旁邊的信徒們如此交代完，便匆匆走向門口。胖女人慌忙追在後頭。她朝茜說著「對不起」、「我沒有責怪妳的意思」，嗓音逐漸因為激動而走調。餘下三名浮世的人同樣不自在地站起來，步出餐廳，新到來的訪客取而代之走了進去，是對老夫婦，乍看分不出是信徒還是浮世的人。

我繼續拍攝下去。雖然有向幾名浮世的人和信徒稍作打聽，可惜沒得到什麼有料的證詞。

腦中的疑慮更加擴大開來。

茜的每一個行動全都不能相信。不只是守夜，連告別式也在十萬火急地準備途中。一被浮世的人指出這點，竟然連眼淚都能掉出來，以此讓人噤聲。從這裡離開的行為，我也只把它解讀成單純為了逃跑而已。

從客房出來後我站在圍欄邊窺看底下的動靜。在草叢的一側，低頭摀住臉的茜正被那四個浮世的人包圍。胖女人溫柔地搭上茜的肩膀，說了一些話。

## 16

茜回來後帶著我，輪流採訪信徒們的午飯、孩子們的「學校午餐」，並進一步採訪了不同於昨天的另一個「家庭」的晚飯。

信徒們不分大人小孩皆很配合，不過他們也紛紛在鏡頭前對祐仁的死表現出感傷與悼念。他們口中所說的「現在回歸大地還太早了」、「竟然白白提早去輪迴」，雖然有種奇異的感覺，倒是能夠讓人理解話中的含意。

晚飯結束後，一停止錄影，茜就問我。

「『能用的畫面』足夠了嗎？」

「嗯，相當夠了。」

「那就好。呀哈哈。」

她的態度、口吻，與表情均回到了原先的模樣。將晚飯吃得精光的信徒們無論是大人或小孩，全都手腳俐落地開始收拾餐桌。每個人都是面無表情的樣子。

我向他們道過謝後，便隨著茜一同離開房間。在走出公寓大樓的出入口之際，我詢問告別式的時程安排，她說了聲「稍等一下」後開始滑手機。茜背對我，走到無法聽見她說話的距離去。大概是透過聊天室與電話在和信徒們取得聯絡吧。我默不作聲地盯著她的背影。

約莫五分鐘後茜結束聯絡，回到這裡。

「開場訂在十點半，早上十一點開始。」

「地點呢？」

「在那座公園。」

她朝空中指去。天色昏暗加上被大樓擋住的關係完全無法用肉眼確認，但我曉得她指的方向有座大公園。採訪空檔的期間，我曾經從陽臺上看過去好幾次。公園中央有一座棒球場，在那周圍有好幾個小型遊樂場，當中設置了遊樂設施與沙坑。整座公園的外圍被一圈柏油步道環繞，浮世的人們會用來健走或遛狗。

那是在《祝祭》的尾聲中提到的，舉行祭典的會場。

「公園……所以是在外面舉行嗎？」

「是的，祐仁的資歷很長，因此會以幹部階級的規模來舉行。明天將在正中央的球場，盛大執行儀式。」

「不是，我不是那個意思，那是公共空間對吧？」

「我們有和大樓的自治會談好了，政府方面事後取得批准就行。反正這個年代，也沒有孩子會特地到那種寬廣的場地遊戲了。不管是浮世的孩子還是我們的孩子，大家都沉迷在手機和 Switch 的遊戲上。要到外面玩的話，選在大樓裡跑來跑去、搭電梯上上下下跑還來得有趣多了。」

這是新市鎮計畫的漏洞唷。她笑著說。

我的目光在無意間落到了步道之上。在柏油地面上四處綻開的裂縫中，長滿了雜草。大樓的外牆也處處布滿黑斑，非常老舊。我想起在公園步道上健走的人，盡是些上了年紀的老人。

「與其說是寄生……其實是共生嗎？」

這句嘟囔脫口而出。茜用動作表示疑問，我於是簡單解釋了昨天望著大樓時心裡想到的景象：大地之民看起來就像從新市鎮吸取養分的槲寄生——就像一種寄生植物一樣。

「太誇張了啦，說什麼共生。」茜一臉可笑地說道。「只不過是在老化後變得冷清的新市鎮一處空地裡，讓一個同樣老化後縮小規模，小小的宗教團體在其中活動罷了。我們也不是那種能在西荻設置據點的有錢組織。」

西荻位於杉並區的一端，目前做為許多新興宗教的聚集地區。儘管說不上與市中心或山手地區的高級住宅區旗鼓相當，地價也算貴的。

「妳太謙虛了。」我說。「聚集了兩百名信徒的宗教團體可稱不上小。更小的——幾十人規模的團體要多少有多少喔。倒不如說這種才是多數。說起來宇宙力場正是屬於這種。」

「哼。」

茜用鼻子冷笑一聲。

「真想不到會被人和那種的混為一談。不過是個監禁我、讓我吃盡苦頭，什麼中心思想也沒有的愚蠢集團而已。」

她沒有避諱自己的厭惡情緒。我一面後悔沒有啟動攝影機，一面提出質問：「意思是，這裡就很正派？脫教的人之中也存在不少備受痛苦的人喔。我說的是小野寺先生和尾村小姐。」

「是上個世代的人們呢。」茜點點頭，「是因為遭到蠻橫不講理的強制脫教的關係唷。思想與生活一旦被迫做出劇烈改變，人類很簡單就會壞掉了。關於這方面的問題，矢口先生你也很了解才對吧？」

「但是——」

「水橋先生也在《祝祭》中敘述的時間點算起大概五年後，結束替人脫教的生意了。透過文章的敘述，你應該明白他過著頹喪的生活吧？那個時期的他，早已對於強制他人脫教這種行為的暴力性感到煩惱了。這並非善行，何況站在生意的角度而言也很缺德。當時的他好像是這麼想的。」

「水橋先生現在在做什麼?」

「因為生病去世了。差不多是前年吧，我們從他弟弟那裡收到了服喪期間的明信片喔。我們一直以來只有透過互寄賀年卡保持聯絡。據說後來的他將當時累積的人脈全數斷絕，搬回青森的老家，過著近乎隱居的生活。」

怪不得會無法掌握他的下落。儘管明白了真相，卻一點也痛快不起來。關於那些脫教的人，茜的理論以一般的情況而言是正確的，能否套用在大地之民上則是另外一回事。

要說為什麼的話——

「小野寺、尾村這兩人會陷入痛苦，貌似不是因為被強制脫教的關係喔。」

茜眨了眨眼。

「你的意思是?那兩位說了些什麼嗎?」

「妳很在意嗎?」

「討厭啦，不要岔開話題嘛。他們可是我們曾經的同胞唷。肯定會在意的，不是嗎?」

「教團不是知道對方的聯絡方式嗎?我是透過久木田先生帶著的名冊知道的喔。好像是從這裡帶出去的東西。」

「咦?祐仁帶著的?」

她用手抵在嘴邊，沉思起來。一雙大眼睛游移不定。

「……我有點，搞不懂耶。這是什麼情況？」

從她的嗓音裡透出困惑。雖然她想掩飾，但失敗了。

「說起來矢口先生，你和小野寺先生他們談了什麼？」

「究竟談了什麼呢？」

「請你告訴我。前信徒毫無根據的說詞被播出的話，我們會很困擾。」

「毫無根據？」

「是的，我們不可能對貶損教團的發言坐視不管。」

我瞪向她。

「妳以為，小野寺先生他們為什麼會做出貶損你們的發言？我只不過說了，『貌似不是因為被強制脫教的關係』而已喔。」我如此質問。

茜沉默不語。那副虛偽的表情消失得無影無蹤，取而代之是一對鋒利的目光回看著我。

我維持面無表情的模樣，在心裡小聲地呼喊痛快。

茜出現了動搖。她在曉得我採訪過前信徒後，逐漸失去了冷靜，為了那些掌控外的人們暴露出的一部分不利的事實而感到焦慮。結果，變成了典型的自掘墳墓。

打從來到這裡算起，風向總算有了變化。開始朝對我有利的方向吹動了。這樣的話，要做的事只有一件。

我把要求說出口：「能讓我見會長嗎？從小野寺先生他們那裡打聽到的內容，我會在那時候傳達的。」

有一瞬間，茜目露凶光瞪向我。

而等到她開口，是在將近沉默了一分鐘後的事。

「……我去向小慧斗轉達。明天回覆你。」

那道目光就連一刻也沒從我身上移開。

公事公辦地確認過明天早上的日程安排後我便與茜分別，回到客房內。我坐進沙發裡試著放鬆全身的力氣，然而緊張感一點也沒消退。

今天的採訪結束了。到了明天首先要拍信徒們的早飯，接著是祐仁的葬禮。這樣就全部結束了。採訪收工、攝影收工。回去後直到隔天都要投入後製編輯的作業，晚上前往下一個現場。預定行程緊湊得絲毫沒有餘裕，不容變更。

我一邊替攝影機充電、備份資料，一邊盤算這之後的事。越是思考就越是萌生出焦躁感來。

祐仁死了。我不認為是巧合。

葬禮的安排過於迅速，這點也很不自然。

茜的態度、信徒的言行舉止，無法理解的地方多如牛毛。說起來慧斗不在我面前現身這點也教人不能理解。這絕對很奇怪。

即使做到了讓茜動搖，提出對我有利的交易，我也不認為因此就能了解真相的全貌。不能就此停下腳步。可是接下來該怎麼做？要做什麼？

別著急。冷靜下來。能做的事多得是。

好比說要從這個房間出去是容易的，要想到處探查也有可行性。除了調查這群人以外也還有其他事可做。就算是下山離開這座城鎮四處遊玩也可以。我既沒被監禁，也沒被監視。所以說——

監視。

我反射性站了起來。

第一步先從餐桌的底下開始查看。沒有任何發現。

然後是沙發和牆壁之間的空隙。這裡也沒有任何東西。

我用手機放大音量，隨便播了首歌，並開始在各個地方翻找。天花板吸頂燈的燈罩內側，沒有。換氣扇的內側，沒有。壁櫥內部，沒有。

縱使推開床也只看到牆上的插座，以及白色的三面插座。三面插座被插在壁面插座上半部的兩個孔上。正當我發出嘆息準備把床回歸原位的時候，身體不由自主地僵住了。一種異樣的感覺遲來地湧現。

不對勁。

壁面插座和牆壁上覆滿灰塵，然而在三面插座上卻完全沒有。

從外殼光澤來判斷似乎是新買的。不想太多的話，看起來就是最近才被插在這裡的。可是，三面插座上沒有插上任何插頭，沒有任何東西接在上面。

也就是說。

我彎下腰慢慢拔開三面插座，轉到背面。

在插座內側的兩個腳之間，貼了張寫有「Ａ」字母的貼紙。

我靜靜地深吸一口氣。心跳一點點地躁動起來。

這是竊聽器。

網路上就能簡單入手，隨處可見的其中一種款式。貼紙上的字母代表波段代號——用電視來比喻就是頻道，藉由在接收器上切換波段代號的方式，來選擇想收聽的竊聽器。這是在好幾年前一個我有參與製作的節目中，和專門尋找竊聽器為業的業者經過密切相處之後得來的知識。

我站在床的旁邊，手裡握著三面插座全身僵硬不已。明明不熱卻有汗水滑落臉頰。

被偷聽了。這麼說的話，我跟祐仁談過話的事同樣被知道了吧。雖然我不認為有辦法連祐仁的說話聲都收得到音，但有其他方法。

握著插座的手緊緊攥成拳頭。我顫抖著手將竊聽器依原樣插回壁面插座，隨後往牆上的時鐘看去。時間剛過晚上八點。

# 17

我搭著電梯上到十三樓，來到祐仁曾經住過的客房前按響門鈴。無人應答。就算重複一次動作也只得到相同的結果。

確認過走廊上沒有其他人後，我悄悄拉開門。笨重的門扉毫無阻力地敞開，能窺見漆黑的室內。我因為興奮與鬆懈而感到一陣輕微的頭暈目眩。

我溜進房裡，緩緩關上門以防發出聲響，而後上鎖。當眼睛習慣黑暗以後便把手伸到牆上的開關，按下去。

屋子裡的走廊電燈亮了。

我將脫下來的鞋子收進背包裡，朝客廳走去。用手機的手電筒照過去，看到祭壇浮現眼前。蠟燭與線香的火已經熄滅了，不過祭品還保持原樣留著。

我一面仔細留意不讓光線透到外面去，一面著手搜查屋內。後悔的念頭很快就湧上心頭，臉上因為焦急而不停冒汗。

會選擇這個房間做為「籌備」的會場，肯定是為了要回收竊聽器，恐怕也有方便湮滅除此之外的證據的考量在吧。例如深夜時分造訪這裡，給祐仁灌下大量的酒再誘使他走到陽臺，並將他推落的證據。

至於無法簡單回收的證據——例如犯案的信徒所遺留下的毛髮或其他東西，只要讓現場變成不特定多數人會公然進出的場所就能蒙混過去。

祐仁，是被這群人抹消掉的。

因為他們害怕對教團不利的真相被洩漏給外界，也就是我。是茜下的指示嗎？還是在她之上的慧斗下的指示？

我深怕自己到頭來會白忙一場，也怕自己推論錯誤。儘管如此還是無法只是坐以待斃。

餐桌上散落著點心的包裝袋，地板的絨毯上掉了許多仙貝與餅乾的屑屑，隔著襪子有踩到的感覺。我也相信這肯定是故意的。偽裝出雜亂的場景，實為掩蓋證據用的狡猾加工。

到處翻找卻一無所獲。我在祭壇的前方嘆氣。關掉手機的照明後，回到漆黑之中觀察周遭。

我看見了這群人背地裡的嘴臉，準備揭露，如此想著開始行動，卻馬上就碰了壁，亦沒有下一步的想法。快想辦法，即使我這麼命令大腦也沒有浮現任何點子。

冰箱的嗡嗡聲令人感到刺耳。遠處傳來手機的震動聲。嘟嘟、嘟嘟，在黑暗中響起好幾次聲音。

大概是訊息吧。製作人或導播前輩傳來的，要不就是後輩吧。不管是誰想來都是工作方面的聯絡。煩死人了。現在不是處理那種事的時候。我抓住手機——

接著當場呆立原地。

發出震動的，並不是我的手機。

我豎起耳朵，挪步走向聲音的源頭。在廚房一角，瓦斯爐底下的地板正依稀發出亮光。那是螢幕朝下放置的手機所發出的光芒。

我將手機撿起來確認畫面。通訊軟體收到十幾封新訊息，其中的最新一則只顯示出開頭的部分。上面也顯示了發送者的名字。

**飯田茜**

**怎麼了嗎？　關於最終確認請到後山……**

呼吸急促了起來。

我丟下手機，用夾克外套擦抹汗溼的手掌，隨後飛奔出客房。

重新讀過《祝祭》的內容，裡面沒有具體透露後山位置的記載。不過這一棟棟並列的公寓大樓後方就有好幾座山相連，肯定是這其中的一座錯不了。我爬上坡道穿過大樓間的小路，尋找看看是否有通往群山的走道。

我在路上沒和任何人擦身而過。沒有見到任何人。從遠方傳來綜藝節目的笑聲和配樂。是老人家沒注意到窗戶開著，就把音量放大在看電視。如同茜所說的，光明丘確實在衰老當中。

當我在最鄰近山邊的大樓附設停車場內走動時，注意到柵欄上開了一個大洞。柵欄旁邊有塊藍色防水布被人整齊地摺疊放好。防水布的上頭有個用紅色膠帶貼成的「禁」的字樣，輕輕攤開後能看到相鄰的位置貼了「入」，另一側貼有「止」的文字。

貌似是用來遮住柵欄大洞的東西，現在被某個人拆下來了。

就是這裡嗎？我將手搭到和我差不多高的柵欄上面。洞的另一頭好像是獸徑的樣子，太暗的緣故看不太清楚。在確認過周圍沒有任何人後，我便穿過大洞，步入獸徑之中。

原本想要開啟手機的手電筒，最終卻作罷。我從後背包裡取出並啟動手持攝影機，切換到夜拍模式。液晶螢幕上顯現出青綠色的樹林與獸徑。利用這項機能呈現出的範圍雖然狹小，但就算身處一片漆黑中也能確保視野明亮，如此一來哪怕沒有照明也能看見前路了。我用手遮住機身側邊用以表示開機狀態的綠色指示燈號後，便踩著獸徑前進。

許是坡道相當陡之故，又或許是我太在意周遭動靜的關係，稍走幾步路呼吸就開始紊亂了。一種宛如暈車的感覺襲上來。我一想像這之後會遇到的狀況，背脊登時竄升寒意。明明還猜不出等在前方的東西，可就是如此我才淨冒出些討人厭的預感。

不就是這點程度的小事嗎？我在心中自嘲。

得。

體會到人身危機的經驗過去多得是。十幾歲的時候過的每一天就是危險本身。工作後曾經將近十天通宵不睡而讓腦袋昏昏沉沉，或是曾在國外被幫派纏上，因為這類情況從而意識到死亡的經歷不勝枚舉。然而沒有一次像現在這般地雙腿動彈不得。

從樹林的對面傳來聲音，我頓時臥倒在地。將身體藏進草叢中，屏住氣息，卻沒有任何人過來。只是小動物，或樹果一類的東西掉進草叢裡而已嗎？我對於自己警戒過度的表現感到不爽，與此同時再度邁開腳步前進。

我在攀登這條獸徑的途中絆到好幾次。喉嚨叫囂著乾渴，雙腿訴說著痠痛。從攝影機畫面上的電子時鐘來看，進入山林到現在似乎過了十五分鐘多的時間，體感上則完全不讓人這麼認為。我總覺得已經持續走了一小時以上。夜空被群樹遮蔽的關係幾乎無法看見，讓我漸漸搞不清楚自己位在山上的哪一帶了。

難道不是這裡嗎？這次才是真正的徒勞無功嗎？就在我這麼想時，我在畫面深處看見奇怪的景象。獸徑一分為二，右手邊是平緩的坡道，左手邊是條陡坡，陡坡的盡頭一路延伸到草叢裡便消失了。那些草叢就像曾被人撥開、踩踏過似地凌亂。

我毫不猶豫朝左手邊前進。什麼發現都沒有的話只要折返回來，走右手邊的坡道就行了。於是我順著傾斜的坡面往上爬，撥開草叢走了進去。

畫面中間變成了一團黑，是洞穴。草叢裡開了一個洞。洞穴內側被人用混凝土加固，並架了鐵梯。我彎下腰，用肉眼查看那具梯子。梯身是老舊了，但沒有生鏽。看來現在也還有人在使用。心臟一下子劇烈跳動起來，我擦掉從額角滑落臉頰的汗水。

洞穴相當深，透過攝影機畫面什麼都看不見。即使我憋住呼吸往內窺探也一樣。會不會下一秒就從裡面冒出什麼東西來？一思及此身體就不住打顫。我使盡力氣抓住洞穴的邊緣。對於洞穴內部感到在意，同時也很在意背後的動靜。

隱約能聽見聲音，是從洞穴深處傳來的。聲音仍在作響。其中也混雜了像是說話的聲音。有什麼人在裡面。果然就是這裡，我沒有弄錯。

我將攝影機扔進背包，用雙手握住鐵梯的兩端，小心翼翼地踩上梯子的細橫桿。將意識集中在距離遙遠的下方，盡可能不發出聲音朝洞穴內部移動。

與獸徑相同，鐵梯感覺上也長得教人難以置信，不過實際上應該只有十幾公尺左右吧。當腳踩上不同於鐵梯細桿的堅固地面瞬間，我嚇了一跳，一股恐懼感竄遍全身。

鬆開手的時候同樣留意不發出聲音，並凝神注視黑暗。眼前有個直徑大約二公尺的橫向洞穴。不對，說是走廊會比較適合吧。地面被整平過，這點利用從遠方透過來的微弱光線可以看出來。隔了幾公尺左右的前方有個轉角，在那邊的盡頭似乎就是光源的所在地。根據光線狀況我做出如此推測，同時豎耳聆聽。聲音還在繼續，不過沒有靠近的跡象。

我踏進漆黑色的走廊。

一過轉角便如預想中的出現光源——是照明設備。天花板上每隔一段相等距離，就有一顆發光的燈泡。

這裡有通電。此刻確實有人在這裡活動。或許是有空氣流通的關係，燈泡出現些微的晃動，光線與影子因此隨之搖曳。壁面很冰冷，到處充滿裂痕，長滿苔蘚。

我再一次拐過一個轉角後，出現一間寬敞的房間。在房間左右側與裡面的牆壁上，各裝設了三扇發黑的門，以相同間隔一字排開。

房裡很亂。各個地方放有鋼架，上面擺了紙箱與保麗龍箱。從沒有桌椅的部分來看，這間位於中央的房間可能被當作倉庫來使用吧。

從對面的牆壁裡傳來聲音。似乎是那三間房間的其中一間裡，有誰在說話。從掉在祐仁房內的手機來判斷，至少能確定一個人選。

我躲在雜物與鋼架的後方，朝對面並排的門扉走近。聲音是從正中央的門後面漏出來的。門只打開一點點空隙，無法看見裡面。

我將臉湊近門縫。

「……已經結束了嗎？」

「是的。」

「那個電視臺的人也睡了嗎？」

「要確認睡了沒有點難度……」

「這樣啊。算了，他好像什麼都沒察覺的樣子，明天再蒙混過去一天，他就會回去了吧。只要再撐一下就好了唷，各位。」

是茜的聲音。她和幾個人在說話。

「採訪的部分，雖然拒絕也好，不過我想說在最後能有一次機會，和那種人談談看或許也不錯。畢竟那個節目很有名的嘛。」

「年輕一輩的好像很樂意接受。像我們家孩子就很高興。」

「你們家孩子是說小夢嗎？還是大樹？」

「小夢。」

「哦，她好像很喜歡呢。先不談這個，大地之力準備得怎麼樣了？」

「準備好了。」

「全部嗎？」

「是的。」

「不好意思，B還沒完成。」

「咦，我可沒聽說這件事唷。」

「是我這裡沒有傳達好，實在非常抱歉。」

「等等，這和說好的不……」

「哎呀，別放在心上。還沒到需要著急的地步。呀哈哈。」

茜居中斡旋讓現場安靜下來。說話的人一共有三人，不過裡面似乎有更多人的樣子。或許是幹部們吧。慧斗說不定也在。

不對，比起那個現在更要緊的，是大地之力。

從茜口中明確說出了「大地之力」這個詞。按照剛才的對話來看並不是什麼抽象的概念，是指稱某種具體事物的用詞。但我聽明白的也僅此而已。「全部」所指為何？「B還沒完成」又是什麼意思？照這樣想的話也有A存在嗎？

「照常進行嗎？」一道不屬於茜的聲音發問。好像是個男的。

「不會延期。照原定的在後天早上實行。」茜給出回覆，並用陶醉的口吻接續：「哎呀，應該能趕上的。這樣總算能讓環加速轉動了。大地之民的夙願終於得以實現。不只是我們，大家都能夠回到應有的樣子。」

聲音大聲了起來。與之相隨的，還有好幾道似是感慨的嘆息聲此起彼落。好像是其他人在表達同意。

「沒有錯吧？會長。」茜問道，那句話的語調總有種稚氣的感覺。

我的全身更加被緊繃的情緒牢牢纏繞。她在。現任會長——權藤慧斗，就在這扇門的對面。我將全部的精神集中到耳朵上。

沒有聽見像是回應的聲音。

「呀哈哈。」

茜在笑，其他人也笑了。她是用動作來回答嗎？或是聲音很小？我想把門縫再推開一點。想偷偷確認那些人的、慧斗的樣貌。

「來轉動輪迴之環吧。用自己的手，用我等這雙手來！」茜高聲說道。「連同委身的浮世之人的份一起！」

我有在哪裡聽過。這個，這句話是《祝祭》的卷頭詩。遣詞的方式不同，但明顯說的是同一件事。

一陣冷意襲遍我的全身，皮膚起了雞皮疙瘩。內心的感受後知後覺地湧現。毛骨悚然。這些傢伙令人毛骨悚然。在這種深山裡，這間莫名其妙的地下室內——

走廊的另一頭，從洞穴的方向好像傳來什麼動靜。

下個瞬間，哐，一聲巨大的聲音在房間裡響起。

是我的腳踢到鋼架的聲音。

門的另一邊發出慌亂的碰撞聲。糟了。我盡量不發出腳步聲小跑步地從雜物堆之間穿過，伸手搆到隔壁門的把手上。門比想像中還要輕地打開了。確認過裡面是一片晦暗後，我趕緊鑽進門縫藏身進去，反手悄悄把門帶上。

一躲進黑暗中憋住呼吸，就換成倉庫出現一陣騷亂。茜的聲音響起，也有其他人的聲音。聽起來是在迎接新到來的某個人，正在交談的樣子。新來的人說話聲好像非常惶恐。不管哪道聲音都只聽得出情緒與氣勢，無法聽見談話的內容。縱然我很想偷聽也只得保持安靜忍耐。

茜他們的聲音與腳步聲在倉庫裡停留了一段時間，不久便朝反方向——洞穴那一頭遠去，逐漸沒了聲息。

已看不到原先隔著門還隱約可見的光線，因此可以知道燈光熄滅了。

他們離開了嗎？回到光明丘的公寓大樓了嗎？我花了五分鐘左右在暗中窺視動靜，確認過沒有任何聲響與說話聲後，才取出攝影機拿在手上。

液晶螢幕上浮現出青綠色的景象。

無法相信映入眼簾的東西，我連眨了好幾次眼。用袖子擦抹乾淨畫面，上頭的景色依舊，沒有任何變化。我應該不是看到幻覺，然而難以認為這是現實。我取出手機開啟手電筒。

光圈照亮了房內的角落。

被破布包起來的那些東西掉了好幾個在地上，堆疊在一塊。布料有大半經過風化變成黃土的顏色，上面破了好幾個洞。從洞中散落出乳白色的東西。

骨頭——是人骨。

頭蓋骨、鎖骨、肋骨。形狀眼熟的骨頭被擱置在房內的左邊角落，用布包住。那些散在地上的是指骨吧，看不出是手還是腳的。

不只一、兩個人，這裡擺的人骨足有十人份以上，被疊起來放在一起。不對，說是被藏在這裡應該會更恰當。唯有一具被扔在隔了一段距離的地方——房間的右邊角落。

我一邊摀住嘴一邊舉起手機，觀察那具人骨。看不出是否有外傷，更推測不出年齡。不過光就肉眼能看出的狀況來判斷，應該不是小孩子的骨頭。心裡出現一絲絲的釋懷，但轉瞬即逝。

不清楚這些是什麼時候的骨頭，所以也可能是遠古以前的人類。並非屍體遭人遺棄，不是背後牽涉案件的東西，單從理論出發的話，這種可能性相當高。但是我的內心否認這個看法。這件事非同小可，我的感性正如此控訴；以及它同樣在控訴著，那群人並不正常。

再多調查一下骨頭吧，也錄影存證。要用手持攝影機來錄嗎？還是用手機？就在我猶豫不決時，金屬摩擦的嘰軋聲從背後很近的位置響起。

我嚇了一大跳。雖然立刻回頭想要退後，卻被迎面而來的強光照得動彈不得。

「你是矢口先生，對吧？我沒認錯人吧。」

女人的聲音響起。很低的聲音。總覺得對方有種急迫的感覺。

「回答我。」

「嗯。」

以手護住眼部的同時，我用最簡短的話語應答。

「你知情到什麼程度？」女人問道。

「要說什麼程度……我都已經找到這東西了喔。」

我指著背後的人骨。

「這裡到底是怎樣？我是不曉得妳是哪一位，但妳是教團的人沒錯吧。」我豁出去對她提出質問。

她在躊躇片刻後，回答我：「我叫作百瀨朋美。」

那個名字與記憶產生連結。沙啞的聲音從我嘴裡擠出來：「妳是《祝祭》的……曾經跟慧斗一起，對抗宇宙力場？」

「沒錯。」

可以感覺到光源降到了腳邊。於是我一點一點睜開眼皮，讓眼睛習慣。

站在眼前的，是一名高個子的年輕女性。尖銳的瓜子臉怎麼看都像是二十幾歲的人，可是一頭長髮有過受損的樣子，顯得毛躁蓬亂。

「這樣算……什麼？」她喃喃自語。

那張沒有表情的臉龐，微微地扭曲起來。現在發生了什麼？她想說的是什麼？我在一頭霧水的狀況下觀察她的樣子。

「這條路才是正確的嗎？是真正的大地之力？果然，是這樣沒錯。」

「那是什麼意思？」

我直截了當發問。她的目光中霎時流露出悲傷，緊抿雙唇，臉上到處皺起不自然的皺紋。

經過好幾次的欲言又止後，朋美總算一口氣開口：「請你阻止大地之民。要不然，會有大量的人死亡。」

在她的旁邊還有一個人，一名女性站在那裡。是矢口櫻子。

# 18

從窗簾底下透出微弱的光線，照進房間裡。夜色貌似漸漸轉亮了。我的全身沉重無比，不過腦袋很清醒。凝滯的空氣貼附上身體，我因為感到不快而嘆出一口氣。

我坐在客房起居室的沙發上。回到房間後整晚沒睡。手掌上充斥著不舒服的粗糙感，是被土、草和鏽垢弄髒的。

睡不著。就連走到洗臉臺前扭開水龍頭，把手洗乾淨都做不到。做那些事的餘裕，已經從我的身體裡完全消失了。

接下來自己要做的事，真的是正確的嗎？

這恐怕是一場巨大的誤會。或許是個愚蠢的行動。

就結果來說，也許會招致無法挽回的悲劇也說不定。

孰真孰假？哪個是真實，哪個又是我的一廂情願？我變得難以從中區分。

我反芻著幾小時前剛發生的事。已經不曉得是第幾百次在回溯了，但我依舊回想起與百瀨朋美和矢口櫻子的對話。

「會死？」

針對我的疑問，朋美咬了咬嘴脣。保持沉默等待片刻後，她抓住自己的長髮說道：「大地之民的事，你知道多少？」

用問話來回答我的問題嗎？她是能夠正常對話的對象嗎？我浮現疑問，考慮到她可能陷入和祐仁相同的精神狀態。可是一味困惑的話事情並不會有所進展。

「我讀過《祝祭》了。現在正透過飯田小姐的介紹做採訪喔。」

是嗎？她的表情只放鬆了些許，並接著說：「大地之民是……上一代，權藤尚人創辦的團體。最初只不過是個小型的、非常小的聚會罷了。據說權藤尚人來到這裡的時候，起先只打算開設醫院。不過——」

她把雙手交叉抱在胸前。

「上一代——會長有說過，自己會覺醒，正是因為發現了這裡的關係。身為大地之民會長的自己，獲得了大地之力。這無庸置疑是命運的安排。一切俱是大地之力的指引。」

我沒有說話，示意她繼續講。櫻子同樣保持沉默。

「聽說這裡是會長在山裡走動的途中，偶然發現的。當時連獸徑都沒有，洞穴還被疊起來的石頭藏住。鐵梯也腐蝕了。」

朋美的視線在房間裡到處游移，彷彿魂不守舍似的。

「這裡是登戶研究所的設施。」她說。

呵。嘲諷的冷笑從我口中逸出。

我從沙發上抬起頭，緩緩眺望灑滿屋內的晨光。清淨的光輝會將那些愚蠢的惡夢驅散得無影無蹤。我抱著這種虛幻的期待。

登戶研究所。好幾年前我為了籌備節目查資料時知道的。原本是大正時期所設立的陸軍科學研究所。戰爭結束後各種相關資料隨即遭到銷毀，長久以來被埋沒在歷史之中。等到當初的實際情況明朗，都是昭和時代即將結束的時期了。

研究所的設立目的在於開發兵器，基地所在地位於現在的神奈川縣川崎市多摩區。那個惡名昭彰的七三一部隊，似乎也是因為有了登戶研究所才得以成立。據聞當時也有投入殺人光線與強力電波等等，這類如今看來只覺得是笑話一場的研究。或許是因為這層關係，也常被許多神怪漫畫和小說奇譚拿來當哏使用。

那種設施為何會出現在這種地方？

在戰敗跡象愈發明顯的時期，軍方為了防止被空襲破壞，好像曾將設施分散到全國各地。話雖如此，想不到竟然會蓋在這種地方，一時間教人要如何接受。光明丘在建立新市鎮以前不過是座農村，何況過去的這裡應該同樣是深山才對。相關人員要往返多半也很困難吧。

實在太荒謬了。這肯定是在做夢。只不過是我讓妄想膨脹得太過頭，才會夢見荒唐的夢。全是因為我想相信，那些傢伙是危險的邪教集團的關係。

「這裡被從紀錄上完全地抹除，除了我們以外沒有人發現。而上一代在這裡發現了某樣東西。」朋美說著，櫻子在旁頷首。

我們正身處地下室，一間四處散落人骨的房間裡。

「最早發現的大地之力，現在被稱為大地之力Ａ。」

朋美不疾不徐地往我走近。我動彈不得。一種像是被麻痺的感覺襲來，我當場僵住不動。她的臉和茜一樣年輕。

「你很在意這張臉嗎？這是大地之力Ａ的傑作。」彷彿看穿了我的想法似的，她對我說。「就算不到小茜那種程度，對我來說效果也已經夠了。明明都快五十歲了，居然還能保有這種長相。不過，這種事現在怎樣都無所謂，必須盡快阻止大家才行。」

「妳在說什麼？」

「那些骨頭是宇宙力場的信徒。」

她指向我背後。

「他們的教主御言也在裡面喔。小茜的母親也在。雖然不曉得是哪一個，事到如今我也不想確認。用大地之力Ａ奪走人命，再由大家一起把人搬到這裡，肢解掉只留下骨頭，做出這些事的人是上一代，還有當時的大人們。」

「怎麼可能。」

感覺頭頂照下一道光。一道不祥的、邪惡的光束。身體不由自主一陣戰慄。

「嗯。」朋美盯著我說。「上一代發現的，是研究所為了用作生化武器而培養出的大量的肉毒桿菌，一種在生物界當中能製出最致命毒素的，最強的細菌。你知道嗎——通常這種菌生存在地面底下。所以說——」

所以，才稱為大地之力嗎？

「他們當初趁著那些人在集會所用餐時，事先把肉毒桿菌放進茶裡了。實際負責行動的是脫教屋那些人，等效果開始出現要等到兩天後。所有人都死在這裡。他們被脫教屋引誘過來這裡，被監禁起來。不對——正確來說是被脫教屋和我們監禁起來的。那齣逃跑戲碼，還有那個像是使用了詭異力量的劇情高潮，全是為了隱瞞真相所捏造出來的橋段。」

原來從大樓集會所那段開始，就是捏造的故事了嗎？我現在才恍然大悟。確實是有奇怪之處。不可能會有像那樣粗糙的脫教作戰。水橋怎麼可能會和御言直接照面，再怎麼說也未免太魯莽了。

「關於這張臉我也做個說明比較好嗎？」

「打了肉毒，是嗎？」我問。

「沒錯。」她答道。

工作性質的緣故，我有這方面的相應知識。肉毒桿菌注射，是一種利用肉毒桿菌毒素讓局部肌肉放鬆、撫平皺紋的療程。在醫美整形業界是種相對簡單的療程，藝人中不分男女同樣存在許多愛打的傢伙。

「治好小茜跟慧斗的癱瘓，也是肉毒桿菌。藉由讓肌肉鬆弛來達到根治癱瘓的問題。」

不是什麼超自然的力量，也不是什麼可疑的替代療法。《祝祭》裡所說的大地之力，其實是由地底下的細菌製作出的猛毒衍生物。

「上一代的權藤尚人，相較之下是個比較正派的人。就算發現了這個基地和肉毒桿菌，受到天啟，將這種力量稱作大地之力，也只把它拿來用在治療癱瘓上。那場消滅宇宙力場的行動，直到最後一刻他都在掙扎。在背後推他一把、讓他殺害大量人類的人——你已經曉得了吧——就是慧斗。」

朋美的說話聲迴盪在這間陰暗的房裡。

我震驚得直打哆嗦，可同時也覺得能夠理解。

「是慧斗做的？」

「對。」

她開始說明。

慧斗巴結權藤尚人，讓兩人關係變得親密，好從中一點一滴將大地之民的實權掌握在手裡。不知從何時起還改姓了權藤，實際上兩人並沒有結婚。

成為會長夫人的慧斗，開始投注心力在擴展大地之民規模的事業上。她搾取信徒的資產，強迫信徒們與家人切割，如此這般地壓搾數十、數百個人，摧毀了這些人的家庭。

葛原一家也是當中的受害者。矢口櫻子也是其中之一。

還有她的一個兒子。

「大地之力。慧斗逐漸被那個理念束縛，變得一心執著在這上面。其實不管哪個概念都是權藤尚人構想出來的，盡是些常見的，模仿唯靈論的產物而已，可是她開始說出一些莫名其妙的發言……」

她開始注射肉毒桿菌，也強迫其他幹部注射。

對於不服從的信徒甚至會用肉毒桿菌毒素將之殺害，然後讓其他信徒們目睹這些人痛苦著、一步步死去的模樣。

小野寺和美代子畏懼的，恐怕就是這個。

權藤尚人開始害怕慧斗。

所以慧斗除掉了權藤。

「除掉，意思是……？」

「就是那個。」

朋美指向放在另一邊，唯一被整具擺放出來的人骨。頭蓋骨倒在地，上頭的深黑色眼窩正盯著我。

我並不意外。要說完全沒預期過是騙人的。我曾在心裡的一個角落偷偷懇願，堅信不疑著。恐怕是在來到這裡之前就猜測過了。在我看到小野寺跟美代子，還有祐仁那種異常舉止的時候。

如果是權藤慧斗，應該會滿不在乎地幹出這點程度的事情吧。我曾這麼想。

「你還記得《祝祭》的開頭嗎？」

朋美站在我的身旁發問。那張不帶一丁點皺紋的臉看上去儼然一副假面具，我不禁向後退開。她露出悲傷的微笑，可就連那個表情也讓人覺得像是一具機械。

「生命自大地降生，汙濁大地也，歸於大地終將再度自大地降生。委身於此輪迴環，乃常人宿命。來吧，是時候讓我等親手主宰……」

說話的是櫻子，用著沙啞的嗓音背誦詩文。一等她說完，朋美便接在後面開口：「這是權藤做出來的詩。只講究意境卻言之無物，純粹是些空泛詞彙的排列組合而已。然而慧斗賦予了這首詩意義。」

我透過眼神表示自己的疑惑。

她在開口前再度停頓了一會。

「人類僅僅是委身於生死的存在。但是我們大地之民不同，能夠用自己的雙手去轉動生死的輪迴之環。不對，是非去轉動不可。慧斗是這麼解讀那首詩的。解讀了，並且深信必須要實踐才行，必須將之奉為我們自身的使命。加速轉動生命的輪迴環……簡單來說就是大量殺人喔。運用在這裡發現並完成研究的新型武器，屠殺大量的人。時間選在……」

後天早上。

「該死。」

我從沙發上猛站起來，使出狠勁踢飛掉在腳邊的坐墊。坐墊撞到牆上，彈落地板。那道聲響與動靜，對我來說全像是從遠方傳來的。在我與外界的中間，隔了一張看不見卻厚重的膜。我整個人淪陷進這種感覺裡。

現實正搖搖欲墜。

邪教集團利用從歷史上被抹除的屠殺武器的殘骸，正在計畫無差別恐怖攻擊計畫的根據來自一個空前的誇誕妄想。

何等荒唐的杜撰故事。東京地鐵沙林毒氣事件的確在現實中發生過，但像這樣的事件，在這個現代，這個國家，不可能一而再再而三地發生。從機率來說根本不可能。

說起來邪教團體的暴力行徑，通常有針對內部的傾向。奧姆真理教是個例外。如果告訴我他們打算集體自殺還比較可信。這在人民聖殿教和大衛教派，還有天堂之門都發生過。

然而——

朋美與櫻子引領我到地下室的——她們口中的「基地」的其他房間查看。不計其數的檔案夾、保管書面資料的房間、擱置老舊生鏽的謎樣機械的房間、擺放嶄新機具的房間。

走進最後被帶到的房間裡後，她把手電筒舉高。

「靠我無法阻止他們。慧斗已經說什麼也聽不進去了。小茜也一樣。其他人也都……」

朋美吸了吸鼻水。

圓形的光圈左右搖擺，照亮房內的物品。

房間裡擺滿像是新搬進來的鋼架，以相等的間隔排排設置，架子上有好幾十瓶像是小水壺的黑色容器，整齊地排在一起。

她用燈光照向那些黑色容器。

「這是大地之力B。當時的日本軍稱之為『黃彈』，如今浮世稱作芥子毒氣。製造毒氣的機器先前還能運作，所以做出了架上的這些量。」

我攥緊兩手的拳頭。

恐懼感貫穿全身，一動也動不了。

「他們預計在新宿投放。新宿車站，平日的早上八點。這個世界上最多乘客的車站，一天當中最擁擠的時段。會利用電車的可不只大人喔，大學生、高中生、中學生和小學生都有，也會有攜家帶眷的人吧。甚至是不幸碰到尖峰時段的旅客，或者滿懷期待來到東京的年輕人。」

「別再說了。」

「你知道芥子毒氣的效果嗎？會引發潰爛喔。黏膜就不用說了，皮膚同樣會潰爛。只要稍微碰到，整塊皮膚就破破爛爛的了。接觸到這種東西會怎麼樣？吸入體內會變得如何？架子上的這些因為純度高所以是無臭無味的，當然用肉眼也看不見，所以不會被人注意到。就算想要逃跑也——」

「住口。」

我打斷她。激動地搖起頭。

「這怎麼可能！那種事……竟然想用那種毒氣無差別恐攻！」

「宇宙力場那些人的下場，難道你忘了嗎？還有權藤如今在哪裡？大地之民早在很久以前，就已經跨過那條不可逾越的線了。」

腦海裡浮現堆積如山的人骨畫面。那些被過去應該是衣物的破布包裹著，屬於御言他們的骨頭。權藤尚人的骨頭。比周遭的漆黑更深邃晦暗的眼窩。

「昨天他們也剛殺了一個人。」

這一次我沒有震驚。

「祐仁受不了良心的苛責，原本打算向你坦白一切的。所以他也被除掉了。不，是我們把他除掉了。是我們的人趁夜找上門，硬灌他酒，再把他推下陽臺。」

就跟我想的一樣。

「大地之民是殺人集團。放著不管的話會有更多人慘遭殺害。矢口先生，請你來阻止大地之民。」

「由我來？」

「是的。」

「你們這些人——這些過去的至交都說不動了，換作我這個區區的陌生人來勸又豈會有用。試都不用試就知道了。」

「不是希望你勸說他們，而是阻止他們。」

「阻止？」

「是的，這件事我辦不到，你所說的那些『過去的至交』更辦不到。所以才希望由矢口先生你來阻止。」

「怎麼做？說服他們嗎？」

「已經過了可以這麼做的時機了。」

「那不然是？」

「在明天舉行的祐仁的回歸儀式上，灑下這個。」

朋美伸出手，指向那一排排的黑色容器。

手機的存在進入視野裡。在沙發角落的液晶螢幕亮了起來。製作人發來好幾則聊天室的訊息，似乎是關於明天晚上啟程的海外拍攝的事情。明天。從昨天算起就是後天。

我的呼吸很亂。不知不覺中已經在房間裡來回走動好一段時間了。注意到臉上浸滿汗水跟油脂後，我實在忍無可忍，這才跑到廚房洗掉手和臉上的髒汙。水溫雖然半冷不熱的，卻也在沖洗的過程中消除不適，意識稍微清明了一點。我沒有擦掉臉上滴個不停的水珠，只一個勁盯著銀色的水槽與排水孔看。

從那個令人作嘔的地底倉庫出來時，我確實看到了應該前進的道路。眼前出現一線曙光，一道正解。然而現在的我再度陷進黑暗裡。站在分歧點的面前進退維艱。決心產生了動搖。

朋美的指尖所指向的，毫無疑問是那些裝有芥子毒氣的容器。她的指頭異常細瘦，和那張臉整個兜不在一起。

「在開玩笑吧？」

我發出的聲音變得異常地大聲，迴盪在整間房間——武器庫裡。

「我是認真的。」朋美答道。「即使殺掉慧斗一個人，只要再找另一個人來代替指揮就行了。無論殺掉多少上頭的人都是一樣的。所以才希望你把所有人剷除掉。希望你殺死所有成員。用這個毒氣，連同我在內。」

「所有人……把兩百個左右的人？」

「是的。」

「由我這個出於偶然今天才會出現在這裡，毫無關係的局外人來？」

「真的毫無關係嗎？」朋美問道。櫻子目不轉睛地注視著我。

她知道了嗎？關於我是她兒子的事，聽茜說了嗎？

朋美用手電筒照向腳邊。好幾個紙箱被隨意堆放在一起。近前的一個紙箱被拆封開來，從中能窺見黑色的物體。

是防毒面具。那個造型讓人想到眼角下垂的老鼠或狐狸，在電視和電影中很常見。我還是第一次實際親眼看到。紙箱裡面還能看到厚重的布料，也是黑色的。是防護衣嗎？

「請你使用這些東西。」朋美對我說。

我重新面對她的臉，一眨不眨地凝視。那是張年輕的瓜子臉。顴骨略為突出，搭上高聳的鼻梁。薄唇，尖銳的下頷。些許細長的眼中目光溼潤，唯獨那一處溢滿感情。所謂無助的眼神說的正是這副神色。

「你會答應的吧？」

她的聲音沙啞。那張臉往我貼近，重複一遍相同的話語。朋美握上我的手臂。她的掌心因汗水而溼黏。雞皮疙瘩從我手臂延伸到肩膀，再擴散到全身。

身體發起一陣惡顫，但我仍斬釘截鐵回答：「我拒絕。再怎麼說也太荒謬了，根本就是亂七八糟。竟然、竟然特地準備這種東西，還說什麼想要發動恐攻。」

「矢口先生。」

「況且妳說日期訂在後天？剛好是我結束採訪的隔一天？哪有這種巧合。」

「並不是巧合。是大地的意志。真正的大地之力。那股力量確實引導了權藤發現這裡，卻不是指使慧斗恐攻的罪魁禍首。大地並不期望發生那種事。所以矢口先生，你才會被指引到這裡來。矢口先生，你就是為此才來的。」

她的聲音激動起來，從中卻絲毫感受不到一點躑躅。

我的喉嚨乾渴得厲害，汗水滲進眼裡。

「而且，矢口先生你是適合的人選喔。」

朋美取來一瓶黑色容器，拿在手裡。手電筒的光垂落腳邊。那張臉被漆黑籠罩，更加往我這裡——往耳邊逼近。

「妳在說什麼——」

「把大地之民全數殺光。對你的母親，還有那個奪走母親的宗教團體，直接降下審判，這就是你長久以來的期盼。」

朋美的說話聲迴盪於黑暗之中。

我的手上被塞進了什麼東西。有個堅硬冰冷的金屬觸感。明明很輕卻覺得沉重得要命。

「你就是想這麼做，才會造訪這座光明丘的。」她說。

「沒有錯吧？」

櫻子的聲音接在後面。

我聽聞的剎那，汗水再度自全身噴湧而出。

朋美向我解說完容器的開啟和使用方式後，留下一句「那麼，回歸儀式上見」，便從房間——武器庫離開。我呆立於原地，聽著她的腳步聲逐漸遠去，而後開始在武器庫裡到處走動，一一查看架上放置的容器。後來也進到其他房間，瀏覽被保管在各地的文件資料。

朋美的話語一直在腦海裡翻攪，混亂的心緒更加亂成一片。

將手中的容器與防毒面具放入背包裡，抱起防護衣後，我從地底下離開。接著返回客房，整夜沒有闔眼便迎來天亮，然後就是現在。我在廚房盯著水槽，思索著到目前為止的狀況，同時也在思考接下來的事。

關於我真正想做的，還有非做不可的事。

踏著虛浮的腳步返回沙發，我抓起後背包，先確認過內容物的觸感，再打開拉鍊往裡面窺看。

理應有的東西的確就在裡面。

## 19

時間來到十一點半。多雲的泛白天色，一點風也沒有。

公園內聚集了大量的人潮，猶如沙丁魚擠在一起的情景。信徒們理當會在，倒是浮世的人也在當中互相推搡。總共應該有將近兩百個人在場吧。浮世的人大多是老年人，手拿佛珠一臉老實的樣子，仰頭望著公園的中央。信徒們全員穿著像是法衣的素白服飾。

中央搭建的祭壇比守夜時見過的還要再大一些，裡面放了棺柩。只憑如此要說詭異是詭異，不過在它旁邊還蓋了一座大約三尺高的望樓，進一步彰顯出儀式──葬禮的奇異感。

望樓上站著身穿套裝的茜。她以一副陶醉的表情俯瞰眾人，用大聲公朗誦追悼詞。戴面具的信徒隨侍在其左右。是阿蝦摩神的裝束。那些人借來的來訪神，似乎也被用在葬禮上。從設置在望樓上的幾臺擴音器中，播放出帶有廉價感的氣氛音樂。

邪教的葬禮正在肅穆之中舉行。

我用攝影機拍下葬禮中的景象。心臟跳得有如警鈴狂響，腦袋好像發熱似地頭昏腦脹。掌心和後背，從來到這裡就汗涔涔的。不停發冷與流汗的狀態，已經超過一個小時了。

慧斗應該也有來才對，但認不出是哪一個。回過神的時候葬禮已經開始，我錯失和茜確認的機會。

「那麼最後，就讓死者──久木田祐仁的肉體，回歸大地吧。」

茜的話音落下。信徒們打開棺木，將握在雙手的細沙輕輕灑入內。是在模擬土葬的場面。列席者們聚集到棺木附近，我與其中一人對上視線。那張臉我見過。是昨天那位，來過祐仁守夜儀式的肥胖浮世女性。她神情憔悴地遠眺望樓。

距離她再後面一點的位置，矢口櫻子不帶任何情感地站在那裡。

「浮世的諸位，感謝大家蒞臨，來和我們一同悼念同胞逝世，為同胞回歸大地的起程送行。」茜的說話聲伴隨大聲公的雜音響遍整個現場。「祝願大家從今往後，照樣迎來一如往常的安穩日子，我在此代替會長虔心送上祝福。」

祐仁的棺木被眾多人潮團團環繞。

「我們的同胞很幸福了。儘管死亡來臨得突然，他的生命也已屆圓滿。我們每一個人皆是如此。透過大地之力將我們聯繫在一起，成為一個大家庭。這樣的生命不可能留有缺憾。所以，回歸大地的同胞肯定會更上一層地幸福。知曉這一點的我們同樣是幸福的。浮世的諸位亦是。」

我聽著茜的言詞，內心無動於衷。在場的人們也側耳聆聽著，其中不乏閉目沉思、眼眶泛淚的人。

身旁感覺有誰在。

「你會替我們執行的吧。」

耳畔響起竊竊私語。朋美就站在我旁邊，直直盯著我看。她的眼神中滿含期待與信賴。我禁不住避開了那道目光。

茜還在說話，可我無心聽聞。

「怎麼了嗎？」朋美從旁詢問。

「就像我告訴過你的喔。機會只有現在，這個聚集了所有人的現在。」

「但是……」

不經意間望出去的視線前方，有大地之民的小孩在。是結人，和修吾，還有除了他們之外的其他孩子。孩子們注意到我便緩和了表情。結人想朝這裡揮手，被修吾用手肘撞了一下。

接著結人像是故意做出立正的姿勢，往我的方向一眨也不眨盯著，嘴巴開開闔闔彷彿一隻鯉魚似的。他似乎在說些什麼。

「我明白你很痛苦，也知道這是個無理的請求。」

從朋美的嗓音裡滲出悲戚。

我瞇細雙眼，讀取結人的口型。

「可是不趁現在阻止的話，馬上會有大量的人死去。」

我想回覆點什麼，卻說不出話來。

結人愉快地瞇起眼，單憑嘴巴的動作呼喊我。他分別做出「ㄞ」、「ㄢ」、「ㄚ」、「ㄣ」、「ㄙ」、「ㄡ」、「ㄧ」的口型，並重複動作。

「生命自大地降生……」

茜開始以一種奇異的曲調詠唱詩文。是那首寫在《祝祭》的卷頭詩。那首慧斗從中探得「使命」，但最初只是個由門外漢創作出的不成氣候的詩詞。戴面具的信徒們走下望樓。

在場的信徒們同時閉上雙目低下頭，浮世的人們看在眼裡紛紛仿效。沒注意到周遭情況而仍兀自對著我張闔嘴巴說話的結人，被修吾抓住頭壓了下去。

「汙濁大地也，歸於大地終將再度……」

來玩吧，人生遊戲。

結人的口型，我忽然間讀懂了。昨天很開心，我們再一起玩吧——結果只是這種程度的意思罷了。只是個小孩子的無聊遊戲。

「來吧。」朋美又一次開口。

「請你成全我們的願望。」

我與櫻子四目相交。她小小地頷首。

我動搖的心靜下來了。心緒如止水般寧靜。

孩提時代的回憶浮現眼前。

大地之力。家人。幸福。

櫻子的舉動讓我的腦袋冷靜下來，心情獲得平靜。幾近潰散的決意再一次變得堅定。我定睛望著她，答道：「嗯。」

攝影機對準望樓的方向繼續拍攝，我卸下後背包，取出裡面的物品。在我手裡的是防毒面具，與裝有毒氣的容器。接著打開腳邊的垃圾袋，從中抽出全身防護衣。戴上防毒面具，穿上防護衣。列席者們面朝望樓與棺柩的方向，任誰也沒注意到我。茜的視線範圍內同樣不包含我。朋美心滿意足地離開我，走入人群中消失。

套上全副裝備以後，我從群眾後方靠近，打開容器的蓋子扔到他們腳邊，而後泰然自若地退開一段距離開啟第二瓶圓筒，再度扔出去，隨後是第三瓶、第四瓶、第五瓶。

群眾之間開始傳出困惑的聲音。

等到從其中一個角落響起慘叫，是在我把最後一瓶，第七瓶扔進去後不久的事。

人群如潮水般興起騷動，浪潮愈發蔓延、擴大開來。不分信徒或浮世的人皆倒在地上打滾，難受得翻來覆去。老人在嘔吐，年輕男女淚流不止，小孩子噴出鼻血倒下。塵土瀰漫空中，一點點逐漸遮蔽視野。

望樓上的茜瞠目結舌，從她手中滑落的大聲公迸出尖銳的噪音，但旋即被人們痛苦的哀號吞沒。我隔著防毒面具的透明眼窗，冷眼旁觀這一群痛苦亂竄的人，聆聽現場的阿鼻叫喚聲。

叫聲慢慢變小。原先此起彼伏的啜泣與呻吟聲，不久後也聽不見了。塵埃消退開來。

雲霧在不知不覺中散盡，天空晴朗萬里。強烈的太陽光照耀整座球場。

球場上被橫七豎八躺倒的人群堆疊得不留縫隙。

有緊抓喉嚨倒下的老嫗們、抱著嬰孩縮成一團的年輕母親，還有摟住母親肩膀趴倒地上的年輕父親，或是抓住圍欄一動也不動的，肥胖的中年男性。

當然也有小孩在內。結人與修吾以半搭著肩的模樣，倒在望樓附近。

朋美仰面躺倒在地。那頭受損的長髮於地面鋪開四散。

曾經受訪的「爸爸」、「媽媽」們也在。有的臉上被淚水與嘔吐物弄髒，有的宛若胎兒一般蜷縮躺下。

矢口櫻子以一種猶如跑步中的姿勢，橫倒在地面，躺在她旁邊看似信徒的老婦人邁出腳，踩在她的頭與嘴邊。阿蝦摩神的面具有兩副，掉在地板上。

望樓上的茜趺坐在地，用所謂的鴨子坐姿呈現脫力狀態，臉上沒有任何表情。我穿過人群間的縫隙爬上望樓，高視闊步地站到她的面前，只脫去上半身的防護衣，並摘下防毒面具。毒氣比空氣重，茜和我一樣沒有出現難受的症狀。

我居高臨下俯視茜。

茜緩緩抬起頭與我對視。

「權藤慧斗人在哪？哪一個是慧斗，希望妳告訴我。」

最先脫口而出的問話便是這句。為什麼會想要問這件事，就連我自己也不清楚理由。這已經不是為了採訪，攝影機也沒被我拿在手上。機器早已停止錄影，被我擱置在背包旁邊。

茜舉起右手軟弱無力地指了一個方向。

「要找小慧斗的話……她在那裡喔。」

她所指的是那具棺柩。棺蓋被人打開，能從沙土中窺見祐仁土灰色的面容。在遺體的胸口附近，有個像是想遮蓋他的女性橫臥在上面。

是在守夜時見到的胖女人。那名和茜交談的女性。

「你以為是浮世的大嬸對吧？那就是小慧斗。」茜以一種悵然若失的聲音說道。

我一時語塞。被告知從未料想過的事，一句話都說不出來。

茜那張稚嫩的臉龐不自然地扭曲起來。她在笑。僵硬的臉上覆滿奇異的皺紋，她扭動全身發笑。

「呀哈哈哈哈……！」

笑聲在滿地躺倒人群的公園內響徹，還能聽見遠處傳來救護車的聲音。

「不可置信嗎？還是你不想相信？也難怪了呢，我自己也不想相信。那個小慧斗，這可是那個小慧斗唷？竟然變成了區區一個普通的大嬸。大地之力對她來說已經無所謂了，教團的營運全盤交給我們後，還開始普通地，像那些浮世的人一樣過起平凡的生活。」

「已經怎麼樣，都無所謂……？」

「沒有錯。虧她還選在繼承教團後逐漸壯大規模，正是發展的上升期時間點呢。是被周遭這種溫吞的空氣毒害了嗎？如今的大地之民只不過是個溫吞的集團罷了。姑且成了接應可憐孩子們的地方……但也僅止於此。只是個和平無趣的新興宗教而已喔。」

「那無差別恐攻呢？」

「怎麼可能真的做。」茜毫不留情斷言。「讓你來採訪並持續製造可疑的印象，然後在絕妙的時機點殺了祐仁的話，像你這種老奸巨猾的電視臺導播會作何感想？讓你找到竊聽器和手機，在基地裡聽見那種對話內容，再看到骨頭的話，會蹦出什麼樣的結論？被朋美和櫻子那樣再三拜託之後，會對我們做出什麼事？矢口先生你真是一頭熱地栽進來到了好笑的地步，完全按照我期待地任人操控。」

「為什麼，要做這種事？」

「大地之民就得要這樣才可以。」她微微地偏了偏腦袋。「必須要被受害者打從心底憎恨、厭惡，摧毀得面目全非。教團的受害者就該這麼過激、痛恨才行。這裡必須要是邪教才行。這個救了我的大地之民，小慧斗曾經引以為目標的大地之民。」

她搖搖晃晃地站起來。

從望樓上，俯瞰底下再也沒有動作的人群。

「真不愧是你們，如出一轍。」

不知何時茜流下潸潸淚水，邊哭邊笑著仰起頭來看我。

「堅強、固執、絕不放棄。不管有多危險多困難，依然會確實地把我拯救出來——那個時候的小慧斗的血脈並沒有斷絕。儘管從本人身上消失殆盡了，不過她的兒子有好好繼承下來呢。」

如此說著，她以雙手覆住臉面。

「妳說什麼……？」

「你真正的母親，是小慧斗喔。」茜繼續遮著臉說道。

「由權藤和小慧斗共同生下的孩子。小慧斗十四歲時生下的孩子。因為權藤厭惡留下血脈，別無他法才只好將小孩託付給信徒的家人，甚至謊稱是信徒——矢口櫻子小姐的孩子呢。那個人真正的孩子，正好一出生就死了，要欺騙她雙親簡直易如反掌唷。」

茜的說詞，和櫻子的說詞一致，互相吻合。

前一天採訪時的變故仍歷歷在目。

老媽那些語焉不詳的發言，如果那都是事實的話？如果當時她只是為了臨場蒙混過關，才煞有介事地脫口扯出「大地之力」的話？

「謝謝你。」

茜拂去眼淚。

「我曉得你從前過著辛苦的日子唷。因為曉得才想到要利用你的。派出擅長演戲的祐仁，請已經退出的信徒們配合設局，擬定好把你帶來這裡的計畫。不過，我也沒料到你會為我們做到這種程度。居然把浮世的人也捲進來，殺掉這麼多的人。不、不愧是小慧斗的孩子。不愧是——」

**邪教之子**。

話音到此打住，茜再度哭起來。那張猶如孩子的面龐被喜悅的淚水與鼻水濡溼，她咚一聲坐下去。而那些橫倒在地面的人們，正受到明媚的陽光所照耀。

## 20

「太好了。」

從我口中吐露的，是這句單純的話語。情緒隨著出聲說話的同時湧現。

「真的太好了。」

我再一次出聲。聲音比先前還大，還要果斷。

茜的身體抖了一下。

她還在哭，但哭聲略有了變化。我俯視她那顆低垂的頭，說：「我在途中就注意到了。這些全都是妳策劃的大規模殺人計畫，還有我受到妳操控，即將被設計去實踐大量殺人。不對——要說『注意到了』就太過頭了。我只是隱約這麼覺得而已。可疑的地方根本比比皆是。」

舌頭無法靈活動作。這也當然了，我現在非常疲憊困頓，肉體和精神同樣精疲力竭，血液循環大概也變得很差吧。才稍微說了點話就感覺頭暈目眩，絲毫沒有要停下來的跡象，我只好握住望樓的欄杆。不這麼做可能就要跌落下去了。

我用昏沉的腦袋，回想這一路以來的過程。

最早浮現在腦海裡的是針對小野寺的採訪。那名仰賴祐仁的名冊才找出的，身為前信徒的獨居老人。

當初他在拍攝結尾的言行舉止只讓我覺得無法理解，單純考慮起來，那個是覺得麻煩、厭倦了的態度吧。因為喝得爛醉才不小心洩漏出真實的心聲吧。

美代子的指甲油也一樣。平時的她應該都過著普通的生活，唯獨在我面前，演起精神崩潰的戲碼。但是她不小心忘記卸掉指甲油了。她的母親八成和她是同夥吧。被我指出美代子的指甲油問題時，她母親拚了命想轉移話題。這麼思考的話就說得通了。

那兩人都在演戲，裝成被教主、教團摧毀的可悲前信徒，為了讓我感受到大地之民的不對勁，誘使我對慧斗懷抱恐懼。

不過，就算要恭維這兩人的演技也絕對稱不上是精湛，演出的完成度亦有待加強，甚至美代子在人設上還存在破綻。那時的我被異樣的氛圍壓得喘不過氣，然而冷靜下來思考就會發現根本亂七八糟。只是一齣齣鬧劇罷了。

那麼，讓這些鬧劇上演的會是誰？

祐仁死了。剩下慧斗和茜。簡單考慮下來，可疑的就是茜，我得出這個結論。

「妳執拗地阻止我和慧斗見面，編了一個確實非常邪教的理由。但不光如此，連我和別人談論到慧斗的情況時，妳也不樂見。」

當我在和牧商店的店主仁繪，兩人私下談話的時候，茜打斷我們加入的時機，正是我們談到現在的慧斗途中。

談論到有關小野寺和美代子的話題時，她的反應也很奇妙。

再加上從我發現竊聽器到今天早上的發展，未免太順利了。

這是茜刻意為了安排我殺光大地之民所有人而設下的局面。

不知何時我得出了這個假設。

我並沒有決定性的證據。要是誤會了，假如這些其實都是事實，我沒能防範無差別恐攻發生於未然，就將導致為數眾多的人們死去。遲疑不決到了最後，我決定相信自己的假設。

演戲就用演戲來回敬。

從底下的各個地方，再度傳來呻吟的聲音。

倒下的人群當中有幾個人，正設法爬起身來。

「咦……？」

茜往球場四處張望。在那張哭紅眼睛的臉上，浮現困惑的神色。

「我撒出去的不是芥子毒氣，只是催淚瓦斯罷了。是你們這些人製造出來保存的東西。」

過去在節目取材與查找資料的過程中，我有學到關於毒氣──化學武器的知識。根據倉庫內的資料，我查出他們正在製作催淚瓦斯，於是找出實物後，我把東西帶出來，並且實際使用。

「所以誰也不會死。我沒有殺任何人。」

呻吟聲，和救護車的鳴笛聲，正慢慢變大。

茜表現出失魂落魄的模樣。她露出迷惘的眼神俯瞰向下，眼中映出那些還活著並痛苦著的信徒，以及浮世的人們。

「……為什麼？」少頃過後，她問。「為什麼，做出這種莫名其妙的事？」

「我可不想被妳這麼說。」

我不禁苦笑起來。可不想被這個為了讓現實貼近理想，便打算讓無關的他人大量殺人，甚至擬定荒謬計畫來實行的這個女人這樣說。

只不過——

「我想要確認，妳究竟是抱持什麼樣的打算才立下這種計畫。讓妳以為成功的話，應該就會自己主動告訴我了吧。我是這麼想的。這就是理由。」

我盯著茜那雙通紅的眼。

「太好了咧。我沒有實際成為愚蠢的殺人犯，這點就不用說了——妳也沒有成為愚蠢的大量殺人案主謀，真的是太好了。」

我說。

同時對於自己說出口的話感到震驚。一股遲來的真實感在這時才興起。

沒錯，太好了。我選擇的做法並不是錯誤。

茜的眼眶裡再度凝聚新的淚光。

從她顫抖的唇中發出嗚咽：「小慧斗……是、小慧斗……」

如此說著，她又一次哭了出來。這一次是為何哭泣，是喜悅或悲傷，為何要喊慧斗的名字，不是我能理解的。

我脫下防護衣隨手一扔並走下望樓後，跑向棺柩的所在地。那名胖女人正靠在上面。她發出嗚嗚的掙扎聲，神色難受地扭動身體。

權藤慧斗。我真正的生母。捨棄我的女人。現在的她，就在我的面前呻吟著。

我抱起她，讓她仰面平躺到地上。比我想像中還來得重，在我的手從她的頭離開之際，呼吸已亂成一團。

我輕拍那張圓臉。

喂，聽得到嗎？像這般以急救手冊上的方式呼叫她。不知重複第幾遍後，她終於微微睜開眼來。

「沒事吧？」

「嗚——」

「權藤女士？」

「咦？」

「究竟如何？妳是權藤慧斗嗎？」

「唔嗯……」

「到底是或不是？」

「啊……」

「我在問妳是不是權藤慧斗。」

「對，嗯，是的。我就是。」

她的眉頭緊緊深鎖著。

「欸，這是怎樣……怎麼回事？」

如此說道的她，開始劇烈咳嗽起來。

那是個平凡無奇的反應。躺倒在我眼前的是名毫無特別之處，身材痴肥的中年女性。

想發噱的衝動止不住地上湧。

至今以來被我那麼怨恨、憎惡的邪教負責人，居然是這種人——

這個居然就是我的母親。

「哈哈……哈哈哈哈……」

在響徹鳴笛聲的嘈雜之中，我不停失笑。

（完）

# 參考文獻

藤倉善郎《採訪「邪教」的結果》（寶島社SUGOI文庫）（暫譯）
米本和廣《洗腦的樂園　山岸會的悲劇》（寶島社文庫）（暫譯）
米本和廣《你我身邊不快的鄰居　被「救出」統一教會的某女性信徒的悲劇》（情報中心出版局）（暫譯）
佐藤典雅《邪教逃脫記　前耶和華見證人所述二十五年來的紀錄》（河出文庫）（暫譯）
大塚英志原作・白倉由美漫畫《贖罪的聖者》（角川書店）（暫譯）
金子淳《新市鎮的社會史》（青弓社）（暫譯）
平辰彥《來訪神事典》（新紀元社）（暫譯）
上出遼平《超硬派美食大搜查》（朝日新聞出版）
伴繁雄《新裝版　關於陸軍登戶研究所的真實》（芙蓉書房出版）（暫譯）

逆思流

# 邪教之子

## （原名：邪教の子）


著　者／澤村伊智
執行長／陳君平
榮譽發行人／黃鎮隆
協　理／洪琇菁
總編輯／呂尚燁
譯　者／許子昭
美術總監／沙雲佩
美術編輯／李政儀
執行編輯／丁玉霈
國際版權／黃令歡、梁名儀
企劃宣傳／陳品萱
文字校對／施亞蒨
內文排版／謝青秀

出　版／城邦文化事業股份有限公司　尖端出版
台北市中山區民生東路二段一四一號十樓
電話：（〇二）二五〇〇—七六〇〇
傳真：（〇二）二五〇〇—二六八三
E-mail：7novels@mail2.spp.com.tw

發　行／英屬蓋曼群島商家庭傳媒股份有限公司城邦分公司　尖端出版
台北市中山區民生東路二段一四一號十樓
電話：（〇二）二五〇〇—七六〇〇（代表號）
傳真：（〇二）二五〇〇—一九七九

中彰投以北經銷／楨彥有限公司（含宜花東）
電話：（〇二）八九一九—三三六九
傳真：（〇二）八九一四—五五二四

雲嘉以南／智豐圖書有限公司
（嘉義公司）電話：（〇五）二三三—三八五二
傳真：（〇五）二三三—三八六三
（高雄公司）電話：（〇七）三七三—〇〇七九
傳真：（〇七）三七三—〇〇八七

香港經銷／城邦（香港）出版集團有限公司
香港灣仔駱克道一九三號東超商業中心一樓
電話：（八五二）二五〇八—六二三一
傳真：（八五二）二五七八—九三三七
E-mail：hkcite@biznetvigator.com

新馬經銷／城邦（馬新）出版集團 Cite（M）Sdn. Bhd.
E-mail：cite@cite.com.my

法律顧問／王子文律師　元禾法律事務所
台北市羅斯福路三段三十七號十五樓

二〇二三年五月一版一刷





郵購注意事項：
1.填妥劃撥單資料：帳號：50003021戶名：英屬蓋曼群島商家庭傳媒(股)公司城邦分公司。2.通信欄內註明訂購書名與冊數。3.劃撥金額低於500元，請加附掛號郵資50元。如劃撥日起 10～14日，仍未收到書時，請洽劃撥組。劃撥專線TEL：(03)312-4212 ・ FAX：(03)322-4621。E-mail：marketing@spp.com.tw

國家圖書館出版品預行編目資料

**邪教之子** / 澤村伊智作；許子昭譯. -- 一版. -- 臺北市：城邦文化事業股份有限公司尖端出版：英屬蓋曼群島商家庭傳媒股份有限公司城邦分公司尖端出版發行, 2023.05

面； 公分

譯自：**邪教の子**

ISBN 978-626-356-590-6（平裝）

861.57 112004541